致青春 087

是心跳說謊

（下）

唧唧的貓　著

高寶書版集團

目錄
CONTENTS

第十章　自己想辦法泡我

陳逾征直播間的粉絲澈底瘋狂了：

『解釋一下你的刺青為什麼是女孩的聲音？』

『老實交代，你是不是背著我們偷偷談戀愛了？』

『什麼話什麼話？你們都在說什麼？』

『給一臉不懂的粉絲講解一下：陳逾征新刺青的意思是——Conquer 會被所有人記住。』

『陳逾征也太過分了，這種話刺在身上，是有多自戀？？』

『縱觀LPL十幾家戰隊的AD，我們征，不敢說操作是最強的，但心態一定是最自信的。』

一局遊戲結束，陳逾征打開留言，隨意瞟了兩眼瘋狂的粉絲，一副風輕雲淡的模樣：「你們還真厲害，這都能掃出來。」

『別轉移話題，是誰說的？那個女的是誰？』

『你談戀愛了是嗎？』

『拜託……現在電競選手都喜歡找網紅，畢竟你這麼帥，女粉絲也不求你跟 Fish 一樣潔身自好了，只希望你找個水準高點的，千萬千萬別找那些亂七八糟想蹭熱度的網紅當我們嫂子……』

直接無視掉留言的一萬個疑問，陳逾征癱在電競椅上，拒絕了幾個遊戲裡的加好友請求，丟開滑鼠，抬起手臂，手指罩著鏡頭，「再抽根菸。」

鏡頭被擋的不是很嚴實，指尖露出的縫隙，正好能看到他的手臂。

這下子，連粉絲都意識到了陳逾征這個行為的做作之處：

『平時也沒有這麼頻繁抽菸啊？』

『你用手遮著不累嗎？站魚按個F鍵就能切畫面擋臉，何苦用你的手去擋？秀刺青也不用如此。』

晚上吃飯，Killer拿著飯碗，打好菜，找位子坐下，跟湯瑪斯聊起了最近在Steam上發現的新遊戲，Killer講到激動之處，忍不住手舞足蹈了一下，不小心打到旁邊的人。

陳逾征「嘶」了一聲。

Killer含著滿口的飯菜，迷茫地問：「腫麼了？」

陳逾征皺著眉：「你碰到我的傷口了。」

Killer把飯菜吞咽下去：「什麼傷口？我看看，沒事吧？」

陳逾征穿著短袖，把手抬起來，再次露出手臂上紅腫的那片黑色刺青。Killer果然驚訝了一下，放下飯碗，湊上去研究：「欸，你什麼時候去刺青的啊？」

陳逾征配合地轉了一下手臂，讓他看得更清楚，「前兩天去刺的，怎麼樣？」

「看起來還挺酷的，你刺的是什麼東西？」

奧特曼實在是沒眼看：「求求你了，陳逾征，停一停可以嗎？你昨晚已經讓我強制欣賞你的破刺青八百遍了，能不能別再去折磨殺哥了。」

湯瑪斯吃著飯，勸奧特曼：「你就讓他發騷吧，別理他。」

OG那邊也放了幾天假期，余諾跟余戈兩人在家裡住了幾天。

余諾一覺睡到自然醒，躺在床上賴了一下，爬到床邊，拉開窗簾，今天是晴天。

等一下還要去菜市場買菜，余諾換掉睡衣，穿著拖鞋下床，去浴室刷牙的時候，拿起手機看了看，徐依童剛剛傳了一則訊息過來：『諾諾，妳醒了嗎？』

余諾：『剛剛醒，怎麼啦？』

徐依童：『妳今天有安排嗎？我去找妳玩。』

余諾：『沒安排，不過我哥這兩天放假在家，我要幫他做飯……』

徐依童：『啊！那我能去蹭飯嗎！』

徐依童：『我保證不會打擾妳哥的！我只是想嚐嚐妳的手藝！』她連傳了好幾個哭哭的貼圖。

余諾把家裡的地址傳給徐依童：『我等一下要去買菜，妳到了社區門口傳訊息給我，我去接妳。』

鑑於余戈這個男人刀槍不入，油鹽不進，十分難搞。徐依童吃了上次的教訓，這次到了余諾家裡，乖乖的，也沒有吵吵鬧鬧。

客廳的時鐘已經轉到了十二點。

徐依童穿好拖鞋進去，好奇地打量一下他們的家，有教養地沒有去東轉西轉，而是跟著余諾進了廚房。看著她熟練俐落地理菜洗菜，拿起刀，把魚放在砧板上剖開，徐依童移開眼：「你們家怎麼只有妳和妳哥，妳的爸爸、媽媽呢？」

余諾正在清內臟，跟她說：「我爸媽很早就離婚了。」

她的語氣雖然平常，但徐依童還是閉嘴了，識相地不再多問。

又看了一陣子，她有些無聊，「妳哥怎麼還沒醒，都這麼晚了。」

「他在基地的時候一般是早上睡晚上起，這兩天不用直播也不用訓練，應該會早一點。」余諾洗了洗手，「我都是做完飯了才去叫他起床。」

徐依童了然地點點頭，看著余諾在廚房忙碌，她也不好意思當個鹹魚，躍躍欲試地說：「要不要我幫妳？妳看看我有沒有能幫忙的？」

余諾笑：「不用了，妳是客人，怎麼還讓妳做飯。」

徐依童舉手：「我可以幫妳切馬鈴薯片！」余諾讓開，讓她試了試。

徐依童挽起頭髮，穿上圍裙，拿起圓潤的馬鈴薯研究了一下，然後彎腰，開始認真地切起來。

半塊馬鈴薯切完，薄一片，厚一片，形狀歪七扭八。徐依童拿起一片欣賞了一下，順便還拍了幾張照片，興沖沖問余諾：「妳覺得如何？」

余諾「呃」了一聲，「還可以，不過還是我來吧，妳去客廳坐一下？」

徐依童噘嘴：「真的不用我幫妳嗎？妳一個人待在廚房多寂寞呀。」

「不用，我自己來就行了。」

「好，那妳有要幫忙的喊我哦。」

余諾答應她：「好。」

徐依童盤腿坐在沙發上，把剛剛的照片找出來，發了一篇文：『登登登登！紀念第一次下廚！』一發出去，就收到了幾十個點讚。徐依童隨手回覆一下捧她臭腳的狐朋狗友們，忽然聽到門拉開的動靜，她驚訝一下抬起頭。

余戈身上隨便套了一件白棉T恤，短髮淩亂著，睡眼朦朧地出來。

早上余諾怕吵到他睡覺，只在訊息上告訴他一聲，等一下有朋友要來家裡。余戈起床沒看手機，根本沒發現家裡多了一個不速之客。

他拿起桌上的水喝了一口。徐依童眼睛發光，從沙發上跳下來，「你醒啦？」

聽到這個聲音，余戈喝水的動作一頓，眼睛瞟向聲音來源，「妳誰？」

他剛睡醒的嗓音有些啞，徐依童又聽酥了，扭捏地自報家門：「我是徐依童呀，你不記得我啦？」

「……」無言了半晌，余戈神志清醒了大半，放下水杯，皺起眉：「妳怎麼在我家？」

徐依童歡快地回答：「我是來找余諾玩的！」

余諾把菜炒好，放在盤子裡端出去，看到余戈已經起來了。他坐在沙發上，手裡拿著遙控器，電視機裡播放著圍棋比賽。

徐依童乖乖地坐在餐桌旁，雙手支著下頷，就這麼花癡地看著余戈。余諾有點好笑，喊了他一聲：「吃飯了，哥。」

布置碗筷的時候，徐依童悄悄跟余諾說：「妳哥好像老年人，居然還看圍棋，我們家裡我爸都不看，只有我爺爺喜歡看。」

余諾也壓低聲音回她：「是啊，他的愛好很奇怪，還喜歡去公園看別人釣魚。」

徐依童「啊」了一聲，滿眼星星：「妳哥也太特別了，跟我見過的男孩子都不一樣……」

吃飯的時候，余諾和余戈的話很少，徐依童也比上次矜持了一點，沒有嘰嘰喳喳個不停。

不過余諾的廚藝確實很對徐依童胃口，紅燒魚還有清炒馬鈴薯，番茄雞蛋湯，很家常的幾個菜，讓她足足吃了一整碗米飯。

飯後，余戈拿起碗筷去廚房，余諾收拾著殘局，徐依童拿衛生紙擦了擦嘴，「妳哥還會洗碗呀？」

余諾「嗯」了一聲，「在家裡，一般是我做飯，他洗碗。」

徐依童的熱情又來了：「那我也要洗碗。」

她端著飯碗起身，跟著余戈前後腳跑進廚房，余戈站在水池邊，窗外的陽光為他的身影勾勒出一道金色的光源。他垂著頭，水聲嘩嘩啦啦響，那雙平時操作電腦的手拿著瓷白的碗筷，水花和洗潔精的泡沫順著手背流下。這一幕溫馨的場景讓徐依童屏住呼吸。

看著看著，就呆在了原地，耳邊傳來清脆的「啪」一聲響。

余戈回頭。

徐依童剛剛看的太入神，連手裡的碗都忘記了，瓷片在腳旁碎開，徐依童一驚，回神，小腿被劃到，她叫了一聲，趕緊蹲下身去撿。余諾聽到動靜跑進來，急忙制止：「童童，別用手撿，小心割傷了。」

話音剛落，徐依童手上就出現了一道傷口，紅色的血立刻冒出來。

余諾走過去，把她拉起來，這才發現徐依童小腿上也被劃傷了，傷口看起來很深。

她讓徐依童在沙發上坐下，余諾翻出家裡的醫藥箱，幫她的傷口包紮一下。

余諾耐心地幫她割傷的手指纏上ＯＫ繃。小腿上的白色紗布還是隱隱滲出血絲，余諾有點擔憂：「不然我們還是去醫院看看吧？感覺傷口有點深，家裡沒有消毒的東西了。」

徐依童細皮嫩肉，平時小磕小碰都會哭，不過現在在別人家裡，為了在余戈面前保持形象，她強忍住眼淚，「不用了，這點小傷，沒事的。」

「傷口挺嚴重的，最好還是去醫院看看。」

徐依童小聲跟她商量：「能不去醫院嗎？我從小最怕去的地方就是醫院了……」

余諾哄道：「那我們不去醫院了，社區門口就有個小診所，我送妳過去？」

徐依童勉強答應，她小心地碰了碰腿上的傷口，含著淚，可憐兮兮地抬頭：「能讓妳哥送我嗎？」

「……」余諾哭笑不得：「我去問問他。」

聽到余諾的請求，余戈很冷漠：「她腿傷了，腳不是沒事，自己不能走過去嗎？」

余諾：「童童好歹是我的朋友，你去幫一下吧？我覺得傷的滿嚴重的。」

徐依童本來還想像了一下，余戈會以哪種公主抱來帶自己去診所，誰知道出門後，他事不關己地看著她單腿蹦跳，甚至連上前來扶她的意思都沒有，就這麼袖手旁觀站在一旁。在電梯裡，徐依童鼓著一包眼淚，想看余戈又不敢看。

兩人一路無言地去了小診所。

醫生是個很慈祥的老爺爺，徐依童看著腿上的紗布揭下來，忍不住差點哭了，害怕地問：「爺爺，我的腿會留疤嗎？要是毀容了我以後還怎麼穿短裙？」

醫生被她的嬌氣逗笑了，安慰道：「沒事的，不會留疤，傷口沒傷的太深，處理一下就行了。」

徐依童「哦」了一聲，又轉頭看余戈。他坐在一旁，拿著手機不知道看什麼。徐依童看了他半天，余戈都沒察覺。

徐依童伸手碰了碰他：「你在看什麼？」

「看比賽。」

徐依童第一次感覺，余戈似乎真的有點討厭她，一句話都不肯跟她多說的那種。她有點失落，正好閨密打電話來，徐依童接起來，無精打采地「喂」了一聲。

閨密：『妳怎麼了，在哪啊？出來玩。』

「我不去了，我在小診所裡看腿呢。」

『什麼小診所，看什麼腿？』閨蜜有點好奇：『哪家醫美啊？現在妳連腿都要美容了嗎？』

徐依童沒好氣：「我受傷了，美容什麼啊。」

『什麼？哪受傷了？要緊嗎，今晚還能出來喝酒嗎？妳別放鳥我們啊！都等著妳呢！』

「……」徐依童被氣到胸悶，一時語塞。她腿疼心又寒，傷口疼還好，重要的是心更疼。她深呼吸幾下，抽噎地說：「我都這樣了，妳也不關心一句，還想著我晚上能不能去喝酒，能不能去玩？妳還是個人嗎，我以後再也不會跟妳們出去玩了。」

她哭腔一出來，讓閨密嚇了一跳：『童童妳怎麼了？得憂鬱症了？妳別嚇我啊！』

小診所裡，正在吊點滴的大叔阿姨都看過來。

余戈也轉過頭，徐依童默默地掉著眼淚。

旁邊人好奇的目光紛紛投到她身上，余戈放下手機。

有個大媽勸道：「哎呀，你看你女朋友都哭了，你就哄哄她吧。」

余戈剛想開口解釋，徐依童哭的聲音更大了，氣沖沖道：「我要跟妳絕交！」

余戈：「妳先別哭了。」

徐依童癟著嘴，掛掉電話：「我閨密太過分了，我怎麼會有這種朋友，真是三生不幸。」

醫生老爺爺呵呵笑了一下，「唉喲，女孩子哭得我都心疼了，我去拿衛生紙給妳擦擦。」

徐依童哭了一下，把委屈發洩完了，跟余戈說：「還好有你陪著我，讓我沒有那麼孤單。」

余戈沉默。

徐依童自言自語，瞥了他一眼：「既然如此，不然我們交個朋友吧？」

「……」他被她突然的神轉折弄得有點好笑。

見余戈還是不說話，徐依童有點洩氣，小聲嘀咕：「我只是想要你加我好友，有這麼難嗎？我保證，我不會騷擾你的。」

余戈把手機拿起來。

徐依童餘光瞥到他的動作，立刻停止抽噎，受寵若驚地問：「我真的可以加你嗎？」

余戈淡淡地：「怎麼，妳不加了？」

徐依童立刻道：「加的加的。」說完，她想到什麼，「那你加了我，以後也不准刪，也不許遮蔽我。我會少發一點文，儘量不要吵到你眼睛。」

余戈：「……」

醫生過來，把衛生紙遞給她，徐依童擦著眼淚，還不忘笑顏燦爛地說了聲謝謝。

從小診所出來，徐依童喜滋滋地翻了一下聊天軟體列表，把余戈置頂了。總算是邁出了歷史性的一步，勝利就在眼前，今天的傷痛就是明日幸福的鋪墊。徐依童覺得今天這個傷也受得值了。

她開心完，一抬頭，看到余戈雙手插在口袋裡，走在前面，她喊了一聲：「你看今天的天氣這麼好，你陪我在下面散散步吧？我想去買個冰淇淋，要草莓口味的。」

余戈頭也不回：「妳自己去吧。」

♛

洲際賽的狂歡過去，TG和陳逾征在論壇和社群的熱度也降了不少。不過他們的粉絲基數還是有很明顯的增加，有好幾家贊助商主動找上門，跟他們談代言合作。

媒體上為選手打 Call 榜的 AD 位，TG.Conquer 一躍到第二名，屈居余戈之下。其餘幾個位子，Killer 和奧特曼他們也都上升到了前排。官方打算出一個洲際賽紀錄片，最近有幾家自媒體的電競帳號專門上 TG 基地來採訪。

小應一大早把他們從床上拉起來化妝做造型，Killer 被臉上撲的粉嗆得咳嗽了一下，「我們打職業為什麼還要出賣色相？真實一點不好嗎？」

化妝師拿遮瑕液幫他點著青春痘，「你的皮膚但凡有 Conquer 一半好也不用化妝了。」

Killer 很是失望：「職場的外貌歧視什麼時候才能停止？」

化妝師：「……」

採訪的地方稍微布置了一下，幾個人坐在一起，編導姐姐先發劇本給他們，讓他們準備一下等會要問的問題。準備一陣子之後，燈光安排好，旁邊的攝影機開始錄影，編導問陳逾征：「最後一場和 PPE 打決賽的時候，你有壓力嗎？」

陳逾征靠在椅背上：「也就那樣，沒什麼壓力。」

編導姐姐「啊」了一聲，好奇：「真的沒有壓力嗎？」

Van 有點好笑：「他怎麼可能沒壓力，裝的看不出來嗎？」

Killer 咳嗽了一聲，提醒他：「現在在採訪呢，你注意點，等等後製全把你『消音』了。」

大家都笑了，氣氛一下活躍起來。

採訪大約錄製了半個多小時，進入尾聲。編導問了個題外話：「能分享一下嗎？你們都是因為什麼來打職業呢？有目標和職業偶像嗎？」

湯瑪斯第一個回答：「嗯……，因為缺錢來打職業的，我的偶像……，大概就是WR的Aaron吧，覺得他挺強的。」

Killer沉思了一下，說：「我是Wan的粉絲，當初是因為看他MSI的比賽覺得很激動，那時候想著自己也要這麼厲害，後來才決定來打職業的。」

採訪的編導笑了笑：「是嗎，那你有從他身上學到什麼嗎？」

Killer搖搖頭：「那倒沒有，主要是他這個人的天賦太高了，我感覺一般人也沒辦法從他身上學到什麼，可能就學習一下技術吧，不過也不一定能在比賽裡操作出來。」

輪到下一個，奧特曼立刻說：「我之前也是WR的粉絲，五個隊員都挺喜歡的，不過我的偶像是周蕩，跟Killer一樣，當初也是因為他才來決定打職業。」

圈內現役英雄聯盟的職業選手很多偶像都是周蕩，編導也習慣了，問他：「那你喜歡周蕩什麼？」

奧特曼掰著手指，認真回答：「我喜歡他遊戲打得好、長得帥。只可惜我生君已老，我出道他已經退役了，沒機會在比賽裡為周蕩打一局輔助，應該是我職業生涯的遺憾吧。」

編導看了陳逾征一眼，「你現在的AD也很強呀，你們都未來可期。」提到陳逾征，編導正好問坐在最左邊的他：「Conquer你呢，有比較欣賞的前輩嗎？」

陳逾征回答得很淡然：「沒有。」

沒料到他這樣，編導小姐神情一頓，一時間居然有點接不了話。此處的錄製中斷了一下，旁邊的工作人員有些無奈地跟他商量：「不然你就隨便說一個吧？這個要是播出去，那些黑粉說不定又要找你的麻煩。」

陳逾征反問：「說誰？」

奧特曼建議他：「你也說周蕩。」

小插曲過去，又重新開始錄製，編導保持微笑，重新問了一遍：「你有欣賞的選手嗎？」

陳逾征配合地回答：「周蕩。」

編導從善如流：「那你欣賞他什麼？」

他想了一分鐘，說：「沒什麼欣賞的地方。」

「……」採訪的編導無奈，工作人員都氣笑了，本來打算掐過這段一了百了，誰知陳逾征忽然想到什麼，稍微一頓，「噢」了一聲說，「有一個吧。」

編導欣慰地問：「是什麼？」

陳逾征一隻腳踩著椅杆，偏了偏頭，慢悠悠地看向鏡頭，「聽說周蕩十九歲的時候找了個大他三歲的女朋友？」

幾秒過去，全場所有人：「……」

陳逾征悠然自得：「我挺欣賞的。」

付以冬休假，晚上來余諾家裡過夜。

余諾兩手環抱著腿，下巴抵在膝蓋上出神，縮靠在床邊。

洗完澡出來，付以冬在床上滾了兩圈，抱著余諾前兩天在 IKEA 買的鯊魚蹭了蹭，「哎呀，妳有什麼要跟我說的？就直接說吧，都欲言又止半小時了，我看著都著急。」

余諾和付以冬面對面坐著，咬著唇，「就是……我之前跟妳說，我喜歡上了一個人，還記得嗎？」

「是哦。」付以冬也想到了這一件事，追問，「你們現在怎麼樣啦？」

「我想，要不要挑個日子跟他表白……」

付以冬要被余諾這個不溫不火的性子急死了，「妳倒是去呀，怎麼還不行動？」

「就這兩天了，但是在表白之前，我還是要跟妳說一下，徵求一下妳的意見。」

付以冬好奇：「說什麼？」

余諾有點難以啟齒，在心裡反覆編排著措辭。一直以來，付以冬在她面前，都是毫不掩飾地流露出對陳逾征的喜歡和崇拜，但她有男朋友，所以余諾意識到自己喜歡上陳逾征後，並沒有太過掙扎，就放任自己沉淪了下去。

但一開始，余諾是因為付以冬的原因才認識了陳逾征，後來才慢慢和他有了些交集。

所以余諾不是很確定，自己追陳逾征的事情，會不會讓付以冬心裡不舒服。不論表白成功與否，她都要提前跟付以冬說一下才好。余諾慢慢開口：「就是……我喜歡的那個人。」

「嗯。」付以冬等著她說。

「妳也認識他。」

付以冬有點驚訝：「我認識？是誰啊？」

余諾不敢看她表情，垂眼，一狠心，把名字說了出來，「陳逾征。」

房間死寂了足足一分鐘，這個名字的衝擊力宛如一顆原子彈，炸得付以冬的腦子空白了一下。

余諾看她這個樣子，立刻說：「冬冬，如果妳介意，或者不理解，接受不了，我可以再等一段時間，等妳不生氣了我再說。」

付以冬：「……」

她有點無法理解：「不是，妳怎麼現在才跟我說？」

余諾很愧疚，小聲道歉：「對不起……」她也覺得自己在這件事上確實很自私。因為怕一開始就遭到反對，所以故意在付以冬面前隱瞞了那個弟弟是陳逾征的事情，想著再拖一拖。

只不過，從巴黎回來之後，余諾已經完完全全確定，自己喜歡上了陳逾征，不只是喜歡，而是……想占有他。可能是余諾太貪心了，之前覺得，能遠遠地看著陳逾征，也比跟他表白被拒絕之後，兩人形同陌路要好得多。

也不知道從什麼時候開始，她對陳逾征的感情漸漸變質了。她想要的，比自己以為的，原來要多得多。

付以冬趴在鯊魚抱枕上緩了緩，慢慢消化剛剛得知的勁爆事情。看到余諾低落的小表情，意識到自己剛剛反應有些過激，連忙說：「那個，諾諾，我不是怪妳的意思，我只是有點震驚，妳為什麼會喜歡他呀？什麼時候開始的？」

余諾搖搖頭：「我也不知道……」可能從陳逾征帶她看日落那次，或者更早，他在廁所外靜靜陪著自己哭泣……余諾意識到的時候，自己已經喜歡上他了。

付以冬喃喃：「我閨密居然想泡我男神，這個世界太玄幻了……」

余諾小心地說：「對不起，我沒有早點跟妳說清楚。」

「這有什麼好對不起的？我是喜歡陳逾征，但又不是那種想談戀愛的喜歡。」付以冬也不知道怎麼評價這件事，「不過，妳還挺有勇氣，陳逾征他看起來就挺難搞的啊，妳有把握嗎？」

余諾也有點煩惱，出神地望著前方，「把握……倒是沒什麼把握……」

「那你們現在還算是半個同事，這要是成不了，以後抬頭不見低頭見的，多尷尬呀！」

「我在TG試用期只有三個月，現在都快兩個月了，我當初也是為了幫我室友個忙，其實等正式畢業，我還不確定以後是不是就要在那工作，畢竟我哥也不是很支持……」

「是啊，還有妳哥。」付以冬忽然想到這件事，「妳哥要是知道妳被陳逾征追到手了，還不去把TG老巢炸了！」

余諾苦笑：「哪有這麼誇張？」

付以冬問：「所以妳喜歡陳逾征的事情，要提前告訴妳哥嗎？」

前路渺茫，余諾還沒考慮到這裡，詢問道：「妳覺得我要說嗎？」

付以冬拍了一下大腿，從床上坐起來，「當然不能說，說了妳哥能同意？」

她細細分析了一番：「先不說現在陳逾征是妳哥最大的競爭對手，加上他本來就看不慣陳逾征，而且妳單純談戀愛這件事，他都不一定會同意。」

余諾覺得有點道理，不過還是很為難：「就算我現在不說，他以後也肯定會知道的。」

「妳考慮這麼遠幹什麼呢？」付以冬敲了敲她的木頭腦袋，「妳先好好想想，怎麼把陳逾征追到手才是正事，等以後穩定了再說也行呀。」

余諾還有一個很擔心的地方，「妳覺得職業選手交女朋友，會影響他們狀態嗎？會不會分心什麼的……」

這個問題讓付以冬沉思了一下，她認識一些人，所以瞭解的內幕還算多，跟余諾信誓旦旦保證：「只要陳逾征自己訓練的時候專心，平時休息了談個戀愛，其實也沒什麼吧？TG規定隊員不能談戀愛嗎？」

余諾想了想，「好像沒有。」

「那不就行了，再說了，Van不是也有女朋友嗎，也不見他發揮失誤什麼的。」

交流完心事，深夜，付以冬又拉著余諾在被窩裡看了部電影。電影是韓庚演的，故事裡的女主角，直到結婚那天，突然在婚禮上，拿過司儀的麥克風，對著全場，向一個暗戀了十年的人表白——那個人就是這場婚禮的伴郎。

全場譁然。

付以冬擦了擦淚，跟余諾說：「妳看，這個女主角就是太猶豫了，猶豫就會敗北。喜歡不早點說，要後悔一生的。」

余諾深有同感，點點頭。

第二天，TG的美工剪輯好了洲際賽紀錄片。

為了不被人罵，只能把陳逾征不當人的採訪剪成差不多能播的樣子，但是為了做點節目效果，還是把關於周蕩女朋友那個片段保留在彩蛋裡。

不出意外，TG官方發布的半個小時後，陸陸續續有一些電競帳號專門剪出了彩蛋裡陳逾征cue到周蕩的那段騷話。在此之前，圈裡最津津樂道的就是曾經周蕩和書佳的神仙佳話，當初他們結婚的消息公布，英雄聯盟幾乎所有解說、選手、主持人，都送上了祝福。

沒想到過了這麼久，這個梗還能重新被提起來，一時間社群媒體上無比熱鬧。而讓這場盛宴到達頂峰的，是晚上七點，萬年不發文的周蕩本人，居然親自分享了TG這篇官方文章。

@WR.Wan：？//@TG電子競技俱樂部：洲際賽紀錄片來啦！最後有採訪的彩蛋哦#撒花#

隨後，書佳還在底下留言了一個捂臉哭的表情。

底下留言全部炸了：

『懂了，LPL歷年ADC性癖一致。』

『蕩：我看你好像也行。』

『蕩：我靠！』

『笑死了，夢幻聯動。』

『周蕩你看你開了什麼頭！現在LPL的AD都想著要泡姐姐了！』

『Conquer：我也找個大三歲的女朋友，請問這樣就能拿世界冠軍嗎？』

『蕩蕩！居然和書佳互動了！又發糖了啊啊啊啊CP粉今夜狂歡！！』

前一天晚上，付以冬和余諾在家夜聊到天明，一覺睡到下午六點多才醒。

起來之後，兩人窩在客廳，叫了一份外送吃完，玩手機的時候自然也滑到了這些文章。

剛剛熬了一個通宵，余諾神情有些睏頓，第一眼看到的時候，還沒反應過來，直到付以冬撞了她的肩膀：「陳逾征這是對妳說的嗎？」

余諾還在翻周蕩文章底下的留言，有點迷茫：「什麼？」

「妳是不是傻啊？陳逾征這明顯不是在說騷話啊，他就是在暗示妳！懂不懂？」

「暗示我？」余諾慢半拍，指了指自己。

「當然！」付以冬強忍著心碎，提醒她：「妳自己好好想想，妳比他大多少？」

「三歲……」余諾反應過來，一下子瞪大眼睛，還是有點不敢相信，「真的嗎？會不會是隨口說的……」

付以冬被她的少根筋弄得白眼都要翻上天了，擺了擺手：「算了，妳讓我先自己去角落傷心一下，我還在這裡替妳著急，不如替自己急呢。」

余諾點開陳逾征的採訪影片，又聽了一遍。

付以冬看一下論壇，忽然建議她：「不然妳趁現在，直接去跟他表白？」

「現在？」余諾愣了一下，她根本還沒做這方面的心理準備。

「妳這麼拖著也不是辦法啊，妳昨天不還跟我說，就這兩天打算找他告白嗎。反正陳逾征都這麼說了，妳就上嘛，早死早超生！」

看余諾還在猶豫，付以冬一伸手，「把手機給我，我來幫妳傳。」

余諾連忙道：「不用不用，這種事，我還是自己來吧。」

「那妳倒是快點。」

「妳先別急，讓我想想。」

又猶豫了一個小時，余諾在腦子裡設想了一萬種她跟陳逾征表白的場景，也想了被拒絕的後果，她捧著手機，遲遲不敢點開他的帳號。

付以冬都快被磨死了，「有這麼難嗎？就表個白，多大點事！」

上海的夏天很炎熱，家裡連冷氣都沒開，余諾卻覺得手腳冰涼，她思索了半天，又問付以冬一遍：「我真的現在傳嗎？」

付以冬肯定地點點頭，把手機遞給她看，「我剛剛找了個姻緣網站，幫妳算了一下八字，上面說今天就是妳的良辰吉日，妳千萬要抓住機會。」

余諾：「……」她把姻緣網的批註反覆看了幾遍，有點被付以冬說動了，一時腦熱，心一橫，就傳了訊息給陳逾征。

余諾：『在嗎？』

Conquer：『1。』

余諾糾結了很久：『你晚飯吃了嗎？』

他回得很快。

Conquer：『吃了。』

余諾：『那你現在在幹什麼？』

Conquer：『聊天呢。』

余諾：『跟誰？』

Conquer：『妳。』

余諾又退縮了，實在是想不到該怎麼起頭，轉頭跟付以冬說：「要不然今天還是算了吧，等我再想幾天。」

付以冬打開音樂網站，播放了一首〈好日子〉，「配著這個BGM，給我上！」

見她這邊一直沒動靜，陳逾征又傳了一則訊息過來。

Conquer：『妳有事？』

余諾覺得自己可能是瘋了，狠下心，就把訊息傳了過去：『嗯……就是我看到你那個採訪了……』

Conquer：『？』

Conquer：『什麼採訪？』

余諾厚著臉皮，在付以冬再三催促下，跟他說：『就是那個，你說你挺欣賞周蕩找了個大他三歲的女朋友……』

對方顯示輸入中，卻遲遲沒有回覆。

胸腔裡，心跳劇烈地快要跳出來了，余諾求助地看向付以冬：「完了，我這麼說，會不會顯得很自作多情？」

付以冬不解：「什麼自作多情？正常人都會想歪的好不好，尤其你們本來就有點曖昧，我覺得他已經很明顯了。」

余諾還是不放心：「說不定……是我們想多了呢？」

「屁！」付以冬恨恨道，「大三歲，哪有這麼多巧合的事。」

余諾看了手機一眼，有點絕望，「他還沒回我……」

付以冬猜測：「說不定在那邊偷偷開心呢。」

話剛說完，余諾聊天軟體通話就響了起來，付以冬眼尖，急忙道：「欸欸，是陳逾征的電話，妳快接！」

余諾就從沙發上站起來了，握著手機，無措道：「我接嗎？」

「快接啊！」

兩人說話的功夫，通話掛了，緊接著，電話響起來，還是陳逾征的號碼。

余諾連拖鞋都沒穿，急得像熱鍋上的螞蟻，光著腳在地上亂轉，「完了，我等一下該跟他說什麼？」

付以冬搶過她的手機，按了接聽鍵，遞到她耳邊。

兩方都在沉默，他不說話，余諾更不知道如何先開這個口。

良久，陳逾征笑了一聲，似乎有點好奇：『姐姐，妳剛剛是在暗示我什麼嗎？』

「嗯？不是暗示……」余諾剛剛還手腳冰涼，此刻卻渾身發燒，臉色紅的要滴血了，頭頂冒煙。

付以冬跳上沙發，手舞足蹈，跟她做口型：「說呀，說，我、喜、歡、你。」

余諾對她比了個噓的手勢。

現在這個情形，也是箭在弦上不得不發了，余諾醞釀十幾秒後，閉上眼，一鼓作氣說完：「就是……如果你也想找個大你三歲的女朋友，我還有幾天才過生日，所以現在還是二十二歲，剛好比你大了三歲，要是可以，你能考慮考慮我嗎？」

說完之後，整個世界都安靜了。陳逾征沒料到她這麼直接，硬是沉默住了。

余諾怕被拒絕，立刻說：「你可以好好想一下，不用現在回覆我，你想好了再跟我說也行。」

說完，也不等陳逾征反應，馬上掛掉電話。她手都在發抖，深呼吸一下，平靜了一下。

付以冬給她豎了個大拇指：「妳終於挑破這個窗戶紙了，怎麼樣，他是什麼反應？」

余諾：「我不知道，他好像沒說話，我就掛電話了。」

付以冬：「……」

就在這時，電話又打了過來，余諾手忙腳亂，直接按了拒絕接聽。

付以冬急了：「嘖，妳怎麼又掛了？」

「我、我一緊張就有點結巴。」余諾有點慌，「我怕我等一下聲音太抖了，鬧笑話。」

聊天軟體上。

Conquer：『？』

余諾：『對不起，我現在有點不方便……不然你直接傳訊息跟我說？』

Conquer：『噢，我還以為妳後悔了呢。』

余諾很慎重地打字：『沒後悔，我考慮好了，才來找你的』

Conquer：『妳喜歡我？』

眼看著無法回頭了，余諾看著這四個字，只好坦蕩地承認：『嗯，我喜歡你。』

Conquer：『多喜歡，說來聽聽。』

這要怎麼說？一時間，余諾有點被難住了。她本來就不擅長花言巧語，現在大腦一片空白，思緒都是混亂的。

她轉頭問付以冬：「我怎麼回？」

付以冬這多年的情場老手，一眼就看出陳逾征在打什麼算盤，只有余諾這個小傻子還在這裡乾著急。看在陳逾征是她的偶像的份上，付以冬發了善心，不打算去破壞他的情趣了，「唉」了一聲，跟余諾說：「妳自由發揮吧，加油。」

余諾蹲在角落，冥思苦想了半天，乾巴巴地回了他一句：『就是，很喜歡你……，我也不知道怎麼說，但是和你在一起，就會很開心。』

這則訊息傳過去，余諾感覺自己緊張到都快吐了，眼睛緊緊盯著手機，生怕錯過了什麼。

左上角的時間，數字一分鐘一分鐘地跳，對面終於慢吞吞地回過來一則訊息——

Conquer：『既然妳這麼喜歡我，那明天給妳一點時間。』

余諾：『什麼？』

Conquer：『自己想想要怎麼泡我。』

余諾看著陳逾征這則訊息，抬手，揉了揉胸口。心跳失序，以至於讓她產生了一種疼痛的錯覺。她不自覺咬著唇，陷入苦惱之中。

付以冬迫切道：「怎麼樣，他答應了嗎？」

余諾搖搖頭。

付以冬吃驚：「他拒絕了？」

余諾還是搖頭。

付以冬嘖了一聲，自己湊上來，伸出食指，在余諾手機螢幕上滑動。看完他們的聊天記錄，她連連驚嘆，止不住地笑起來：「陳逾征他挺會啊。」

短短半個小時發生的一連串事情，直接拍暈了余諾的腦子，她坐在地上，虛脫地靠在沙發邊沿，半晌沒有動彈。甚至有點分不清是在做夢還是在現實裡，喃喃道：「我該怎麼辦？」

付以冬：「什麼怎麼辦？」

余諾乖乖地回答：「我沒有追人的經驗。」

「……」付以冬無言，覺得余諾有時候是真的有點憨，尤其是男女感情方面這種事，真是白白大了陳逾征三歲。

付以冬點了點她的腦袋，恨聲道：「還追個屁呀，妳明天只需要美美地打扮一下，然後跟陳逾征好好地約個會，這不就有了嗎！」

因為陳逾征一句話，余諾提心吊膽，一夜無眠，諮詢了付以冬許多約會的注意事項。凌晨五、六點，連雞都要起來打鳴了，付以冬簡直睏的眼皮都快睜不開了，余諾還在耳旁嘮嘮叨叨。

她停了一下，問：「妳覺得我明天跟他去網咖怎麼樣？」

「什麼？」付以冬用食指把眼皮往上撐了一下，嫌棄道：「妳還能更笨一點嗎，去網咖幹什麼？全是菸味，臭死人了。」

余諾神情認真：「我剛剛用手機查了很多地方，但是我怕他都不感興趣，感覺去網咖打遊戲，他應該會喜歡。」

付以冬無語了，打了個哈欠：「不知道去哪玩就去看電影啊，電影院是最能滋生曖昧的地方，妳想一下，昏暗的光線，私密的座椅，躁動的年輕人……」說著說著，付以冬的聲音逐漸變小，然後消失。

余諾轉頭看了看，付以冬癱在床上，已經抱著抱枕陷入昏睡，甚至輕微地開始打起鼾。余諾不忍喊醒她，心裡默默地嘆了口氣。

關掉檯燈，余諾也躺下來，側著身，繼續在一片漆黑裡翻著手機上各種軟體，查找怎麼追男生的一百零八種小妙招。

看到最後，不知道時間到了幾點，睏意來襲，余諾支撐不住，兩眼一閉，也陷入了夢鄉。

等再次清醒過來，外頭已經天光大亮。

身旁付以冬還在沉睡中，余諾頭昏昏沉沉的，等短暫的眩暈過去，她遲鈍地摸起手機，瞇著眼看一下時間。

腦子開始慢慢轉動，回憶一下昨晚的事情，余諾的思緒忽然停住，瞬間從床上爬起來。

陳逾征！她忙打開陳逾征的對話欄。

早上七點的時候，他傳了一則訊息給她：『。』

八點又是一則：『？』

九點半：『還沒醒？』

十一點：『？』

下午兩點：『妳把我拉黑了？』

一路看下來，余諾有點懊惱，拍了拍自己的腦門。今天這麼重要的事情，她居然睡到了下午三點。

余諾急急忙忙地掀開被子下床，邊刷牙邊傳訊息給陳逾征：『對不起，我剛剛醒，昨天晚上睡得有點晚，忘記設鬧鐘了，你吃了嗎？』

等著他回訊息的空檔，余諾把手機放在洗手檯上，彎著腰，洗了把臉。

洗臉刷牙完，拿毛巾擦乾淨臉，余諾看了手機一眼。

Conquer：『沒吃。』

隔了一下。

Conquer：『姐姐，妳追人追得，好像有點敷衍啊？』

余諾頓了頓，隔著螢幕，她都能想到陳逾征此刻不耐煩的表情，有些內疚地回復：『對不起……』

余諾：『不然你先吃一點東西墊墊肚子，我整理一下，然後去找你？』

Conquer：『不用了，我在外面，妳傳個地址過來。』

余諾去備忘錄翻了翻，分享了一個昨天晚上找到的美食城。她不敢再耽擱，放下手機，迅速洗了個頭髮，沖了一下澡。

付以冬翻了個身，丟開抱枕。被外頭叮鈴哐當的動靜吵醒了，她緩了緩，也跟著下床。走出臥室，看到余諾跪在客廳抽屜前，著急翻找吹風機的樣子，她不禁有點好笑：「妳這是幹什麼，出去約會還是打仗啊？」

余諾滿臉焦急，抬頭回她：「冬冬，來不及了，妳幫我挑一套衣服。」

付以冬抄起手，嘆了口氣：「好吧，妳也不用著急，到嘴的鴨子還能飛了不成。」

余諾坐在化妝鏡前上妝的時候，付以冬站在後面幫她編頭髮。她之前特地去找手藝好的老師學過，付以冬手指靈活，十分鐘就把余諾的長髮編成了鬆垮辮子，側綁著，扭轉之後，用一個小清新的髮夾固定。

余諾是鵝蛋臉，眼睛大嘴巴小，五官秀美，臉頰兩邊垂下的幾縷髮尾顯得輪廓更加柔和。

付以冬撐著下巴沉思一下，拿起旁邊電棒捲把垂下來的碎髮夾成內捲。

一個小時後，大功告成。

付以冬拿起香水往余諾身邊的空氣噴了一圈，拍了拍手：「好了，美美的。」

余諾在全身鏡前，低下頭，從頭到尾檢查自己的裝扮，再三確認：「真的可以了嗎？」她頭髮挽起，脖子修長，耳朵上嵌著一對細細的碎鑽耳環，被陽光折射出若隱若現的光。一身小紅裙，長度在膝蓋上一點點，露出細胳膊細腿，肌膚勝如白雪。

「有什麼不可以的？」付以冬自信地拍了拍胸脯，「保證把我偶像迷得神魂顛倒。」

叫了個車到約定地點，余諾張望了一下，沒發現陳逾征的身影，她正準備傳訊息給他，突然肩膀被人拍了拍，余諾後背一僵，轉過頭。

陳逾征雙手插在口袋裡。他今天穿的也不太正式，一件沒什麼圖案的黑色短袖，整個人修長挺拔。才半個月沒見，他的頭髮似乎長了點，柔軟的黑髮垂在額前，一雙漆黑的眼盯著她。余諾還沒做好心理準備，有點不敢跟他對視，緊張地咽了一下口水，脫口而出一句：「你、你好。」

陳逾征停了一下，回了她一句：「妳好。」

往裡走的時候，陳逾征隨口問：「我們今天幹什麼？」

余諾回憶一下昨晚付以冬教給她的東西，在腦子裡過了一遍，「嗯……先去吃飯，吃完飯，可以走走，附近有個電影院，可以看電影。」

說完，她觀察一下他的表情，「你覺得怎麼樣？」

陳逾征懶懶點頭，「可以啊。」

坐電梯到三樓。

余諾的口味偏清淡，徵求了陳逾征的意見，帶他去一家之前和室友去過的味道還行的私房菜館。

店裡放著舒緩的音樂，下午這個時間基本上沒什麼客人，環境幽雅，連服務生都輕聲細語的。

兩人面對面地坐著。

陳逾征高高瘦瘦一個人，就這麼懶洋洋的，沒什麼形象地窩在軟皮椅裡。

計高卓：『怎麼樣？』

Conquer：『吃飯。』

計高卓：『人在你旁邊？』

Conquer：『對面。』

計高卓急切蹦出幾則訊息：『速速，拍張照片，我倒要看看，哪個女孩能把我們陳花草緊張成這樣？』

Conquer：『你是不是有病，我什麼時候緊張了？』

計高卓：『是誰早上八點就殺來老子家裡，讓我陪他等了七、八個小時，坐立難安啊！飯都吃不下去就一直看手機？不是你？不是你？』

計高卓：『說真的陳逾征，跟你認識這麼久，沒想到你居然是這樣的沒出息，長得帥有什麼用呢？？還不是一樣！』

陳逾征冷笑一聲，把計高卓拉黑了。

吃完飯，外面的天已經黑了。

余諾本來想去前臺結帳。準備手機支付的時候，被人從後面拉了一下，她眼睜睜地看著陳逾征把自己手機遞給服務生。

出門後，她小聲問了一句：「不是我請你嗎？」

陳逾征：「妳是追人，還是打算包養小白臉？」

余諾被他噎了一下，隔了一下，她又問：「你覺得這一家的味道怎麼樣？好吃嗎？」

「還行。」

因為睡過了頭，導致很多行程都沒辦法進行。她查電影院的最近場次，跟陳逾征商量了一下：「你喜歡什麼樣的電影？」

陳逾征無所謂：「都可以。」

感覺他也給不出什麼建議，余諾只好自己挑。她糾結了一下，翻了翻影評，懷著點刻意的小心思，選了一部動畫片，叫《嘻哈英雄》，八點半的場次。

他們到的時候，還差幾分鐘就開場了。

陳逾征環視了一周，發現整個電影院裡空蕩蕩的，居然空無一人，他停步，問站在旁邊的余諾：「妳挑了什麼電影？」

「啊？」余諾一臉被拆穿的心虛表情，囁嚅道：「我也不知道是什麼電影，就隨便挑了一個。」

陳逾征：「……」這種基本沒人的上座率，用腳想也知道是個史詩級爛片。

余諾看了半個小時，實在堅持不下去了，吃在嘴裡的爆米花都沒了味道。

她偷偷轉頭，看了陳逾征一眼。

他早就歪著頭，睡著了。忽亮忽暗的光線在他臉上掠過，掠過睫毛，高挺的鼻樑，偏薄的嘴唇，喉結，鎖骨……

大螢幕裡，功夫熊貓說著不知所云的臺詞。余諾不敢弄出動靜，就這麼悄悄看著他，隔著一點距離，用手指偷偷描摹他的輪廓。直到電影散場，燈光全部亮起，打掃衛生的清潔人員進來，說了兩聲，陳逾征才從睡夢中醒過來。

他皺一下眉，睜開眼睛，往旁邊瞥了瞥。

余諾腿上放著包包，乖乖坐著，「你醒了？」

陳逾征抬手，摸了摸鼻樑，「我睡了多久？」

余諾有些無奈：「你睡了一整場電影。」

「電影好看嗎？」

余諾搖搖頭：「不好看。」

其實她也沒看。

電影放完，已經接近十一點，陳逾征開車送她回家。

余諾看著窗外的夜景，忍不住感到有點挫敗。

今天她選的私房菜，他好像不太喜歡吃，後來刻意選沒人看的電影，他全程都在睡覺。余諾發了一下呆，車子在一個紅綠燈前停住，她轉過頭：「陳逾征，我騙了你一件事。」

他扶著方向盤，也看過來：「什麼？」

「其實，今天是我生日。」余諾低下頭，玩著包包的帶子，「十二點一過，我就不是二十二歲了。」

陳逾征反應兩秒，理解了她的意思：「妳還挺會抓機會。」

綠燈亮起，車子重新啟動。余諾看了看他的側臉，本來想說的話，又憋了回去。

她覺得自己今天沒能讓陳逾征高興，所以猜不到他的想法，連開口問他的勇氣都沒了……

車停在社區門口，兩人一路無話，陳逾征把她送到樓下，「妳家住幾樓？」

「五樓。」

陳逾征大概辨認一下位置，「指給我看看。」

夜色裡，其實景物都不太明晰，但余諾還是耐心地說：「就是那個陽臺有盆栽的地方，看到了嗎？」

陳逾征看清了，「噢，知道了。」

余諾心底裝著事，躊躇了一下，試探地說：「那我……走了？」

陳逾征好像也沒再說什麼的意思，點頭，「走吧。」

她原地站了一下，囑咐他：「那你回去的時候記得開車小心點，到了傳個訊息給我。」

陳逾征敷衍地「嗯」了幾聲。

余諾三步兩回頭。明明只和他待了半天，此刻分別的不捨卻格外強烈。她走進樓梯間，等電梯的時候，一回頭，發現陳逾征還在原地目送她。

余諾頭腦一熱，不知道哪來的勇氣，轉過身，推開門，又跑過去。

陳逾征明顯有些詫異，挑了挑眉：「妳還有事？」

余諾搖了搖頭，有點不好意思，問他：「你，要不要上去坐坐？」

「……」他似笑非笑瞅著她：「妳家裡有人嗎？」

「嗯？」余諾默了一下，回答，「沒有……。」

「那……」陳逾征拖腔帶調，「妳確定要我現在上去？」

深夜這個時間，孤男寡女深夜共處一室，確實會讓人想歪。余諾意識到邀請陳逾征去家裡的行為不太妥，她說，「……那算了吧，你早點回去。」

幸好這裡路燈壞了，一片漆黑黑，陳逾征也沒能察覺余諾臉紅了。

這次，她連道別的時候都不敢看他，急匆匆地折返。

回到家，余諾拆掉頭髮，第一件事就是摘掉隱形眼鏡。眨了眨酸澀的眼睛，她坐在沙發上，翻找出眼藥水滴了幾滴。

從冰箱裡拿出一瓶礦泉水，余諾靠在流理檯邊緣，又走了神。手機訊息響了一下，付以冬傳訊息過來：『怎麼樣？妳和陳逾征在一起了嗎？』

余諾無精打采，拿起冰水，赤腳走回客廳的沙發上坐下：『沒有……』

付以冬：『你們還在外面？』

余諾：『我已經回來了。』

付以冬：『啊？』

余諾：『約會好像失敗了……』

付以冬的電話過來，急吼道：『妳表白失敗了？不可能啊！』

余諾情緒不高，一下子之後才說：「我沒表白……當面有點開不了口。」

付以冬鬆了口氣，『那也不算失敗呀，談戀愛這種事，細水流長，慢慢來，不要急。』

余諾很慢地說：「他跟我待在一起，應該覺得挺無聊的。」

付以冬知道她的老毛病又犯了，『妳別這樣，妳這麼好，要不是我是女的，我一定要追妳。再說了，妳昨天跟他說的這麼明顯了，他都沒拒絕妳。可能是想跟妳相處一段時間看看？』

付以冬在電話裡安慰了她一番。余諾掛電話之後，發現陳逾征前幾分鐘傳了一則訊息給她。

Conquer：『拍個妳社區的夜景我看看。』

余諾：『現在嗎？』

Conquer：『現在。』

余諾一頭霧水，覺得他這個要求有些莫名，不過還是回他：『好，你等一下』

她從沙發站起來，拉開客廳陽臺的玻璃門。

社區隱沒在濃稠的夜色之中，她有點近視，再遠的地方，全都幻化成幾團黑影。余諾舉起手機，打開閃光燈，拍了兩張，傳給陳逾征。陽臺的欄杆很高，余諾兩隻手臂抬起來，剛好能趴在上面。徐徐的微風吹來，她的心情總算放鬆了一些，舒適地嘆了口氣。

幾分鐘之後，握在掌心的手機一震，余諾微微抬起手腕，看了一眼。

通訊軟體還停留在和陳逾征的聊天畫面上，他也傳了一張照片過來。她以為他也拍了一張月亮，點開來看。

仰視的角度，高聳的樓棟，幾戶人家燈光亮著，有兩處有很明顯的白色，黑夜裡同樣一彎相似的月亮。看著看著，她忽然發現有點不對勁。

這個地方……怎麼這麼像自己社區樓下？

余諾心一麻，立刻問：『你還沒走？』

Conquer：『沒走。』

余諾：『等我一下，我馬上下來。』

余諾：『幾分鐘。』

余諾也不知道自己怎麼就衝動地提了這個要求，不知道自己為什麼要下去，下去要跟他說什麼，不知道為什麼不想要陳逾征走。

她只知道，自己現在很想見到他，很想很想。

明明分開才半個小時，余諾卻感覺這種渴望要把自己淹沒了。她連鞋都忘記換，抓著手機就往門外跑。

這棟大樓一共三十一層，只有兩臺電梯。余諾著急地按著鍵，旁邊顯示的數字還是跳動得很緩慢。時間好像過得格外漫長。這裡訊號不好，余諾的訊息也傳不出去。

她有些著急，又連著按了幾下電梯鍵，等不下去了，推開旁邊消防通道的門，從樓梯一路跑下去。整個樓梯間裡空無一人，感應燈應聲亮起，安安靜靜，讓余諾急促的腳步和呼吸都顯得格外明顯。

一口氣跑完五樓，心臟都快蹦了出來。推開樓道的門，余諾眼前一團模糊，站在原地，張望半天。

終於看到他了。

陳逾征坐在樹下的長椅上，她過去。

剛剛跑了半天，停在陳逾征面前的時候，余諾的臉還有點充血。額頭上的汗唰唰地滑下來，淌進脖子裡。陳逾征的手機螢幕亮著淡淡的光，視線將她從下往上，掃了一遍。

安靜幾秒。

耳邊只有蟬鳴聲有一搭沒一搭地叫。

余諾用手背抹了一把汗，揪著一顆心，喘了幾口氣，慢慢地說，「你……怎麼還沒走？」

陳逾征不出聲。余諾拘謹地在他身邊坐下。

離得近，她看見他的手機開著計時器，正在倒數。

余諾有點疑惑：「這是什麼？」

「妳的生日。」

「嗯？」

「還有一分鐘，十二點就過去了，」陳逾征笑，「剛剛忘記說了，生日快樂啊姐姐。」

余諾微頓，「謝謝。」

兩人說了幾句話，計時器的數字剛好減到零，時間過了十二點。

陳逾征關掉手機，側頭看她，「妳現在比我大四歲了。」聽到這句話，余諾僵了一下。

她沒忘記之前說的，他想找個大他三歲的女朋友……

今天一天下來，看電影，吃完飯，直到陳逾征主動送她回家，都沒主動提昨天的事情，她也沒勇氣再去問他。

以為等不到他的答案了。

但現在……是拒絕的意思嗎？良久，余諾情緒又低落下來，微不可察地「嗯」了一聲。

見她沉默，黑暗中，陳逾征笑出來：「忘記給妳禮物了，怎麼辦？」

余諾喃喃：「沒關係的。」

陳逾征認真地問她：「我把自己送給妳，要不要？」

余諾澈底愣住，一時間，不確定他是不是在逗她。她想說話，喉嚨卻像哽住了。

他又問了一遍：「要不要我？」

一番大起大落之後，余諾感覺自己眼前都蒙上了一層水霧，她小心翼翼地問：「我……能要嗎？」

陳逾征笑了：「哭什麼？」

余諾反應了一下，這才意識到自己真的哭了，她覺得有點丟人，轉過去一點，擦掉斷線一樣的眼淚。

然而手腕卻被人拉住，扯了一下，余諾坐得不穩，半跌在他身上，陳逾征傾身，湊了過來。熱熱的氣息噴灑在她的耳廓，鼻尖被淡淡的檸檬味縈繞。余諾在他懷裡僵住，像一塊木頭一樣，動都不敢動。

「姐姐……，我喜歡妳。」他喉結稍微滑動一下，表情帶著點調笑的意味，聲音卻字字清晰：

「不管妳大我幾歲，三歲，還是四歲，我都喜歡妳，知道嗎？」

第十一章　我能領個號碼牌嗎？

陳逾征把話說開了，他溫柔的低語響在耳邊，帶著氣音和笑。

余諾上半身歪懸著，肩膀貼上他的胸膛。這是一個對她來說很彆扭的姿勢，他只是扯了一下她，沒有摟抱或固定住，而她戰戰兢兢，也不敢跟陳逾征太親近，又捨不得離開這個距離，手臂虛軟沒有力氣，只勉強撐在他的腿旁邊保持著平衡。

陳逾征微微拱著背，跟她咬耳朵，呼吸沉重：「姐姐，妳倒是給個回應啊？」

心臟像被泡在軟軟的棉花糖裡，又像在起了風的海浪上，沉沉浮浮，要往下陷，又往上飄。余諾急著想答應他，偏偏眼淚掉的她都管不了。

她睫毛濕漉漉的，點點頭，回答的也結結巴巴：「我……好。」

可陳逾征還不肯放過她：「好什麼？」

余諾眼淚還在掉，帶著濃重的鼻音，「陳逾征，我也喜歡你。」

頓了頓，他不用克制了，隨意抬起手，手指蜷縮，屈起的指節曖昧地貼上她的眼角，有一下沒一下的，慢慢拭去透明的眼淚，「姐姐，妳哭起來這麼可愛，我以後忍不住想欺負妳怎麼辦？」陳逾征眼色是暗的，聲音很低，有種微弱的壞。

蟬鳴還在亂叫，偶爾有下夜班的人經過，好奇地投過來一瞥。連灌木叢鹹澀的氣味都變得甜了起來，混合著獨屬於夏天夜晚的乾爽空氣，兩人無聲在椅子上坐了一陣子。

盯著腳下的燈影出神，余諾低聲問：「這麼晚了？你要回去了嗎？」

陳逾征伸直著兩條腿，「不回了吧。」

「嗯？」

「我一個人在這坐一晚上也挺好。」陳逾征慢悠悠說完，又補了一句：「如果妳忍心的話。」

她心甘情願被道德綁架，眨了下眼：「那我陪你……」

其實余諾也不想走，怕上去睡了一覺，醒來發現這一切都會消失不見。剛剛出的熱汗還黏在衣服上，余諾低頭「啪」一下，拍死一隻腿上的蚊子。

這才想起陳逾征，她用餘光掃了一眼他裸露在外的皮膚。這裡只有那麼一點亮，她忍不住坐過去一點，湊上去仔細看了看，發現他的手臂上全是大大小小的紅包，她擔憂地抬眼：「你怎麼這麼招蚊子？癢不癢？」

他回：「還好。」

「被咬了怎麼都不說？」

陳逾征歪著身子：「這樣挺破壞氣氛的。」

余諾站起來：「你等一下，我去樓上拿一點花露水下來。」

說完這句話，她動作一頓。

陳逾征：「怎麼了？」

余諾放下手機，摸了摸衣服口袋，半天才說：「我……我好像沒帶鑰匙。」

陳逾征眼光一轉，往下看。余諾也跟著低頭，才發現自己穿著居家拖鞋。

陳逾征意味深長，忍不住勾起嘴角：「下來得這麼急？生怕我跑了是嗎？」

余諾腳趾縮了縮，滿臉通紅嘴硬：「只是懶得換鞋了。」

陳逾征很從容：「所以，妳現在回不去了？」

余諾點點頭，解釋：「我學校的寢室裡還有鑰匙，不過要等到明天早上六點半才會開校門。」

余諾跟著陳逾征重新回到車上，他把空調打開。一縷縷涼絲絲的冷空氣從腳下吹上來，緩解了被蚊子咬的癢感。

余諾的手機還剩下百分之五十的電，開省電模式，應該可以支撐到明天。

陳逾征把頂燈關了，跟她說：「把安全帶繫上。」

察覺到車子啟動，余諾聽話地拉過安全帶，低頭扣上，詢問：「這麼晚了，我們要去哪？」

「我朋友店裡。」

看他拿起手機，準備打電話的樣子，余諾點點頭，沒有多問。

陳逾征打了個電話給計高卓：「你女朋友開的那個店在哪？」

計高卓：『幹嘛？』

「我現在要過去。」

計高卓默然，『你一個人？』

「還有一個。」

『你的那個愛吃魚啊？欸，你剛剛不是挺厲害的嗎，還拉黑我？現在想到你爸爸了？』

陳逾征懶得跟他廢話，「報地址，快點。」

車按照導航開了快一個多小時，開進一個停車場。余諾認出遠處外灘的標誌。她隨便猜了一下，難道他這次打算帶她來江邊看日出？陳逾征停好車，下來。

從停車場走上去，兩人並肩而行，余諾低下眼，悄悄看著他垂在身側的手。想牽，又不好意思主動。他們才剛剛在一起，對她來說，這一切都好像不是真實的。余諾還在胡思亂想，手突然被人握住。她馬上受驚一樣抬頭，撞進他帶笑的眼睛。

心口提著，頭腦昏昏地走了一段路，她也悄悄勾起手指。穿過虎口邊緣，接觸到他光滑的手背，有點冷。陳逾征忽然笑了一下，側過眼：「姐姐，牽個手這麼激動？」

余諾愣愣的。

他神色自如，提示她：「妳的手出了好多汗。」

余諾窘迫了一下，下意識就想抽回手，被人緊緊地反握住。

陳逾征有些困惑於她的純情：「妳怎麼這麼容易害羞？改天把身分證給我看看。」

余諾：「看我身分證幹什麼？」

「我懷疑我女朋友是個未成年。」

余諾：「……」

雖然有點氣，但是心裡還是忍不住為他「我的女朋友」這個詞開心著。

走出停車場，外灘附近早就沒了白日的繁華喧囂，只剩下梧桐樹旁的路燈還亮著。

路邊有幾家二十四小時的便利商店還開著，余諾跟著他走：「我們要去哪？」

「補個蛋糕給妳。」

粉白色的店門被推開，捕夢網上的羽毛飄了飄。聽到叮叮噹當的風鈴聲響起，坐在櫃檯後面的人抬頭：「歡迎光臨。」橙橙站起來，看到一對養眼的年輕男女。忍不住心底讚嘆了一下，揚起微笑：「你好，有什麼需要嗎？」

「你們這還能做蛋糕嗎？」

「當然可以呀，我們是二十四小時營業的。」她忽然想到什麼：「對了，你們是卓哥的朋友吧？」

陳逾征點頭。

橙橙繞過桌子，跑去拿點餐單：「你們先找位子坐一下。」

余諾打量一下店內的裝潢，像是貓咪咖啡廳，很溫馨的裝飾，還有幾隻貓咪。

余諾抬手，輕輕摸了摸一隻布偶貓的頭，小聲問：「這是你朋友開的店嗎？」

陳逾征淡淡道：「不是朋友，我已經跟他絕交了。」

余諾：「……」

橙橙把他們帶到靠窗邊的位子，余諾猶豫一下，選擇跟陳逾征坐在同一側。

他單手支著下巴，側頭看她，「想吃什麼口味的？」

「我都可以……」余諾有選擇困難症，看著菜單上精美的蛋糕，詢問：「那就提拉米蘇吧？」

「可以啊，」橙橙確定了一下：「提拉米蘇的款式是吧？那你們要多大吋的？」

余諾說：「就最小吋的就行了。」

陳逾征：「來個二十四吋的。」

橙橙和余諾同時：「……」

余諾提醒他：「二十四吋是不是太大了，我們吃不完的。」

陳逾征沒覺得有什麼不對：「蛋糕不就是越大越好？這樣才有過生日的感覺。」

余諾：「我生日已經過了……」

橙橙憋著笑：「好，我知道了。」

蛋糕做得很快，橙橙掀開簾子，朝他們喊了一聲：「需要在蛋糕上寫什麼字嗎？」

陳逾征站起身，「我來寫。」

余諾坐在位子上，乖乖等著他。

她認真玩著桌上裝飾用的晴天娃娃，忽然有點雀躍。從小到大，好像沒有人很正式地幫她過生日，最多就是余戈放學帶她去家旁邊的甜點店吃個蛋糕。

那時候余將給他們的零用錢很少，余諾知道他一直想存錢買電腦，所以從來都是點店裡最便宜的提拉米蘇。

余戈以為她喜歡吃，也沒說什麼，小小的一塊，全都讓給她。後來余諾養成習慣，每年過生日都會和余戈去吃提拉米蘇。之後余戈去打職業，有時候忙起來連自己的生日都顧不上，余諾也漸漸地不過生日了。

她還在出神想事情，店裡的燈光忽然全部滅了。余諾有點怕黑，嚇了一跳，還以為停電了，站起來，準備去看看情況。

黑暗中忽然亮起燭火，陳逾征端著蛋糕出來。橙橙拍著手，唱起生日快樂歌。

微弱跳躍的火焰映襯著陳逾征秀氣的臉，直到他走到眼前，余諾還在發愣。

陳逾征把蛋糕放在桌上。提拉米蘇的黑色粉屑上，有她名字的縮寫，旁邊還霸道地跟著一個飄逸的 Conquer。

與之前他簽在她毛衣上的簽名如出一轍。

陳逾征抬起手，勾了勾她的下巴：「發什麼呆？許個願。」

余諾吹滅蠟燭，切蛋糕的時候，陳逾征回憶起她剛剛那個虔誠的表情，問：「別人許願幾十秒就許完了，妳怎麼許了快五分鐘，願望夠多的啊？老天爺同意嗎？」

余諾以為他在說自己貪心，有點不好意思地笑：「我沒有許太多，我還想了幾分鐘。」

「許了什麼願？」

余諾很嚴肅：「這個不能說，說出來就不靈了。」

陳逾征：「有沒有我？」

余諾遲疑一下，點點頭。

他不要臉地說：「妳是不是偷偷祈求老天，把我這個好不容易泡到手的弟弟永遠拴在身邊？」

「……原話不是這個。」她把切好的蛋糕遞給他，笑了笑，「但意思差不多。」

這次終於輪到陳逾征愣住。

余諾回視他：「其實我到現在，還覺得自己是在做夢。」她停了停，語氣認真：「所以我偷偷跟老天爺說，如果我真的在做夢，希望，祂能讓我這個夢做得久一點。」

第二天早上。

陳逾征把她送回學校拿鑰匙。

車停下，余諾解開安全帶，看著他明顯精神不濟，眼圈青黑，有些擔憂：「你別開車回去了，停個車，等睡醒了再來開。」

陳逾征不怎麼在意：「沒事。」

「不行。」余諾傾身，把車鑰匙擰了一下，強行讓車熄火，「我送你去叫個車，你現在開車太危險了。」

余諾把陳逾征拉到社區門口，叫了輛車，看到車開走了，才放心地回家。

洗了個澡後，她整個人就像被抽乾了力氣。頭腦卻很清醒，輕拉了一下手腕上的微笑手鏈，她趴在床上，等著陳逾征的訊息。

等著等著，睡意湧上來，不知不覺就睡著了。通宵過後的睡眠不是很安穩，余諾一覺醒來，發現才下午三、四點。

第一件事就是抓起枕邊的手機。

最新一則是陳逾征到了傳的訊息。再往上翻，昨晚的月亮還在。她鬆了口氣，緩了幾分鐘後，現在才莫名有種踏實的感覺，這一切都不是她在做夢，陳逾征現在，真的是她的男朋友了……

余諾也回了一個：『我醒了。』

他沒回，大概還在睡覺。余諾仰躺著，對著的天花板開心了一下子，不知道想到什麼，又把臉埋在鯊魚裡，她睡不著了，起身下床。

前兩天余戈回家，冰箱裡還凍著一些螃蟹沒吃完。余諾沉思一下，先傳訊息給余戈：『哥，我打算把冰箱的螃蟹吃了，你要嗎？我做好了送一點過去給你？』

Fish：『不用了，妳自己吃。』

余諾：『你不吃的話，我等一下送一點給朋友。』

Fish：『隨妳。』

余諾哼著歌，把螃蟹稍微清洗了一下，把它們放進高壓鍋裡煮。

這兩天她也要回學校，余諾把被子床單全部丟進洗衣機，又打掃了一番。

手機的鐘響了一下，余諾跑進廚房，把剛剛煮好的螃蟹撈出來，放進保溫桶裡。計算著時間，她換了身衣服，提著螃蟹出門。坐車去TG基地的路上，余諾喜悅的心情回落了一點，忽然湧起擔憂。

他們明明分開才半天，她這樣，會不會有點太黏人了？

這個時間，TG的人也起來的差不多了，她直接去二樓訓練室找他們。

見余諾提著保溫桶進來，Killer 有些驚喜，摘掉耳機：「哇，余諾妳提了什麼來呀？」

余諾把蓋子打開：「前幾天去買了螃蟹，吃不完，就想著帶點給你們。」

其他人還沒來，訓練室只有奧特曼和 Killer。

余諾問了一下：「陳逾征還沒起來嗎？」

奧特曼嚼著東西，含糊地回：「昨天不知道幹什麼去了，一大早上就出門，今天快中午才回來，還在補覺呢。」

余諾有些心虛地笑了笑，看他們吃了一陣子，好像也沒繼續待下去的理由。她特地跑過來一趟，其實是想要見到陳逾征。只是覺得，能跟他距離近一點，就滿足了。

余諾起身：「那我先走了，你們慢慢吃。」

奧特曼「啊」了一聲，擦了一下油膩的嘴：「這就走了？留下來吃個晚飯嘛。向佳佳也在呢，妳去找她玩。」

余諾搖搖頭：「不用了，我今天要回學校。」

結果一出門就撞上了陳逾征，他正在上樓，穿著寬鬆的長褲，剛睡醒的模樣。

余諾還沒說話，奧特曼從後面追過來：「諾姐諾姐，妳等等，要不要我送送妳。」

陳逾征稍微醒了一下神：「妳怎麼過來了？」

「我來送螃蟹給你們。」

沒察覺兩人之間的氣氛有什麼不對，奧特們說：「走走，我送妳去叫車。」

余諾笑著婉拒：「我自己去就可以了。」

陳逾征皺眉：「關你什麼事？滾。」

奧特曼哪知道他在發什麼火，莫名其妙：「你這個人，起床氣能不能收斂一點，我送送別人怎麼了？這是基本的禮貌懂不懂？」

「輪得到你送？」

奧特曼覺得有點怪，但他反射弧長，一時間也沒品出來這句話哪裡不對。眼睜睜看著陳逾征陪著余諾下樓，他也跟了上去，「我也送，怎麼了？」

兩人都沒發現身後尾隨的奧特曼。

陳逾征問她：「怎麼來了又走？故意吊我胃口？」

余諾解釋：「不是，我只是來送個螃蟹，學校還有點事。」

在路邊，陪她等車的時候，余諾一直感覺陳逾征看著她。她有點放不開，心裡猶豫了一下，才轉眼跟他對視。陳逾征在笑，瞧著她又不說話。

身邊有空車經過，兩個人都沒伸手攔。余諾心裡咕嚕嚕冒起甜蜜酸澀的小泡泡，忍不住問：「你在想什麼？」

陳逾征不動聲色：「想……要帶妳去什麼地方。」

她茫然：「什麼地方？」

陳逾征跟她確認：「妳要我說嗎？」

余諾還是很茫然：「沒事，你說。」

他湊到她耳邊低語，只有兩個人能聽見的聲音，「一個……能把姐姐欺負哭的地方。」

余諾：「……」他絕對是故意的，上來就是這麼直接的一句調情，余諾感覺自己要燒起來了，比剛剛煮熟的螃蟹還要熟。

余諾跟陳逾征關係才剛剛轉變，她還沒完全適應，這時根本接不住他的話。

陳逾征收斂了一下神色，不逗她了，「跟妳開個玩笑。」

她聲音悶悶的：「我知道你在開玩笑。」

見她沒生氣，陳逾征又更得寸進尺：「或者，姐姐想把我欺負哭，也行。」

余諾嘟囔了一句：「我為什麼要欺負你。」

他一本正經回答：「妳欺負我一下，我欺負妳一下，這不是才能增進感情嗎？」

余諾無言。剛開始剛認識他，陳逾征對誰都拽，一副眼高於頂的模樣。余諾連跟他多說兩句話都不太敢。

那時候她怎麼想得到，他有一天可以這麼自然，又這麼理所當然地說出這種無恥的話調戲她。

一磨蹭又是十幾分鐘，余諾儘管不捨，還是跟他說：「你快進去吧，我也要回學校了。對了，這段時間我可能要準備畢業論文的報告，沒時間來找你，你要是有事，可以傳訊息給我，或者，打電話。」

聽她嘮叨完，陳逾征問：「剛把我騙到手就讓我守寡？」

余諾哭笑不得，有點無奈：「我哪裡騙你了，什麼守寡，夏季賽不是快開始了嗎？你也好好訓練。」

遠處又來了一輛空計程車，余諾感覺再拖下去他們可能又要拖半個小時，她揮手攔了攔。

計程車緩緩減速，靠邊停下。余諾上車前，轉頭看了看陳逾征。她拉開車門準備上車前，停了停，快步走到他跟前。

不敢看他表情，余諾生疏地張開手，把他的腰環抱住。一、兩秒，然後快速彈開，掩飾住臉紅，急匆匆跟他說，「我走了。」

陳逾征還沒反應過來，計程車的車門就砰地關上，只留下一臉的尾氣。

頓了一下，他笑了笑，慢悠悠拿出手機，傳了訊息給她：『占完便宜就想跑？』

隔了幾分鐘，余諾才回：『……下次讓你占回來。』

陳逾征往基地裡走，晃晃蕩蕩地上了幾個臺階，順便還逗了逗徘徊在腳邊的陳托尼。

他拿著手機，看余諾的訊息，一抬眼。奧特曼倚在門邊，右手還舉著一個蘋果，一言難盡地看著他。

陳逾征心情很好地問：「你有事？」

「你……你把余諾送走了？」

「是啊。」他準備進門，被奧特曼拉住。

陳逾征甩了一下，沒甩開，他懶懶地掀起眼皮：「幹什麼？別對我動手動腳，有點煩。」

奧特曼一臉菜色：「我剛剛看見你在門口，對人家余諾動手動腳，說話的時候都快湊到對方耳邊上了，你怎麼回事啊？陳托尼都沒發春，你倒是先發上了？」見陳逾征表情還是一如既往的漫不經心，奧特曼又重重地加了一句：「我知道你暗戀別人，但這已經是性騷擾了吧，還挺不尊重女生的。你可能覺得自己很帥，但人家女孩子只會覺得你猥瑣。」

「什麼猥瑣？」陳逾征不爽了，「我跟我女朋友做的事，你能別偷窺嗎？」

奧特曼以為自己聾了：「你什麼朋友？」

陳逾征一個字，一個字地跟他說：「我，的，女，朋，友。」

手裡啃了一半的蘋果落地，奧特曼驚掉了下巴，都快破音了，「什麼？你的什麼？」

「女朋友，聽到了嗎？」陳逾征倒是很有耐心，「沒聽懂再跟你說一遍，她現在是我，陳逾征，的，女朋友，懂？」

「……」奧特曼簡直被這個突如其來的巨雷劈傻了。

陳逾征也不走了，也倚在門的另一邊，欣賞著他的表情。過了一陣子，陳逾征有點不解：「奧特曼，你怎麼看起來這麼絕望，難不成你也暗戀我女朋友？」

他刻意在「我女朋友」上咬字很重。

奧特曼呆若木雞一會，兩眼發直，有些激動地咆哮：「我是真是萬萬沒想到……，萬萬沒想到，你還真敢上？你知道你女朋友的哥哥是誰嗎？你知道嗎？他到時候知道了，生起氣來，他的粉絲一人一口唾沫，就能把我們的基地給淹了你知道嗎！」

陳逾征不耐煩地掏了掏耳朵，語氣依舊欠揍：「誰還沒有粉絲了？」

奧特曼：「就你那一點點粉絲也好意思說別人？」

「你對我現在的人氣有什麼誤解？」陳逾征笑了，反問：「我這點粉絲你有嗎？」

「……」他被陳逾征三番兩次嗆到無言不說，還無形之中被他嘲諷了一翻。奧特曼氣地直說：

「行，你厲害，陳逾征你厲害，就你這個心理素質，不愧是打職業的。」奧特曼連著點幾下頭，從口袋裡掏出手機。

陳逾征瞟了一眼，看到他打開聊天軟體，還賤嗖嗖地問了一句：「幹什麼？打算替我官宣戀情？」

奧特曼呵呵冷笑了一聲：「我現在就去私訊Fish，通知他這個驚、天、喜、訊。」

陳逾征臉上看不出情緒，也沒阻止他的意思，就抱著手等在旁邊。

奧特曼在和余戈的私訊對話框裡打字：『你好，我是TG的輔助Ultraman，現在有個很緊急的情況，我不得不來通知你——你妹妹被我們隊的AD給Gank了。』

在Gank和糟蹋兩個詞間，奧特曼又糾結了一下。怕余戈真的提刀趕來，最終沒用糟蹋。傳出去之前，奧特曼故意看了陳逾征一眼，恐嚇道：「我傳了！」

見他還在笑，奧特曼又揚了揚下巴，說：「我真的傳了！」

陳逾征一臉享受的表情：「你傳吧。」

「……」

「順便。」陳逾征思索一下稱呼，提醒他：「幫我跟大舅哥問個好。」

奧特曼恨恨地刪掉剛剛一大段話，「真是絕了，人不要臉，天下無敵。」

很快，TG其他幾個人都知道了陳逾征脫單這件事。

「余諾？陳逾征把余諾追到手了？」

陳逾征悠然自得：「聲音能小一點嗎？知道你們羨慕我。」

眾人：「……」

Killer 比奧特曼還震驚，轉頭跟陳逾征說：「你還真敢抱余戈大腿啊！」

「開什麼玩笑，我需要抱他大腿？」陳逾征冷笑。

Killer 陰陽怪氣聞了一下空氣，疑惑：「欸？怎麼這麼濃的一股火藥味啊，現在就跟你大舅子杠上了？」

陳逾征：「……」

賤人自有賤人收，奧特曼看陳逾征總算吃了一回癟，連忙附和：「是吧是吧，你看他現在可跩了，可自信了。殺哥，你是沒見過他剛剛那個樣子，尾巴要翹天上去了！希望到時候見到大舅子的時候也能這麼囂張。」

Killer 想像了一下那個場景，打了個哆嗦：「和 Fish 當親戚，這……」

湯瑪斯最為淡然，甚至還建議陳逾征：「下次我們和 OG 打比賽，你就在公共頻道傳一句給 Fish，『在？你妹妹沒了』。」

「你搞人有一手啊湯瑪斯。」Van 快笑瘋了：「多損吶！」

Killer：「這還怎麼打比賽？余神看到這句話，滑鼠一丟，直接衝過來找陳逾征真人 PK。」

陳逾征：「……」

回到學校，幾個室友都在位子上坐著。

余諾在收拾東西，梁西過來問她畢業論文報告的事情，順便跟討論一下流程。

帶她們的導師不是同一個，余諾去班級群翻了翻，班長剛剛上傳了畢業論文報告的分組。

梁西看一下她的分組名單，拿起手機：「我幫妳查查到時候報告的三個老師，有一個教授我好像認識，還挺好說話的。」

另一個室友轉頭：「有什麼好查的呀，余諾的導師是副院長，委員會的那幾個老師不會為難她的。」

畢業論文報告在即，其實大家心裡都知道只是走個流程，只要不是太離譜的，老師一般也不會為難誰。但事關能否順利結業，余諾還是有點焦慮，打開筆電，反反覆覆檢查著到時候要上臺講的PPT。

她一旦做起什麼事情來就特別忘我，坐在電腦前，除了中途吃了個泡麵，剩下時間都在專注地修改畢業文稿。直到半夜，余諾關掉電腦，揉了揉痠痛的脖子。拿起在一旁充電的手機。

Conquer：

『今天阿姨做的飯好難吃。』

『？』

『妳在幹什麼？』

『妳還挺高冷。』

『？』

『我失戀了？』

看完他傳的一堆訊息，余諾不知道為什麼有點想笑，回了過去：『我剛剛在改畢業論文的稿子，沒看到你的訊息。』

打完這句話，她想了想，為了顯得自己語氣柔和點，又補了一個常發的笑臉顏文字。

幾分鐘後。

Conquer：『妳什麼時候報告？』

余諾：『下週四。』

Conquer：『把妳的畢業論文傳給我。』

余諾：『嗯？』

Conquer：『幫妳檢查。』

看他一本正經，余諾把檔案用聊天軟體傳過去給他。

余諾：『那你先檢查，我去刷個牙。』

他們和WR約了幾局訓練賽，打完後，Killer去樓下拿外送，奧特曼坐在位子上，喝著可樂，瞥到旁邊的電腦螢幕。

陳逾征不知道在看什麼，挺專注的，手指滑動著滑鼠。

奧特曼用腳滑了一下椅子，伸出脖子湊上去，發現是一大堆密密麻麻的圖表和資料、文字。奧特曼好奇：「大半夜的，你看的這什麼東西啊？催眠啊？」

他凝神，重新看了文件的標題：「2021106025——余諾——畢業論文終稿」。

奧特曼不禁疑惑：「你這破學歷，能看得懂人家的畢業論文嗎？」

陳逾征又翻了一頁：「國中畢業的人不要在這裡指點江山。」

奧特曼：「你也別五十步笑百步了，我們都是文盲。」

下週就是夏季賽開幕式，過兩天他們還要去跟其他戰隊一起拍攝定妝照。思及此，奧特曼止不住憂愁，仰天嘆氣。

陳逾征不耐煩：「你幹什麼？」

「現在一想到要跟余戈見面，我就害怕！」奧特曼喃喃：「我覺得我甚至不敢直視他。」

陳逾征：「白癡。」

奧特曼又問：「余戈高還是你高啊，到時候真人ＰＫ，打得過他嗎？」

湯瑪斯嚷嚷：「好了，有完沒完，這個梗過不去了是吧？你就知道人家余戈一定不滿意 Conquer 嗎？」

「你忘記他被 Fish 粉絲罵上熱門話題的事了？」Killer 拆著外送，沒忘記補刀：「早知道會喜歡上人家妹妹，陳逾征半年前就算打斷自己的手，也不會對 Fish 亮出那個罪惡之標。」

余諾刷完牙出來，看到陳逾征傳了訊息給她：『在幹什麼？』

余諾：『準備再看一下論文就睡覺。』

Conquer：『視訊。』

余諾：『嗯？』

Conquer：『論文能有我好看？』

余諾拿起桌上的小鏡子照了一下，她一回來就在忙論文，頭髮亂七八糟隨便拿橡皮筋捆住，穿著睡衣，整個人不修邊幅到了極點。

余諾心底掙扎了一下，不想這個樣子被他看見，委婉道：『現在是不是有點太晚了，不然下次？』

Conquer：『心情不好。』

余諾：『怎麼了？發生什麼事了嗎？』

Conquer：『妳什麼時候把我介紹給妳哥？』

余諾愣住，不知道他怎麼突然提起這個。不過她倒是沒想過這件事，思索了一下：『我們才剛在一起，以後變數還很多，你們畢竟都在一起打職業，抬頭不見低頭見的，要是到時候出什麼事了，我怕你跟他都會尷尬。』

Conquer：『能出什麼事？妳還想跟我分手？』

余諾連忙道：『不是不是。』

余諾感覺自己剛剛的話有點傷人了，她有點苦惱，坐在椅子上，咬了一下手指，『等我們稍微穩定一點了，我就跟我哥說，可以嗎？』

Conquer：『他要是揍我，妳幫誰？』

余諾噗哧笑了一下，覺得他有些杞人憂天，不過還是耐心安撫他：『我哥沒有這麼暴力，他不會動手的。』

過了一下。

Conquer：『他想揍我就揍吧，別揍臉就行了。挨一頓打，換他一個妹妹，挺值的。』

系裡的報告大概是兩天左右，余諾在第二天下午，組裡倒數幾個。順序還可以，一般到了最後，老師也疲憊了，會自然地給學生放水。

她準備得很充分，講之前，把論文資料傳給三個老師，接下來的過程都很順利。等她講完PPT，說完結束語，臺下的老師們也沒怎麼刁難她，照例問了幾個問題就讓她走了。余諾鞠了個躬，把散落的資料裝進包包裡。從樓梯下去，路過幾間教室，看到裡面正在上課的學弟學妹。

心裡忽然湧出了一股不捨。直到現在，她才有種真的要告別學校生涯的感覺了。到樓下，手機震了一下，余諾打開看。

Conquer：『在哪？』

余諾：『剛剛答辯完，準備出來。』

Conquer：『怎麼樣？』

余諾：『還行，挺順利的，應該沒問題。』

和她同組的一個女孩就在門口等她，余諾跟她討論一下剛剛報告的細節。

兩人走出教學樓，到小禮堂門口，余諾又收到一則陳逾征的訊息。

Conquer：『轉頭。』

余諾有點恍惚，心裡一跳，立刻找了一下，發現他就在不遠處站著。她有點驚喜，跟身邊的人打了個招呼，立刻跑過去。

「你怎麼突然來啦？」余諾這才注意到他的裝扮，心底止不住訝異了一下。

陳逾征雙手插在口袋裡。他個子高，比例也好，像個行走的衣架子。悶熱的夏天，他穿著白襯衫和黑西裝褲，袖口挽到手肘，手臂上的一行黑色刺青若隱若現，寬肩窄腰，領口的釦子解了兩顆。

給人的感覺有點矛盾，又騷情又禁欲。

他自然拿過她手裡的包包。她好奇：「你怎麼知道我在這裡？」

「直覺。」

「……」

他雖然不說，余諾也能猜到。他們學校歷來大四報告都固定在這個教學大樓。隨便拉個學生問路就知道了。第一次看他穿正裝，余諾禁不住好奇，視線一直往旁邊移。走兩步就停一下，上上下下地打量。

陳逾征突然冒出一句：「看什麼？」

四目相交，余諾眼裡的喜歡絲毫不掩飾：「看你。」

「差不多就行了。」陳逾征語氣平淡，「再看我就臉紅了啊。」

「……」她忍了一下，還是笑出來，小聲問了一句：「你也會臉紅？」

陳逾征眼睛看著前方：「我臉皮薄著呢。」

余諾直勾勾打量他半天，終於確定了一件事，試探道：「陳逾征，你是不是害羞了？」

「……」他站在原地。

余諾不知道為什麼心情很好，樂呵呵地誇獎他：「沒事，不用害羞，你這樣穿，真的很好看。」

他有些不自然地別過臉：「倒不是因為這個。」

她疑惑：「嗯？」

「只是被這麼如狼似虎地盯著。」陳逾征不緊不慢地說，「確實讓我有點，難為情。」

余諾訥訥：「好吧……那我克制一下。」

余諾沒想到陳逾征會突然來學校找她，為了盡地主之誼，她自發地帶他參觀了自己度過四年學習生涯的學校。

一路走過去，余諾指給他看，「那是我們學校的操場，平時有很多男生會來這邊打籃球。」

她興致勃勃地講著八卦：「我有時候晚上下課，經過這裡，總是看到有女生會上去加好友。我有一個室友就是來看籃球的時候，遇到了她現在的男朋友。」

陳逾征聽著她講，忽然停下步伐。透過綠色的網格，看了正在場地中央吆喝著盡情揮灑汗水的青春少年們一眼。學生時代的女生，總是會不自覺地被打籃球的男生吸引。看他們穿著球衣奔跑著，總是能讓體內荷爾蒙飆升。

余諾以為他喜歡看別人打籃球，就說：「不然我們坐下來休息一下？」

陳逾征看到旁邊的福利社，「我去買瓶水。」

余諾也走累了，在椅子上等他。

場中的男生忽然吆喝了一聲，一顆橘色的籃球突然嗖一下穿過綠網，朝著她這邊飛過來。

余諾下意識躲了一下，籃球剛好滾落在腳邊。

一個男生跑近，對著她喊了一聲：「不好意思，能把球丟給我們嗎？」

余諾彎腰，把球撿起來，拋回去。

那個男生接住球，眼裡閃著光，笑容燦爛：「謝謝。」

余諾：「不會。」

男生運著球，跑了兩步，又回頭問了一句：「妳一個人啊？」

余諾搖頭。

見到這一幕，其他男生都在起鬨。

陳逾征買完水，在她身邊坐下，一側眼，見她專心地盯著籃球場。他問：「剛剛那個搭訕妳的是誰？」

余諾解釋：「他沒搭訕，只是要我幫忙扔一下球。」

「誰，指我看看。」

余諾指了一下。

「那個十七號球衣？白色的？」

余諾「嗯」了一聲。

看了一下，陳逾征出聲，淡淡點評：「球打得不怎麼樣，長得也挺一般。」

余諾頓了一下：「啊？」

「走吧。」

余諾跟著他站起來。

又往前走了一段路，陳逾征忽然說，「我高中也是籃球校隊的。」

「是嗎？」余諾在腦子裡幻想一下他穿球衣的樣子，笑笑，「那你打籃球肯定很厲害。」

陳逾征哼了一聲，不置可否。

她想起一件事，詢問：「是不是有很多女生會去幫你加油？」

「當然。」陳逾征又趁機補了一句：「妳要是看過我打球，就知道剛剛那個一七號，技術不怎麼好。」

「……」話題繞來繞去還是這個。余諾第一次察覺到陳逾征愛吃醋的小性子，覺得有些可愛。面上也不敢露出來，怕刺激他，只能一本正經順著他的話：「嗯，那你改天露一手給我看，讓我見見世面。」

走在路上，時不時會有擦肩而過的女生多看陳逾征幾眼。也不是很刻意，是正常走在路上遇見帥哥的反應。

余諾問他：「你今天怎麼穿成這樣？」

「慶祝妳畢業。」

余諾默了一下，心裡有些感動。

剛好到了吃飯的時間，余諾帶他到學校門口的美食街，邊走邊跟他介紹：「這家抄手店我常來，有時候起的早，會跟室友來這邊吃早餐。這裡一條街都是吃的，味道都很好，我當初第一個學期，吃胖了好幾公斤。」

她的心情一好，話就變得比平時多很多。說著說著，忽然感覺自己像個導遊一樣，聒噪了半天。她怕他覺得無聊，有點不好意思地問：「對了，還沒問，你想吃什麼？」

「我都行。」

他們進了一家烤魚店，老闆娘都已經認識她了。看到陳逾征的時候還愣了一下，「欸，這個是妳男朋友嗎？」

余諾有些拘謹，點點頭。

老闆娘稱讚：「小夥子挺帥的。」

兩人找位子坐下，余諾把菜單推給他：「你看看，想吃什麼？」

余諾拿起手機查看訊息。

之前同個科系的小學弟傳訊息給她：『學姐，能拜託妳一件事嗎？今年食品毒理的老師沒畫重點，我也不知道怎麼複習，妳有去年的考試重點嗎？借我看看？』

余諾：『稍等，我找一下』

陳逾征勾完菜單，問她的意見。飯館裡很吵，擠滿了剛下課的大學生，余諾專心回著訊息，沒聽見他的話。

她打開雲端硬碟，找一下關鍵字，傳了幾個檔案過去：『這是前幾年的考試試卷，附件是答案，你可以先做做。』

小學弟：『謝謝人美心善的學姐！好人一生平安！』

小學弟：『=3=』

陳逾征指尖夾著鉛筆，點了點桌沿，瞟到她的手機螢幕，正好看到對面傳來的一個噘嘴的顏文字，「這是誰？」

余諾抬頭：「是我一個同科系的學弟。」

「男的？」陳逾征歪靠椅背上，撇開臉：「妳不說我還以為是學妹呢，跟女孩子似的。」

手機又傳來一則訊息。

小學弟：『學姐，還有一件事，妳能幫我看一下期末的大作業嗎？』

余諾：『你們這次有什麼特殊要求嗎？』

小學弟：『手寫，二十五頁紙，應該跟去年一樣。』

他傳來幾張照片，余諾放大看，傳語音跟他講：『你小標題用得太多了，到時候老師可能會分不清重點。然後資料要單獨一頁列出來，最後的結語格式不對。你可以找往年的大作業報告參考一下。』

等她傳完語音，陳逾征才開口：「愛吃魚，妳對我也上點心，行嗎。」

這才發現冷落了他太久，余諾稍微有點愧疚，馬上收起手機，拿過他手裡的筆：「你點好了嗎，我來看看我吃什麼。」

等她點完菜，一轉頭，發現陳逾征也拿出了手機，「我打個電話給我爸。」

余諾把菜單遞給老闆娘，聞言，表情微愣：「打電話給你爸幹什麼？」

陳逾征語氣很平靜：「我讓他幫我聯繫個複讀班。」

她沒聽懂：「什麼？」

「不想打職業了，我要考大學。」

余諾：「……」

陳逾征往椅背上一靠：「我也要當姐姐的學弟。」

余諾一臉為難，老老實實跟他說：「但是，我已經畢業了。」

陳逾征打電話的手一頓。

她欲言又止：「而且，我們學校的分數還挺高的。」

言下之意，他複讀了也考不上。

陳逾征氣笑了：「怎麼了，瞧不起我？」

余諾憋了一下，也跟著笑起來，「我知道你跟我開玩笑的，我也在跟你開玩笑，逗逗你。」

陳逾征把手機一丟，余諾以為他不高興了，連忙坐過去一點，解釋：「我只是開個玩笑，你別生氣。」

他悠悠地瞧了她一眼：「這麼怕我生氣啊？」

余諾點頭。

「確實有點氣。」陳逾征嘴角一勾，「不然妳親我一下，讓我消消氣？」

余諾：「……」

周圍都是人，她知道他又在故意逗她。

雖然兩人算是確定了關係，私下單獨相處時，陳逾征嘴裡總是沒下限，說些不著邊際的話。但是她能感覺到，他的教養都刻在了骨子裡，行為上很尊重她，從來不做逾越的事情，有一個男生該有的風度。

余諾沒做聲，看著他的笑。

陳逾征穿著正經的白襯衫，笑容卻很壞，但是又讓人忍不住心動。

余諾專心地盯著他，壓低聲音：「陳逾征，你笑起來也好好看。」

陳逾征笑容一收。

老闆娘把魚送上桌來，招呼了兩聲。余諾幫他拆碗筷，用熱水燙了一遍。

陳逾征問：「愛吃魚，妳都是跟誰學的？」

余諾愣了一下：「什麼？」

陳逾征抬手，轉開臉，摸了摸鼻子，「算了。」

「是誇你那些話嗎？」余諾回想了一下，臉上的表情還是一如既往的認真：「我不是學的，我是真的這麼覺得，你好看。」

陳逾征：「……妳這不是在誇我，是在撩我，知道嗎？」

「撩你什麼？」余諾睜著一雙圓圓的眼睛，樣子看起來太無辜了，純潔的像一個小學生。

陳逾征跟她說不下去了，拿起筷子，「是不是真以為我不敢對妳幹什麼啊？」

余諾偷偷笑著，「嗯」了一聲。

吃完飯，陳逾征把余諾送到校門口，「我馬上就忙完了，過兩天畢業典禮之後就沒事了。等你訓練不忙的時候，可以去基地找你。」

陳逾征低著頭瞧她：「妳的畢業典禮我要來嗎？」

余諾哽了哽，想了一下，小心道：「我哥他到時候應該會來……」

「好吧。」

有一輛空著的計程車停在旁邊，余諾跟他牽著的手分開。看著陳逾征上車，余諾心底嘆了一下，有些些不捨，還有點……後悔。

其實她想在陳逾征走之前，偷親他一下的，猶豫了半天，到底還是不敢付諸行動。

余諾有點出神。

下次一定要勇敢點。

余諾正式畢業那天，余戈專門過來學校，作為家屬出席了她的畢業典禮。

她帶著學士帽，走上臺，校長親自替她撥穗，頒發了學士學位證書。慣常的流程走完，在響徹全場〈畢業歌〉的大合唱裡，畢業典禮宣告結束。

隨著人流走出禮堂，余諾回首，望了學校一眼，心裡湧出一股悵然若失的不捨感。

室友和同班的幾個女生拉她去操場和教室拍照。

梁西回頭看了跟在她們後面的余戈一眼，有些止不住的激動，偷偷跟余諾咬耳朵：「你哥真人比照片感覺還要帥欸。我剛剛把你哥的照片傳給我男朋友了，他都快瘋了，說現在要訂機票來找我。」

幾個女生在學校的各個景點都打卡了一遍，拍合照的時候，有人上前去要余戈幫個忙。他也沒拒絕，很有耐心地接過她們每個人的手機。

路上有男生認出余戈，過來找他合照。

同班的女生見此有些好奇：「余諾的哥哥是個明星嗎？怎麼在我們學校還有粉絲？」

梁西介紹道：「她哥是個電競選手，最近很紅的。就是OG妳知道嗎？之前他們MSI奪冠，好多男生都發了文。」

女生若有所思：「好像有點印象，當時整個網頁都被OG占滿了，余諾也太低調了，之前都沒聽她提過。」

和余諾同寢室的女生之前見過余戈兩、三面，對他那張冰山臉和生人勿近的氣場印象深刻。沒想到他也有這麼好說話的一面，私下跟余諾感嘆：「妳哥人好像還挺好的，之前我看到他就害怕，總覺得他下一秒就要發火。」

余諾笑了笑：「他平時不怎麼愛說話，所以看起來會有點凶。」

粉絲終於散開，看到孤身站在一旁的余戈，余諾把手機遞給梁西，「能幫我和我哥照一張嗎？」

梁西欣然同意：「當然可以。」

余諾跑到余戈身邊，主動地挽起他的手臂，「哥，我們也來照一張。」

遠處藍天白雲，余諾站在青色的草地上，懷裡抱著一束香檳色的太陽花，對著鏡頭，笑容燦爛。余戈個高腿長，雙手插在口袋裡，臉部輪廓依舊清冷，表情卻少見的柔和。

上了余戈的車，余諾還沉浸在剛剛的開心裡。她把花放在膝蓋上，又找了幾個角度，用手機拍下來。

車啟動時，她才轉頭：「對了哥，我們去哪？」

「回基地。」

「嗯？」

「阿文他們知道妳今天畢業，讓我把妳帶回去慶祝。」

余諾點點頭，又興奮地問：「哥，你這個花在哪裡買的？自己選的嗎？」

「嗯。」

余諾真心實意誇讚：「好好看。」

余戈表情有點不自然，打了一下方向盤，「妳喜歡就行。」

去TG基地的路上，余諾把剛剛的照片整理了一下，發了文，她和余戈的合照放在九宮格的最中間。

她這次發的文所有人可見，沒過一多久，很多人都點了讚。之前合作過的某個策劃特地來敲她：『我沒看錯吧，跟妳合照的那個是Fish嗎？他是妳男朋友？』

余諾平時很少發文，不論是私下還是網路上，也不會提余戈，所以大多數人都不知道她哥哥是余戈。

余諾回覆：『不是男朋友，是我哥哥。』

策劃：『哥哥？親哥哥嗎？』

余諾：『對的。』

策劃：『嗷嗷嗷嗷嗷，妳哥居然是 Fish？妳也太低調了，現在我細細一品，發現妳跟妳哥還長得挺像的。』

與此同時，論壇上有個叫「狂傲 TT」的人發了一個貼文：『Fish 今日驚現我們學校，參加他女朋友的畢業典禮！』

貼文主放出了幾張很清晰的偷拍照片，照片裡，余戈和一個穿著學士服的女生姿勢很親密。余戈手被挽著，整個人很放鬆，臉上甚至還有些笑意。

OG.Fish 這個 ID 作為論壇的三大教科書之一，出道以來一直爭論不斷，但是唯一有一點，他向來潔身自好，從來沒和哪個網紅和漂亮女粉傳過緋聞。

夏季賽還沒開始，LPL 處於休賽期，各家粉絲掐架都掐到累了，正是閒著無聊的時候，余戈談戀愛這麼勁爆的消息一出來，八卦的熱情立刻就來了。文章裡，黑粉和路人全都躥出來。

『我沒看錯吧？Fish 找了個大學生？』

『這個女的看上去也不怎麼樣……』

『My eyes！My eyes！有生之年我居然也能看見余戈笑？』

『這個大學妹看起來可真清純，我們余神的眼光還是好啊！』

『兄弟們，把般配打在螢幕上，他們還真的有點夫妻相？』

各家無良電競行銷號聞到風吹草動，紛紛搬運了文章裡的照片上傳到社群上，順便還打了個勁爆的話題：# Fish 官宣女友 #。

電競圈裡罵人很髒，比賽輸的時候，連祖墳都恨不得給你刨了，上到父母下到親戚，噴子和鍵盤俠一個也不會放過。余戈為了保護余諾，很少在公開場合提她。除了一些多年的老粉和圈內人，路人都不知道余戈還有個親妹妹。

短短幾個小時，余諾的正臉照一時間傳遍了整個LOL圈。

此時OG基地裡，大家還不知道發生了什麼。該喝酒的喝酒，一頓飯吃的熱熱鬧鬧。直到晚上十點，助理捧著手機，大驚失色地跑過來，「完了、完了。」

等他說完這件事，余戈臉都黑了，自己也上社群看了情況。

此時事況已經發展到大批路人開始人肉余諾，甚至把她之前混圈的帳號都找了出來，投稿給一個「說給電競軟妹」的帳號。

她之前cos照片底下的一則則留言更是不堪入目：

『我還以為是女大學生，原來是個福利姬？看來余戈眼光也不怎麼樣啊。』

『你們去看她帳號關注列表裡居然還有TG的人？還跟Killer和奧特曼是互關？這是廣撒網啊！天！余戈快跑！你上當了！』

『我就知道，又是一個網紅想來蹭競圈熱度！TG粉絲在嗎？這個人還關注了你們家Conquer！』

之前有些特地從陳逾征直播間跑來關注她的粉絲，現在也全懂了。

『一說我想起來了，我記得她之前還去陳逾征直播間送過禮物，還是他房管，和他互動，原來真的是廣撒網？』

『所以是腳踏N隻船？』

阿文也在看，翻了幾則之後，忍不住罵：「這些無恥行銷號，為了熱度，底線都不要了。」

「這些網友也是閒出屁來了，太過分了，看得我火都來了。」

Will嘆了口氣：「這群人就是閒的，余戈現在就是樹大招風，之前那個YLD上單吧？他女朋友的前幾任男友的照片都被人扒出來了，網路暴力真的挺可怕的。」

余諾也偷偷上社群看了一下，粉絲增加的速度很快，應該很多是來看熱鬧的，時不時有新的留言和私訊提醒。

她點進私訊列表，滑了滑，手機被人抽走。

余戈皺著眉：「別看了。」

余諾乖乖把手機交給他，小心地觀察了一下他的表情，反倒還安慰他：「沒事的，過兩天應該就好了。」

余戈把她支開：「妳去客廳看電視，我來解決這件事，妳不用操心了。」

阿文和Will商量了一下怎麼辦，瞥到余戈正在編輯文章，他湊上去看了兩眼。

看著他劈哩啪啦打字，阿文勸道：「你好好解釋一下，這種事過去了就沒人關注了。」

余戈冷笑：「我要把這群上傳照片的王八蛋全告了。」

Will也阻止：「不行，你現在不能罵人，越罵人事情鬧得越大，余諾是你妹妹，本來就沒多大的事，你冷靜一下可以嗎。」

阿文沉默一下，忽然開始指責他：「不是，Will，你突然在這裡當什麼爛好人？你看那群酸民說話多難聽！不是你親妹你心裡不難受？站著說話不腰疼？」

Will：「……」

他被阿文的話語塞了片刻，也有些惱火：「我什麼站著說話不腰疼，這不是要保持理智，免得事情越鬧越大嗎？」

阿文揪他字眼：「不是你剛剛說沒多大事？現在余諾的學校還有帳號都被肉搜了，這還叫沒多大事？」

Roy 過來勸架：「好了好了，你們先別吵了。添什麼亂！」

阿文和 Will 互瞪了一眼。

最後幾個人圍在一起幫余戈出謀劃策，集體商量了一番，還是建議余戈最好先在社群上解釋一下，看看情況，先別罵人。

晚上十一點多，余戈發了一篇文。

@OG-Fish：『她是我親妹妹，沒談過戀愛。麻煩各位停止造謠，不要在網路上傳播她的照片，也不要打擾她。謝謝。』

余戈的文章發出去之後，很多粉絲湧去行銷號底下，要求他們刪掉帶著余諾照片的文。不出半個小時，余諾文章底下的留言也出現了兩極反轉。

之前留言罵她是福利姬的某個男網友照片被肉搜出來。

大家全是嘲諷：

『油膩的禿頂中年大叔，拜託你回家照照鏡子吧，有什麼資格在這裡說漂亮妹妹？』

『動不動就蕩婦羞辱，對女生惡意真的太大了，心疼妹妹。』

底下全是大批趕來戰場的余戈女粉：

『小姑子別怕，妳的嫂子來了』

『嗚嗚嗚，我們爸媽也太會生了，哥哥這麼帥，妹妹又這麼漂亮！』

女粉絲們一則則檢閱，到底哪個白癡剛剛罵過余諾，還有些直接跟TG粉絲對罵起來：

『TG的粉怎麼無處不在啊？你們是不是有什麼妄想症？跟你家幾個隊員互關就是廣撒網？丟不丟臉啊？有妄想症就去治，別來這裡丟人現眼哦。』

『沒看到Fish文章？人家妹妹還沒談過戀愛，廣撒網個屁呢？TG的粉絲臉真是一如既往的大，嘔嘔嘔嘔！』

除了余戈的女友粉自認嫂子，甚至不少男網友排著隊開始在余戈文章底下認起了大舅哥：

『有妹妹不早說？以後我們就是一家人了，大舅子，我們一家人不說二話，以後我就是你妹夫了。』

『妹妹還沒談戀愛是吧？我的機會不就來了嗎！』

這件事鬧了幾個小時，TG的人也去圍觀了。

Killer也覺得這事件挺令人擔心的，還專門問了奧特曼：「你說我們要不要發文幫余諾解釋一下啊？」

奧特曼很無語：「輪得到你解釋嗎，再說了你現在發文，不是把人家女孩子往風口浪尖上推嗎？」

Killer 伸長脖子看了看，「陳逾征呢？」

奧特曼不怎麼在意：「他剛剛好像在跟余諾打電話，打了幾次都打不通，應該去哪裡自閉了。」

說完，奧特曼忽然叫了一聲：「欸！余戈發文了！」

幾個人紛紛湊上去看。

陳逾征正好推門進來，煩躁地把打火機和菸盒丟在桌上。

湯瑪斯拆了一包洋芋片，站在旁邊說風涼話：「還挺好笑的，余戈這文一出來，底下全是徵婚的，這麼多情敵，Conquer 該怎麼辦呢。」

陳逾征一頓：「他發什麼了？」

奧特曼念出來：「她是我親妹妹，沒，談，過，戀，愛，麻煩各位停止造謠，也不要打擾她。」

Killer 看了陳逾征的臉色，忍不住笑起來，「完了完了，人家都官宣了妹妹是單身！陳逾征無名無份的，什麼時候才能出頭天啊。」

就在鬧劇差不多平息的時候，OG所有隊員都分享了余戈的文。這也就算了，讓人出乎意料的是，TG的人居然也分享了。

四個人一個不落地保持隊形。

@TG-Killer：『妹妹人真的很好，互關是因為現實認識，粉絲別去攻擊她哦。』

@TG-Ultraman：『支援，網路暴力不可取。』

@TG-Van：『加二。』

@TG-湯瑪斯：『加三。』

『這是什麼情況？ＯＧ的人分享就算了，你們分享幹什麼？』

『我暈了，余戈妹妹面子這麼大的嗎？』

『好傢伙，我剛剛還在跟ＯＧ粉絲對噴，完事了你們轉眼就去支持人家妹妹？還有誰比我更尷尬嗎，算了不說了，去刪留言了……』

『作為ＯＧ的粉絲居然有點感動是怎麼回事……』

就連贏下洲際賽都沒發過文的陳逾征居然也破天荒分享了這則貼文，作為他的第一篇文，畫風和所有人都不一樣——

他直接分享了余戈文章留言按讚第一。

@TG-Conquer//@睡醒了沒：『在？我能領個號碼牌嗎？』

第十二章　我醉奶

繼陳逾征分享這則留言後，底下回覆一片歡聲笑語，就連某個不知名的ＣＰ熱門話題也在偷偷過年。只不過，這兩千多則留言裡，竟然沒有一個人把他想領號碼牌的行為當真。

路人和粉絲都以為他單純湊個熱鬧，騷一騷罷了。畢竟，陳逾征和余戈的妹妹能扯上什麼關係？八竿子打不著的兩個人。

就連余戈也是一臉地鐵老爺爺看手機的表情，問旁邊的阿文：「他要幹什麼？」

阿文細想了一下，謹慎地回答：「莫非，是在主動跟你示好？」

余戈：「跟我示好幹什麼？」

阿文一時間也難住了：「這我就不知道了。」

過了半天，阿文說：「可能是被你粉絲罵怕了。」

余戈：「……」

客廳的電視裡放著動漫，余諾和手邊的貓玩了一下，見到余戈過來。

她抬頭，觀察一下他的表情。

的分享。

余戈把手機丟進她懷裡，「沒事了。」

余諾鬆了一口氣，把手機打開，社群上很多人傳訊息安慰她。

余諾盤腿坐在沙發上，一則一則回了。

回完訊息後，她又打開社群，去看了一眼情況。順著余戈那篇文，也看見了TG和OG幾個人的分享。

就在這時，付以冬又在聊天軟體上狂震：『什麼情況，陳逾征這是什麼情況！他還能再明顯一點嗎！妳哥有沒有問妳什麼？』

余諾：『沒有……可能以為他在開玩笑？』

付以冬：『打起來！打起來！我好想看他們打起來！想想那個畫面就刺激！』

余諾：『……』

余諾翻一下手機的幾個未接來電，馬上從沙發上站起來。

阿文正在和余戈說話，瞥到余諾往外走的動作，喊了一聲，「妹妹，妳要去幹什麼啊？」

余諾頓了頓腳步，舉起手機：「我出去打個電話。」

她推開基地的玻璃門，走到一個安靜的地方，回電話給陳逾征。

嘟嘟幾聲，那邊接起來，她喊了一聲：「陳逾征？」

『嗯。』

余諾有點愧疚：「我手機被我哥收走了，現在才給我。」

『妳現在還跟妳哥在一起？』

余諾：「嗯，我在OG基地。」

對面安靜了一下，陳逾征忽然說：『想見妳。』

聽到他的聲音，余諾的心都軟了，猶豫一下，跟他商量：「今天太晚了，你們明天是不是也要去拍定妝照？我明天跟我哥一起去，等結束了就去找你。」

打完電話，余諾又自己在外面逛了一圈。她打開陳逾征的社群帳號，又看了幾遍那篇分享。雖然他什麼都沒說，余諾還是偷偷地開心了陣子。

余諾在OG的基地待了一個晚上，第二天，跟余戈他們一起去了拍攝夏季賽定妝照的場地。

OG的人拍攝，她坐在旁邊觀看，看的時候，心神不寧地等著手機訊息。

Conquer：『到了。』

她收到這則訊息，一轉頭，看到攝影棚又進來的幾個人。TG幾個人都穿著隊服，陳逾征在人群裡很搶眼，一眼就能看到。

於此同時，Killer也看到了正在拍攝的余戈。

鬼鬼祟祟地看了幾眼，Killer捏了捏陳逾征的手臂，悄悄說：「改天你去健健身，到時候跟你大舅哥真人對打也不至於吃虧。」

OG和YLD那邊的拍攝差不多已經結束，馬上輪到TG和WR兩個隊。

奧特曼和Killer先上去拍，他們還是沒有習慣這種當焦點的感覺，像個提線木偶一樣任人擺弄。

攝影師喊了一聲，招呼他們：「你們放鬆一點，這是拍攝，又不是上刑。」

拍攝定妝照都會結合個人風格，比如奧特曼的臉有點嬰兒肥，用女粉的話來說就是個乖寶寶長相。平時採訪時也很謙遜，容易害羞，所以拍攝時，旁邊的工作人員指導他擺了幾個賣萌的姿勢。

而陳逾征，拍攝團隊給他的定位是不羈。在眾多LPL選手裡，除開余戈，陳逾征的臉優勢很明顯，長相有辨識度，臉上彷彿寫著三個字，欠收拾。

賽場上還是賽場外，他渾身上下流露出來的就是一副我很跩，有本事你就別喜歡我，要是喜歡到心碎了可別來找我的樣子。不需要說話，有種會當淩絕頂的威風感。

攝影師連著拍了幾張陳逾征，很滿意他的鏡頭感。不過最後看成片，總覺得哪裡怪怪的。正常人拍照，手都是垂下來，手腕貼著腿，而他每一張照片，右手腕總是微微向外翻著。

和旁邊的助理討論一番，攝影師問：「欸，Conquer，你的右手怎麼這麼僵硬？骨折了？」

最後溝通了半天，攝影師又幫他想了幾個姿勢，全部被陳逾征否決。

旁邊監視的齊亞男過來，無奈道：「你到底要幹什麼？後面的人還等著呢。」

和他交流了兩句，齊亞男過去，跟攝影說：「我們選手有個私人要求。」

「什麼？」

齊亞男皺了皺眉，似乎也不理太解陳逾征古怪的執著：「他說，他要最後的定妝照，能把他的刺青露出來。」

攝影師：「……」

旁邊助理了然地笑了笑：「這個年紀的小男生，都喜歡耍帥，能理解。」

商量一番，工作人員上去跟陳逾征描述了一下：「不然你試一下，右手抬起來，下巴也揚起來，手插到頭髮裡，這樣你的刺青就能全部露出來了。」

陳逾征：「……」

他問：「你們是要拍定妝照還是性感寫真？」

奧特曼在腦子裡想像一下那個畫面，在旁邊搔首弄姿，示範這個動作：「是不是這樣？眼神要迷離一點。」

Killer做了個要吐的表情，撇過眼，不忍再看：「曼曼，你別搞了，這個動作讓陳逾征做是騷情，你做就是故意噁心人。」

後來又嘗試了幾個姿勢，攝影團隊在尊重陳逾征要露出刺青又不能太騷的要求下，夏季賽定妝照總算敲定。

他一隻手插在褲子口袋，有刺青的手臂揚起，雙指併攏，點在額角，行了個軍禮。

拍攝結束後，余諾跑去和去和余戈打了個招呼。

他聽後，擰眉：「妳找他們幹什麼？」

余諾結巴了一下，不敢說實話：「只是去跟他們吃個飯。」

她指了指等在遠處的向佳佳，「和她一起，她是我在TG交的朋友。」

余戈順著她指的方向，打量一下向佳佳。

余諾跟他保證：「我吃完就回家，到時候打電話給你。」

等余戈同意，余諾整理一下東西，揹起背包，跑過去跟向佳佳會合。

她們跟著TG的人回到巴士上。

向佳佳挽著她的手臂走在後面，陳逾征和奧特曼他們打打鬧鬧。

雖然不少人都知道了他們的事，但是目前還沒公開，大家都知道余諾性格比較靦腆，幾個男的也不好對她口無遮攔地開玩笑，只能私底下調戲陳逾征。

時不時有人轉頭過來看，然後撞撞陳逾征的肩膀，臉上曖昧的表情顯而易見。

向佳佳覺得有些奇怪：「他們在幹什麼？幹嘛總是看我們？」

余諾搖搖頭。

上車後，向佳佳習慣性地拉著余諾在倒數第二排坐下。還在興奮的分享最近喜歡的化妝品，「ysl唇釉新出的那個色號，一點都不乾，顏色也是絕美。真的特別適合妳這種甜甜又溫柔的女生，改天送妳一枝。」

說著說著，肩膀被人拍了拍，向佳佳話一停，轉頭，不耐煩：「幹什麼？」

Killer 擺了擺頭：「走，過去，跟我坐。」

向佳佳有點無語：「我為什麼要跟你坐？」

Killer 嘖了一聲，「妳能不能懂點事？有人想跟余諾坐知不知道？」

「誰？」向佳佳說完這句話，往後一瞄，看到陳逾征站在那。她這兩天沒待在基地，還不知道陳逾征和余諾的事，這時也是一臉問號，直接問了出來：「陳逾征為什麼要跟諾諾坐在一起？」

奧特曼忍不住噗的笑出來。

「還能因為什麼？」Killer 把她扯起來，終於忍不住了，說：「因為愛情！」

向佳佳：「……」

好幾天沒見，陳逾征就坐在旁邊，余諾心跳快了幾拍，有點不自在，甚至有點不敢轉頭跟他對視。當眾被他隊友心知肚明的調侃，她後知後覺，有點不好意思。假裝看了一下窗外，膝蓋被人撞了撞。

余諾轉頭，先看了腿一眼，視線才上移，和他的目光對上。

陳逾征懶懶散散靠在椅背上：「不理我？」

余諾小聲地說：「沒有不理你，我在想要跟你說什麼。」

他慢慢地哦了一聲，問：「妳剛剛跟向佳佳聊什麼，那麼開心？」

余諾回憶了一下：「她跟我推薦了一個口紅。」

陳逾征看她半晌。巴士搖搖晃晃地往前開著，因為她的一句話，他的目光自然移到她微微開闔的唇上。暗影交錯的光線裡，陳逾征維持著同一個姿勢，一動也不動地盯著她。

這麼近的距離，余諾被看到有點臉紅，摸了摸臉：「怎麼了？我臉上有東西嗎？」

陳逾征移開視線，對坐在前面的人說：「奧特曼，給我瓶水。」

「幹什麼？」

「口渴。」

奧特曼舉手，往後丟了一瓶水。

陳逾征拿起來，擰開瓶蓋，喝了一口。

余諾注意到他手臂上的刺青。過去大半個月，原本紅腫的皮膚也恢復了光滑。一條長短不一的黑色線段隨著他的動作若隱若現露出，有種很詭異的神祕感。

余諾：「你這個刺青的圖案是什麼？好奇怪。」

「奇怪？」陳逾征瞥了自己手臂一眼，嘴角隱隱往上翹，語氣隨便：「不是挺帥的嗎？」

她聽奧特曼他們說了今天陳逾征拍攝定妝照的時候為了故意露出刺青，折磨工作人員大半個小時，不禁有點好奇：「這個刺青對你很重要嗎？」

陳逾征想了想，回答她，「挺重要的。」

余諾疑惑：「是有……什麼寓意？」

「祕密。」

「什麼祕密？」

他氣定神閒：「妳猜。」

余諾冥思苦想半天，說了幾個答案，陳逾征全都搖頭。

她苦笑：「我猜不到。」

陳逾征攤開手，「把妳的手機給我。」

余諾從包包裡翻出手機，解鎖，遞過去。

他垂著頭，很熟練地去軟體商城找了一個APP出來，又交到余諾手裡，吩咐她，「掃。」

余諾沒看過這個，覺得有些新奇：「還能掃出來？」

「嗯。」

他遞了一隻耳機遞給她，余諾乖乖戴上，他戴上另一隻。

光線暗淡，鏡頭對準他的手臂，出現了藍色的光條，上上下下之後，叮的一聲，顯示掃描完成，讀取中。

余諾不知為何有些分享他祕密的緊張。

他按下播放鍵，她愣住。安靜的車廂裡，輕淡溫柔的聲音順著耳機線傳到耳朵裡，伴隨著輕微的電流聲，余諾居然聽到自己的聲音。她有點不敢相信，又調大音量，反覆聽了兩遍。

連雨聲都那麼清晰，彷彿巴黎街頭那個下雨的夜晚就在昨天。

陳逾征輕笑：「聽到我的祕密了嗎？」

前排忽然竄出一個頭，奧特曼沒察覺到自己煞風景，很興奮地問：「什麼祕密？我也要聽！」

余諾：「……」

陳逾征的笑容凝固住。

Van偷聽也被打斷，氣的扯了扯奧特曼，「你給我坐下，別打擾我們征哥和嫂子調情！不懂讀空氣的傢伙！」

他這聲嫂子喊得無比清晰，車廂大半的人都回頭了，隱隱約約傳出笑聲，余諾臉一紅。

奧特曼乾笑兩聲：「不好意思，你們繼續、繼續。」

余諾還沒來得及有什麼反應，陳逾征忽然提醒她，「妳手機響了。」

她低眼一看，來電顯示的人名是余戈。

她也沒多想，就按了接聽鍵。

那邊有點吵，余戈似乎跟別人說了句話，問她：『到了嗎？』

余諾還沉浸在陳逾征的刺青裡，反應有些慢，小聲回答：「快了，還在路上。」

『別喝酒，知道嗎？』

余諾應了一聲，「嗯。」

又說了幾句，余戈忽然道：『對了，那個要妳號碼牌的……』

余諾下意識抬眼，順著耳機線，一點一點，看向陳逾征，他沒什麼表情。

另一隻耳機，陳逾征沒摘，此時此刻，就堵在他的耳朵裡。

想到這件事，余戈覺得可笑，冷哼一聲，交待她：『離這種不正經的人遠一點。』

余諾沉默了。

余戈交代完，那邊有人喊，他說：『就這樣吧，掛了。』

嘟嘟兩聲後，耳機裡恢復成一片死寂。

余諾抿著唇，看向陳逾征，他表情淡淡的。

她試圖解釋一下：「那個……我哥他……」

陳逾征有些狹長的眼梢微微上挑，心不在焉地「嗯」了一聲，「沒事。」

Van和奧特曼不知道說了什麼，又在前排吵起來。湯瑪斯趕去正面戰場，三個人在座位上扭打成一團，一時間場面變得十分熱鬧。

剛剛和余戈的一通電話後，陳逾征什麼都沒說，把耳機摘了，就這麼靠在椅背上，看前面的人打鬧。余諾坐立難安，側頭，觀察一下他的表情，伸出手指，戳了戳他。

陳逾征瞥過眼：「怎麼了？」

余諾微微坐過去一點，輕輕扯住他衣服下擺，「你不高興了嗎？」

陳逾征沉默。

余諾心底愧疚，跟他道歉：「對不起……」

說這句話的時候，她自己都沒察覺，眼神很可憐，像是失寵的小貓咪。

「這有什麼好對不起的？」

她囁嚅道：「我沒跟我哥說過和你的事情。他現在什麼都不知道，對你可能有點偏見。」

雖然網路上經常有人調侃余戈和陳逾征兩人王不見王，粉絲也經常罵的不可開交。但是實際上，他們私底下並沒有交集，也談不上什麼深仇大恨。上次洲際賽後，OG的人甚至還來跟TG的人喝過酒。

只是余戈的性格本來就難以接近，加上之前種種，覺得陳逾征有些行為比較輕浮，以至於對他觀感不太好，但是應該也沒到厭惡這個程度。

只不過……如果現在讓他知道，她已經跟陳逾征在一起，余戈可能一下子接受不了，說不定會馬上要求她從TG辭職。

余諾拉著他的衣角：「你給我一點時間，我肯定會跟我哥說的。」

「沒事，不急，」陳逾征伸手，勾了勾她的下巴，「以後再說。」

「嗯？」

「我現在心裡還沒底氣呢。」

「什麼沒底氣？」

他神色悠悠，「怕妳哥棒打鴛鴦，把我好不容易追到手的女朋友弄沒了。」

動。

「……」她忍不住，小聲問：「不是我追你嗎？」

陳逾征笑了，輕輕哼了一聲，不置可否。如果不是他故意勾引她，等個一百年，她都不會行

陳逾征順從她，換了個說辭：「我是妳好不容易才追到的男朋友，以前多少女孩子跟我表白，我都沒理呢。所以，妳要珍惜這份來之不易的愛情，知道嗎？」

余諾渾然不覺正在被洗腦，乖乖跟他保證：「我會的。」

陳逾征滿意地點點頭。

「不就是被大舅哥嫌棄嗎，」他惆悵地嘆了一聲，「我早就看開了。」

余諾：「……」

「只要姐姐能對我好一點……」陳逾征又恢復成那副吊兒郎當的樣子，拖長了調子，「這點小委屈，忍忍就過去了。」

一週過去，各家戰隊陸陸續續在網路上公布夏季賽定妝照，剛好撞上熱門話題：#喜歡玩遊戲的男孩現實長什麼樣#

行銷號把陳逾征、余戈、周蕩三個人的照片列出來——「統一了LPL審美的三個男人」。

付以冬休了幾天假，過來找余諾玩。兩人在甜點店坐著，各自玩著手機。付以冬滑一下社群，

點開TG後援會的粉絲群組。

不少粉絲在裡面討論。

『SOS！陳逾征油王警告！』

『哪裡油，我覺得還挺帥的呀……』

『我已經說累了，Conquer 我可以！！』

『他那個軍禮真的讓我尷尬了一下，不過TG幾個人的照片就沒有正常的……』

『話說你們知道他手上那個刺青嗎？其實是個女孩的聲音』

『對對對對，熱門話題裡有大神搜出來了！』

付以冬最近一段時間工作比較忙，天天加班，所以也錯過了陳逾征刺青這個八卦。她蹲在群組裡看了一下她們討論刺青，八卦地去熱門話題翻之前的文。

看了一下之後，付以冬像發現了什麼祕密一樣，跟余諾分享：「欸，妳知道嗎，陳逾征手上那個刺青，是個女孩的聲音！」

余諾正在喝西米露，聞言頓了頓，放下手中的勺子，回答她：「我知道。」

付以冬：「妳知道？？」

「嗯……他給我聽過。」

「是誰的聲音啊？」付以冬覺得有點奇怪，「是他媽媽還是妹妹、姐姐什麼的？」

余諾躊躇一下，說，「是我。」

「妳？」付以冬凝固住，呆滯幾秒後，她問：「妳說的？妳什麼時候說的？」

余諾回憶了一下，「就是，洲際賽的時候。」

「……」付以冬又去TG官方，翻出陳逾征的定妝照，放大，把那個刺青翻來覆去地細品了好多遍。聽余諾說完細節，付以冬被衝擊到了，連說了三聲我靠，失神地喃喃，「所以，妳隨口鼓勵他一句話，然後他回國就刺青在身上了？」

余諾：「……」

「陳逾征反差真的太大了，我一開始以為他就是那種跩跩的，有點小壞又渣，就算談戀愛也不會對女生太認真的，嗚嗚嗚，誰能想到，他居然把妳的聲音刺在身上！是聲音！不是名字！」付以冬這種身經百戰的老司機都被撩得滿臉血，「這個跩上天的，他怎麼這麼會！」

接下來的時間，付以冬也無心逛街購物了，一路上纏著余諾，要她講跟陳逾征談戀愛的各種細節。

余諾有點無奈，想了一下，「……就和正常情侶一樣，吃個飯，看電影什麼的。」

付以冬暗示她：「這些都可以略過，我要聽那種，私密一點的。」

余諾不解：「什麼私密一點的？」

付以冬攬過余諾的手臂，又湊上去一點，神祕兮兮，「就……上床了嗎？這個年紀的弟弟，妳懂的，誰試誰知道。」

余諾：「……」

觀察一下她的表情，付以冬怕她生氣，連忙道：「當然，妳不想說也可以不說，我很尊重妳的隱私，只是想關心一下閨密。」

外頭陽光毒辣，余諾被問出了一身的汗。她停在原地，急的有些結巴：「妳想太多了，我們這才、這才、這才幾天，只牽了個手。」

付以冬抓到重點，似乎有點難以置信：「只牽了手？親都沒親過？」

余諾點了個頭。

「……」付以冬頓了頓，輕嘆了一口氣：「陳逾征，他是不是不行啊？」

余諾：「……」

轉眼，到了六月份的尾巴，這次LPL的常規賽週期是十個星期，十六支隊伍分成了兩個賽區，東部賽區和西部賽區，小組內採用雙迴圈的賽制，常規賽結束前，東西部的隊伍不會交手。按照春季賽的最終排名，TG和OG的旗幟分別位居左右的頭號。

剩下的隊伍的分組情況，需要OG和TG各派出代表來抽籤。

沉澱了大半年，TG從出道起就腥風血雨，一路爭論不斷。作為年度最強黑馬，他們雖然春季賽惜敗給OG，但在洲際賽上力挽狂瀾的表現，跌破所有人眼鏡。短短時間內，TG成為萬眾矚目的焦點，成功圈下了不少粉。

雖然粉絲數還不能和傳統豪門抗衡，但熱度已經十分可觀。

悶熱的午後，連風都帶著燥熱。遠遠地，TG的白金巴士駛入場館後方。早早等候在這裡的一大群粉絲立刻爆發了尖叫。

奧特曼坐在車上聽到動靜，悄悄掀開簾子看了一眼，有點被震住。他之前以為上次機場接機就是人生巔峰了，沒想到這次來的人更多。

Van轉頭，問Killer：「這些人不會都是男姐請來的水軍吧？今天只是抽個簽，有必要搞這麼大陣仗嗎？」

「嘖，你別這麼小家子氣行嗎？挺直腰杆，我們現在也是有粉絲的人了。」Killer嫌棄地看他一眼，整了整自己衣服，又撥弄一下頭髮：「怎麼樣，哥帥嗎？等一下上臺抽籤，會不會迷倒千萬女粉絲？」

奧特曼：「……」

巴士停下，保全已經等在車門口。齊亞男在前面招呼他們：「走了，下車了。」

陳逾征躺在最後一排，鴨舌帽還蓋在臉上，被人拍了兩下，才睡眼惺忪地睜開眼。身上的隊服被他睡得皺巴巴的，陳逾征坐起來，緩了緩神，面無表情從口袋裡摸出一顆糖，拆了包裝紙丟進嘴裡。

TG的五個人一下車，人群中的尖叫聲又硬生生拔高了一個度。

奧特曼緊緊跟在陳逾征身後。

保全手拉著手，把他們圍起來，在人海中艱難地維持著秩序，跟熱情的粉絲吼：「小心點，別靠過來！」

然而根本沒人聽。

「陳逾征，把你口罩和帽子摘了！媽媽要看你！」

「Conquer！啊啊啊啊啊啊！！Conquer！看我！」

直到他們走進後臺的通道，身後粉絲的聲音還是無比熱烈。

奧特曼撞了撞他，小聲道：「你怎麼這麼淡定。」

陳逾征低頭，傳著訊息，心不在焉地回了一句：「沒睡醒。」

「又裝酷？」奧特曼湊上去，「跟誰傳訊息呢。」

陳逾征繼續傳著訊息，也沒攔著，無所謂地任他看。

眼神移到他手機螢幕上，奧特曼哽了一下。

Conquer：『姐姐，我的粉絲好多哦。』

余諾：『嗯？不是挺好的嗎，這麼多人喜歡你。』

Conquer：『我被嚇到了，怎麼辦，她們好像要衝上來把我吃了。』

余諾：『……』

看著這幾則訊息，奧特曼的表情空白了幾秒，替人尷尬的毛病又犯了，忍不住道：「你……你傳的都是什麼鬼東西，自己不臉紅嗎？」

「跟你有什麼關係？」陳逾征嗤笑，彷彿完全不知羞恥為何物，「別窺探我和我女朋友的私生活。」

抽籤流程只有半個小時，東西部分完組後，揭幕戰也跟著定下來，週六的比賽日第一場，TG

和KKL打。

回到後臺休息室，教練和領隊又跟他們說了幾句話，「你們都收收心，今晚最後出去吃頓好的，明天開始恢復訓練了。直播也不用開了，這段時間專心準備比賽。這次揭幕戰是你們打，千萬給我上點心，別贏個洲際賽就鬆懈了。」

奧特曼小聲嘀咕：「教練怎麼像在交代遺言似的……」

聚餐的地方在場館附近的一個火鍋店。

余諾睡了個午覺，睡醒收到陳逾征訊息的時候已經是下午五、六點了。她打理了一下，趕過去，到的時候菜已經上了。

她隨便找了個位子坐下，有點抱歉：「不好意思，我來晚了。」

她喘了口氣，用餘光找了一圈。

向佳佳知道她在想什麼，隨口道：「陳逾征跟奧特曼出去上廁所了。」

剛把碗筷拆開，後面的門響了一下。陳逾征走進來，兩人目光對上，余諾對他笑了一下。

奧特曼甩了甩手上的水，繞去裡面，找了個空位子坐下。陳逾征挑了挑眉，停在 Van 的旁邊。

Van 撅著屁股正在撈菜，被 Killer 撞了撞手臂，「幹什麼？」

Killer 用眼神示意了一下，讓他往後面看。

Van 酒已經喝了不少，大著舌頭：「陳逾征？站我這幹什麼，當門神？」

陳逾征擺了擺頭：「你去旁邊坐。」

Van 又看向余諾，瞬間領悟，一句話也沒說，老老實實起身。

陳逾征連掩飾都懶得掩飾了，坦率的很，等 Van 讓出位子後，直接在余諾旁邊坐下。

這個光明正大的行為又讓桌上哟聲一片，屋子裡的人都在笑，打趣的目光集中在兩人身上。余諾低著頭，假裝無事發生。

一頓飯下來，話題中心圍繞著陳逾征和余諾談戀愛的事情過不去了。

奧特曼好奇：「你們什麼時候開始的啊？」

陳逾征懶得多言：「少八卦，管好你自己。」

「……」奧特曼恨恨道：「你這一張賤嘴，也只有余諾脾氣這麼好的女孩能忍受了。」

Killer 倒了一杯烈酒給他：「你都脫單了，不喝點說不過去吧？」

陳逾征抬手，把遞到面前的酒推開，拒絕：「不好意思，今天我不喝酒，你們隨意。」

他不配合的態度讓幾個人都不滿了，只能轉頭去「欺負」比較好說話的余諾。

最開始陳逾征還攔著，後來被 Killer 罵了幾句，「你不喝還不讓別人喝？這就沒意思了啊。」

「沒事，我喝一點不會醉的。」余諾樂呵呵的，心甘情願地被他的隊友灌，只要有人遞酒，她就老老實實喝下去。

不過 Killer 他們也不好意思為難一個女生，敬了幾杯啤酒意思意思就作罷。

一頓飯吃了兩、三個小時。過幾天還有比賽，大家也不好太放肆。

陳逾征牽著余諾的手，「陪我回基地，我等一下開車送妳回去。」

她也想跟他再待一下，點點頭，「沒事，我陪你回去，等一下自己叫個車就行了。」

「我送妳。」

「嗯？」

陳逾征似笑非笑看著她：「不然妳以為我為什麼不喝酒。」

余諾：「……」

上車後，余諾看著陳逾征懶洋洋癱在椅子上的樣子，擔憂地問：「你怎麼了？不舒服？」

「醉了。」

「醉了？」余諾想了想，「但你剛剛不是只喝了點優酪乳？」

他瞇起眼睛，「嗯」了一聲，很不要臉地說：「我醉奶。」

「……」她失笑。

大家酒足飯飽，都饜足了，閒聊幾句過後，車上恢復安靜。

陳逾征稍微坐起來一點，右手就垂在身側，轉頭，有一搭沒一搭跟她說著話。余諾剛剛被灌得有些多，雖然不至於醉，但也動不動就走神，目光總是忍不住，頻頻向下瞄。

看多了，連陳逾征都發現了，眼神也跟著移下，看向自己的手臂：「怎麼？」

這下子，余諾也不用遮掩了。她實在好奇，支支吾吾地問：「我能，摸一下你的刺青嗎？」

陳逾征默了默，「妳隨意。」

得到首肯，她伸出手，也不太敢，只是輕輕地試探了一下，陳逾征沒出聲。

見他沒什麼反應，余諾大膽了一點，手指輕輕觸碰著刺青的輪廓，沿著小臂，慢慢下移。

陳逾征盯著她看了一陣子，被摸得有些癢，他蜷縮了一下手指，忍住了，沒有阻止她的動作。

她神色柔軟，半垂著頭，小聲問：「你刺這個的時候，疼嗎？」

「疼啊。」陳逾征笑了，慢慢道：「差點把我疼哭了。」

余諾知道他在開玩笑，還是心疼了一下。

夜色降臨，巴士裡關了大燈，只有街上的霓虹光影照進來。

余諾的頭微微湊上去，想要把手臂上的這片圖案看的更仔細，在距離幾公分的地方停住，連呼吸都放緩了。心中微微起了點退意，可不知是不是酒精作祟，她的行為不受大腦控制。

在意識之前，余諾的嘴唇已經貼上那片刺青，在他的皮膚上落下一個輕柔的吻。

像對待一個很珍重的寶貝，她沒有什麼邪念，只是情不自禁的一個舉動。

陳逾征完全沒料到她會做出這個行為，愣住。

反應過來後，幾乎是一瞬間，全身血液都逆行了，一股火從喉嚨一路往下燒。

很短的時間，親完之後，余諾自己大腦也發呆了幾秒。覺得有些難堪，她胸口起伏一下，眨了眨眼，起身，假裝鎮定地看向他，又不好意思別過眼去。

陳逾征眼色暗沉，不聲不響地看著她，蘊藏著一些她看不懂的情緒。

余諾臉色漲紅，不敢再跟他對視，把頭撇開，看向窗外。

一路上，都在做著心理建設。那個突然的吻之後，他們都安靜了。

到了基地，巴士停住，熄火。後面的人起身，陸續下車。

余諾坐在裡面，等別人都下車後，她看陳逾征遲遲沒動靜。

默默地等了一下，她忍著羞澀，問：「不走嗎？」

他一副懶得動彈的樣子，垂眸：「起不來，緩一下。」

余諾不禁一愣：「你怎麼了？」

陳逾征眼神濕漉漉的，勾了勾手，示意她靠近一點。

余諾遲疑地湊過去，彎腰。

他湊在她耳邊，輕聲說：「姐姐剛剛把我親出反應了。」

腦子轟一下，余諾呆呆愣愣的，眼睛倏然睜大，整個人定在原地。她的頭微微垂著，臉頰旁邊的髮絲落下，擋住了一半的側臉。

陳逾征低聲說完這句話，歪頭，往她耳廓裡吹了口氣。

因為他的話，余諾下意識往下看了一眼。遲鈍幾秒後，她幾不可聞地倒吸一口涼氣。像觸電一樣，驚慌地往後退了一步。空間狹小，她腿被絆了一下，跌坐在椅子上。

她劇烈的反應取悅了陳逾征，他的喉結動了一下，無聲地笑起來。

剛剛的親吻又浮現在腦子裡。

余諾幾乎無法思考，感覺一千萬個藍精靈在身體裡尖叫著上躥下跳，心跳快得她有些受不了。跌坐在椅子上後，她像被強行按下定格鍵，不動，不說話，甚至連抬頭看他表情的勇氣都沒有。

車廂裡只剩他們兩個，司機大叔回頭望，吆喝了一聲：「幹什麼呢，快下車。」

余諾終於動了，她的腦袋像老年失修的機器，卡頓似的，一下一下，無助地抬起來，對上他，很難以啟齒，每個字，都是從嘴裡蹦出來的：「你……好了嗎？」

陳逾征無聲地說了一句話：「沒有呢。」

余諾艱難道：「那，怎麼辦？」

司機大叔見他們還坐在位子上不動，似乎想走過來看看情況，「你們……幹什麼呢，怎麼還不走？」

余諾心一緊。

陳逾征神色如常，應了一聲，「沒事，我們馬上就走。」

看陳逾征站起來，余諾也跟著站起來，下車。

幸好這裡黑燈瞎火的，奧特曼和 Killer 他們已經打打鬧鬧走出去很遠。她就像駝鳥一樣，含胸低頭，默默地跟在他身後。

陳逾征開車把她送回家。一路上，任憑他再怎麼逗她，余諾一句話都沒說。

車停下，看到熟悉的社區大樓，余諾解開安全帶，小聲跟陳逾征道別：「我走了，你好好訓練。」

陳逾征點頭，她又坐了一下，拿起包包，拉開車門，他忽然喊了一聲，余諾轉頭。

他暗示她：「不付個車費？」

余諾：「……」

陳逾征眼神下移，示意一下自己的刺青。

她瞬間明白過來，臉騰的一下紅了，連忙下車，站在車外，結結巴巴道：「下、下次吧。」

說完也不等他反應，急忙甩上車門。

直到回家裡，心臟還是像融化的跳跳糖一樣，砰砰砰地跳。

余諾倒了杯水，平復一下心情。手機震了一下，她拿起來。

Conquer：『下次親了才准走。』

余諾：『……』

快七月份，上海的夏天徹底來臨。天空熾白，熱浪滾滾，蟲鳴和蟬叫聽的人心煩意亂。

從早上起來，余諾右眼皮就一直跳，她心神不寧地吃過午飯，手機響了，是余將的來電。

他已經很久沒打電話給她了。

余諾心裡隱隱有種不好的預感，她接起來，余將聲音很平淡，說了兩句話。

電話掛後，余諾愣在原地。

在沙發上坐了十幾分鐘，她拿起手機，傳了一則訊息給余戈。

余諾：『哥，奶奶去世了，爸讓我們過去。』

進了臥室，余諾拉開衣櫃，準備找一件黑裙子出來。注意到一個東西，她的手一頓。有些失神，慢慢拿起衣櫃角落那個手織的破布娃娃。時間已經很久遠了，布娃娃身上的碎花裙已經褪色，黑色的眼珠也掉了一個，只能隱隱辨認出是在微笑。

這曾經是余諾最心愛的玩具，奶奶親手做給她的。

下午，余戈開車過來接她。

兩人一路沉默，到余將傳來的地址，他們在殯儀館下了車。明明是盛夏，這個地方卻透著絲絲陰冷，讓人忍不住打了個寒顫。

余將、孫爾嵐正在和二嬸說話，瞥到他們進來，孫爾嵐的話停了一下。

二嬸主動上前，跟余戈說了句話：「小戈，好久沒見你了。」

余戈直接無視其餘兩人，對二嬸點點頭，問：「我奶奶呢？」

二嬸眼眶紅腫，明顯也是剛剛哭過。她嘆了口氣，給他們指了指方向。

奶奶閉著眼，雙手交叉擺在身前，已經被梳妝完，換了身壽衣。

他們隔著一層玻璃。

余諾彎腰，輕輕地把懷裡的白馬蹄蓮放在一旁，起身時，居然有些恍惚。

在余諾的記憶裡，這麼多年，奶奶和二嬸是這個家裡，很少數的，會關心她和余戈的長輩。

當初江麗知道余將出軌，鬧去了奶奶面前。奶奶出面勸了很久，最後協商無果，江麗一氣之下出國，丟下余戈和余諾不管。原本完整的家還是一拍兩散。也因此，奶奶一直都不喜歡孫爾嵐。

自從余將離婚再娶，奶奶就搬回了鄉下。余將再婚後，奶奶偶然過來一次，看到放學回家的余戈和余諾穿著脫線的舊毛衣，心疼到快要落淚，和余將和孫爾嵐大吵一架。

只可惜老人家年紀也大了，有心無力，根本沒法獨自撫養兩個還在上學的孩子。回鄉下的前一天晚上，奶奶偷偷塞了幾百塊錢給他們。

余戈打職業賺錢後，帶著余諾搬出去，就跟余將斷絕了往來。他雖然忙，但是也會經常抽空帶著余諾去看奶奶，陪老人家聊聊天。

上一次見奶奶還是半年前，她和余戈回鄉下探望。

爺爺去世的早，奶奶一個人住。奶奶那時看著身體還好，人也很有精神。他們陪著奶奶聊了一下午的天，老人家言語中透露著些許寂寞。

余戈提了幾次，讓奶奶搬去城裡跟他們一起住，「我自己買了房子，我和余諾照顧妳。」

奶奶擺了擺手，慈祥地看著他們：「你這麼忙，諾諾還要讀書，我都一把年紀了，怎麼還麻煩你們小孩子。」

晚上吃完飯，送走他們時，在暮色裡，余諾回頭看了奶奶一眼。她孤身坐在門前的小板凳上，腳邊還圍繞著一隻黃色的土狗。

那時余諾怎麼也想不到，這居然是最後一眼。

余諾從小就對親情很渴望，小學的時候，最羨慕的就是同學有父母來接。無論是江麗還是余將，她都抱著些許希冀，只不過時間久了，在這個家裡越來越像個外人，她也漸漸失望了。

從小到大，只有奶奶給了她和余戈僅有的溫暖，但她卻什麼都沒做，還沒來得及孝順奶奶，甚至連一句告別都沒有，奶奶就走了。

余諾眼眶發紅，低頭掩飾了一下，擦掉淚水。

直系親屬要替老人守孝三天，然後火化，余戈和ＯＧ那邊請了假。余諾只回家睡了兩、三個小時，睏了就在旁邊的椅子瞇一下，和余戈兩人一直待在靈堂裡。

余將工作忙，只能抽空過來，待一下又急匆匆離開。

第三天晚上，孫爾嵐帶著剛放學的余智江來守靈。

小孩不知道生離死別，被強行帶來弔唁，想離開，哭鬧不止。旁邊坐著休眠的余戈被尖叫聲吵醒，皺了皺眉。

孫爾嵐安慰他，「你乖乖的，媽媽等一下去買糖給你吃。」

有殯儀館工作的人過來，跟她商量幾天後把老人火化的事宜。

余諾連著熬了很久，已經疲憊不堪。她跪在墊子上點蠟燭，往旁邊火盆裡燒紙。聽到響動，她一抬頭，看到余智江正爬上靈台，伸手去拿奶奶的遺照。

「別動！」余諾喊了一聲，一急，撐著從地上站起來，想去把他拉下來。

無奈跪的太久，她膝蓋已經發麻，自己也有些不穩。

余智江被她的吼聲嚇了一跳，動作停住，轉頭看。

「你下來。」余諾著急地扯著他的手臂，兩人都沒穩住，余智江搖晃一下，直接從靈臺上摔下來。

余諾嚇了一跳，還沒來得及反應，下意識用身體幫他擋了一下。

余智江摔到余諾身上，砰地一聲，頭磕上桌角。

幾秒之後，他爆發出了尖銳的哭聲。

哭叫立即引得孫爾嵐回頭，她瞳孔一縮，馬上衝過來，蹲在地上，「寶寶，你怎麼了？」

余智江捂著額頭。

孫爾嵐著急上火，把手足無措的余諾一把推開，急忙拉下余智江的手。

血液順著他的眼角緩緩從臉龐滑過，孫爾嵐兩眼一黑，差點昏過去。

接著就是一陣兵荒馬亂，余戈也起身過來看情況。

孫爾嵐摟著余智江哭叫著：「快點叫車，叫車，去醫院！」

一個小時過後，余將接到消息趕來醫院，扯住護士問：「我兒子怎麼樣了？」

護士摘掉口罩，隨口回了一句：「沒什麼事，小朋友磕到的是額頭，沒傷到眼睛，縫幾針就行了。」

余智江在裡頭哭鬧，喊著疼。

余將放下心，皺起眉問：「怎麼還弄到來醫院縫針了？」

余諾也很疲憊，坐在長椅上，低聲道歉：「他爬桌子拿奶奶照片，我把他拉下來，不小心摔倒了。」

余將還沒說話，一直沉默的孫爾嵐爆發了，吼了出來：「不小心？妳不小心？妳看他拿照片，不能跟他好好說話嗎？他才幾歲？他懂什麼？妳就是故意的吧，今天要是傷到眼睛，他一輩子都毀了妳知道嗎？妳賠得起嗎？」

余諾很平靜，又說了一遍：「對不起，但是他不拿奶奶照片，我也不會去拉他。」

「說對不起有什麼用？」孫爾嵐表情扭曲，指著她說：「我兒子要是真的出什麼事，妳這輩子也別想好過。」

余戈覺得可笑，隔開孫爾嵐，把余諾擋在身後，出聲嘲諷，「妳兒子要是出什麼事，也是被妳自己咒的。讓我妹妹這輩子別想好過，妳有這個本事嗎？」

他語氣太冷漠，一點情面都不顧。讓孫爾嵐氣得發抖，嘴裡還罵著，抬手想甩余戈巴掌，被他抓住手腕。

余戈重重甩開孫爾嵐的手，「我勸妳別對我發神經，我脾氣也不好。」

余將看不下去，扶住孫爾嵐，不滿道：「你怎麼跟你阿姨說話的？她好歹也是你長輩，別動手動腳。」

聞言，余戈冷笑：「她也配？」

外面鬧的太凶，連醫生都出來勸，「好了，家屬別在這裡喧嘩，小朋友馬上就縫完針了，沒多大事，別吵了。」

雙方僵持一陣子，孫爾嵐還在喋喋不休地咒罵。

余將不耐煩地吼了她一聲，「妳也閉嘴。」

余智江縫完針出來，他哭累了，被孫爾嵐抱在懷裡哄。余將也收斂了怒色，安慰他，「行了，別哭了，爸爸等等帶你去吃好吃的。」

一家三口溫馨和睦。

余諾站在旁邊看了一下，準備走。

余將喊住他們：「你們去哪？」

余戈沒理，假裝沒聽到。

余將氣到了，「你們這是什麼態度，還把我這個爸爸放在眼裡嗎？」

余戈本來打算走了，聽到這句話，又回頭，跟余將說：「醫藥費我已經付了，奶奶已經去世了，以後你也不用管我，別來找我，也別去找余諾。」

走前，余戈停了停。他笑著，一字一句地說：「我看見你們一家人就噁心。」

從醫院出來，余戈開車把余諾送回家。

停在社區門口，余戈側頭看了看她，「我回基地了，妳到家好好睡一覺，其他的不用管了。」

余諾動作緩慢地解開安全帶，默默地點了下頭，推開車門。

他還想說什麼，動了動唇，又沒說。

外面的雨從早下到晚，余諾精疲力盡。她之前為了接住摔倒的余智江，手臂和腿上也擦傷了一大片。余諾從心到身都感到疲倦，也沒心情處理自己的傷口，隨便拿出醫療用棉花擦了擦，可眼睛一閉上，腦子裡全是奶奶的遺照、孫爾嵐的罵聲和余智江的血。

半夢半醒間，余諾做了好幾個噩夢。直到澈底驚醒，再也睡不著。她躺在床上發了一下呆，伸出手，拿起旁邊充電的手機看了一眼。

這幾天她都在靈堂替奶奶守孝，基本沒空跟陳逾征聊天。

淩晨三、四點，不知道他睡了沒有。余諾試探地傳了一則訊息給他。

陳逾征回得很快。

Conquer：『剛剛打完訓練賽，妳怎麼還沒睡？』

余諾：『醒了。』

Conquer：『才幾點就醒了？』

余諾：『睡不著了……』

他打了電話過來。

余諾從床上坐起來，打開床頭的燈，接通，把手機放在耳邊，低低「喂」了一聲。

那邊有拉門的聲音，陳逾征似乎走到了一個安靜的地方，才問：『妳還好吧？』

余諾摳著燈罩上的花紋，片刻之後，才「嗯」了一聲。

他似乎察覺到什麼，問：『怎麼了？』

余諾良久才道：「沒事，只是感覺有點累。」

『沒休息好？』

「不是。」

『那為什麼累？』

余諾沒說話，他也沒掛電話，一時間，兩人安靜地只聽得到彼此的呼吸聲。

過了一陣子，陳逾征問：『妳沒哭吧？』

雖然情緒低落，余諾還是笑了聲，「沒有。」

她看了眼時間，柔聲道：「這麼晚了，你先去睡吧，我沒事。」

陳逾征：『妳在家？』

「嗯。」

『那我先睡了，有事就打電話給我。』

余諾答應：「好。」

掛了電話後，余諾又躺下，抱著懷裡的娃娃，盯著空氣中某處地方出神。

陳逾征好像有種神奇的魔力。只是聽到他的聲音，余諾就像被人從深海底拽到了水面上，這幾天窒息感褪去，讓她得以有片刻的喘息。

不知過了多久，手機又震了一下，余諾拿起來看。

Conquer：『睡了沒？』

余諾：『還沒有。』

Conquer：『我在妳家樓下。』

外面一道雷劈響，雨越下越大。余諾隨手披了一件外套，換好鞋下去。

樓梯間的感應燈亮起，她推開玻璃門。

看到陳逾征後，余諾皺了皺眉，小跑上去。他從頭到腳都淋濕了，衣服緊緊貼在身上，水珠順著下巴往下滑。余諾擔憂地問，「你怎麼來了？」

「想見妳啊。」

余諾無言。

他靠在牆柱上，本來想碰碰她，發現自己身上都濕了，又作罷。

「你怎麼來的，沒帶傘嗎？」

「開車來的。」陳逾征不怎麼在意，「車上沒傘。」

站了一下，余諾怕他感冒，去拉他的手，「走吧，我們先上去。」

「妳一個人在家？」

余諾「嗯」了一聲。

陳逾征一本正經，還拿不定主意：「我不打算上去的，看看妳就走。」

余諾哽了一下，急道：「不行，你都淋成這樣了，會感冒的。」

余諾帶著陳逾征往裡走，按電梯的時候，看他淋成落湯雞的模樣，有些心疼：「你要是沒帶傘，打個電話給我，我去接你，幹嘛淋雨。」

到家之後，余諾跑去余戈房間幫陳逾征找了一套衣服出來，把浴室的熱水打開，「你快去洗個澡。」

浴室的水聲淅淅瀝瀝，余諾坐在客廳的沙發上等著。

十幾分鐘後，門響了一下，余諾轉過頭。

陳逾征站在門邊，身後浴室柔和的黃光照出來，他手裡拿著一塊白毛巾，甩了甩黑髮上的水珠。見她盯著自己，問，「怎麼樣？」

余諾站起來：「嗯？」

「我穿妳哥的衣服帥嗎？」

余戈的T恤穿在他身上，意外的合身。余諾失笑，把吹風機遞給他：「帥。」

陳逾征又問：「那，是妳哥穿比較帥，還是我穿比較帥？」

她知道他在故意逗她，默了默說：「你比較帥。」

陳逾征把頭髮吹成半乾，在余諾身邊坐下。

她聞到一股熟悉的沐浴乳香味，心底一動。忽然想起一件事，余諾打算起身，「我去幫你煮點生薑湯。」

陳逾征把她拉住，「我不喝那個的。」

兩人坐了一陣子，陳逾征開口，「跟我說說。」

她有點呆滯：「說什麼？」

「妳今天怎麼了，還是因為妳奶奶？」

余諾搖頭。

她不開口，他就耐心等著。

「我今天……」余諾不知道要不要跟他說，「不小心把我弟弟弄進醫院了，他額頭摔破了。」

「妳還有弟弟？」

「嗯，就是我繼母的兒子。」

陳逾征忽然問：「妳爸和妳繼母是不是對妳不好？」

余諾愣了愣，表情淡下來，笑了笑對他說：「是不太好，我也不喜歡他們。不過都是過去的事情了，我已經不在意了。」

陳逾征注意到她手臂上的傷，扯過來看了眼，「妳怎麼弄的？」

「不小心摔的。」

「被妳那個便宜弟弟搞的？」陳逾征皺眉，「疼不疼？」

看出他的擔憂，余諾反過來安慰：「沒事，已經不疼了。」

就算余諾不願多說，但陳逾征猜都能猜到，她這逆來順受的性格，從小要在這種重組家庭裡受多少委屈。他忍了忍，還是說：「妳這群親戚，真是夠混蛋的，以後別來往了。」

余諾聽他罵髒話，覺得有些可愛，心情輕鬆了些，應了一聲，「好，不來往了。」

又安靜了一下，她轉頭，看了看他，小心翼翼地問：「陳逾征，我能抱抱你嗎？」

「抱吧。」

得到首肯，余諾坐過去一點，張開雙手，把他整個人抱住。他的體溫很高，透著薄薄一層T恤，溫度傳過來。余諾有些貪戀，忍不住又把他的腰摟緊了一點。

陳逾征僵了一下，感覺到他動了動，她小聲地問，「我能多抱一下嗎？」

他「嗯」了一聲，哄著她：「抱一個晚上都行。」

聞言，余諾閉上眼，安心地汲取他的溫暖。

再醒來時，余諾有點不知今夕何夕的感覺。床頭的加濕器慢慢吐著霧氣，她緩了緩神，發現自己躺在床上。

昨晚她抱著陳逾征，可能因為太累了，不知道什麼時候就睡了過去，後來應該是陳逾征把她抱進來房裡。

想到陳逾征，余諾立刻清醒過來，不知道他走了沒有。

她掀開被子下床，穿上拖鞋，拉開房門。

客廳的窗簾沒關，半夜停的雨又重新下了起來，還混合些呼嘯的風聲。屋外，清晨的天是灰藍色的，光線並不算太明亮。

余諾輕手輕腳走過去，在陳逾征身邊蹲下。

陳逾征個高腿長，躺在客廳的沙發上有些拘束，連睡夢中都不太安穩的模樣。

她摸了摸他垂在一旁的手，指尖冰冰涼涼的。

余諾去臥室找了一條毯子出來，幫他蓋在身上。她嘆了口氣，不敢弄出什麼聲響，就這麼蹲在陳逾征的旁邊。這個高度剛剛好，余諾雙手撐著下巴，認真觀察他的睡顏。

他的頭微微側著，呼吸平穩，黑色的睫毛安靜地闔住。她視線流連，又看了半晌。余諾起身，準備出門去買個早餐。

把茶几上的鑰匙裝進口袋，走到門口時，又回頭看了陳逾征一眼。

在原地躊躇了幾秒，余諾轉身，又走到沙發前。她稍微彎下腰，懸空打量著他。靜止一、兩分鐘後，確定陳逾征還在睡夢中。

余諾忍不住，放輕了呼吸，閉上眼，在他臉頰邊上落下一個吻。

親完之後，她剛想起身，陳逾征的手忽然抬起，勾過余諾的脖子，把她按住。

余諾嚇了一跳，想起來又動彈不得，「你醒了？」

陳逾征一點都不像剛睡醒的樣子，聲音沙啞，帶著點笑：「妳這樣不行。」

他扯了一下她，余諾毫無防備，踉蹌一下就倒在他身上。陳逾征順勢翻了個身，膝蓋抵住她，把余諾壓在底下，逼問她，「怎麼，趁我睡覺非禮我？」

毯子亂成一團，余諾躺在上面有點茫然。

眼前一暗，她整個人被他圈住。

陳逾征單手撐在她耳側，微微垂下頭，用鼻尖蹭了蹭她的臉，「姐姐每次親完就想跑，我的身體怎麼受得了？」

他話還沒說完，余諾忽然支起身，雙手摟著他的脖子，親了上去。

第十三章　這個是能播的嗎？

狹小的空間裡，曖昧開始蔓延，七零八碎的雨聲都被隔絕。

余諾上半身懸空，摟住他的脖子，胸口緊緊貼上去。她自暴自棄一般緊閉著眼，睫毛劇烈顫抖，顯示著內心的不安。

陳逾征定在原地，整個人靜止住。

余諾不懂接吻，只是青澀地親了親他，整個人都在輕顫，不敢也不知道怎麼進行下一步。

沒等到他的回應，她微微退開一點，像是哀求一般地喊了一聲：「陳逾征……」

陳逾征停頓了一下，回過神來。他調整一下姿勢，把余諾的手腕拽下來，往自己腰後放，「來，抱著我。」

余諾昏頭腦脹的，已經不能思考了，他說什麼，她就照著做。

他呼吸壓抑了一下，似乎在忍耐，聲音低沉：「姐姐，張嘴。」

這個吻和剛剛的完全是兩種感覺，余諾麻了一下，感覺腦子缺氧。

起初，陳逾征只是溫柔地試探，手指捏著她軟軟的耳骨，用舌尖一點一點撬開她的唇，輕吮著。

他身上的味道，有著少年人獨屬的乾淨清冽。像冰柚子淡淡的苦香，很好聞。

兩人氣息錯亂，她被他咬了一下，悶哼一聲，不小心溢出一點呻吟。他被她的聲音澈底刺激到了，逼得渾身血液都在沸騰，忍無可忍地欺身壓上去。

這個姿勢很貪婪，余諾完全被禁錮住，他一點都不給她退縮的餘地。

余諾像陷入一團棉花糖裡，任由他欺負。不知過了多久，她頭腦昏昏沉沉的，悄悄地睜開眼。

陳逾征接吻時候的表情，她想看。

幾秒之後，陳逾征似乎察覺到什麼，也把眼睛睜開。

余諾的頭髮散開，撲在白色的毛毯上。她眼裡都是破碎的水光，直勾勾地看著他，臉頰嫣紅，眼睛眨了眨。

兩人近在遲尺地對視著，陳逾征的唇還貼著她，微微偏頭，含糊地笑了一聲：「看夠了嗎？」

余諾終於反應過來，重新把眼睛閉上，臉埋在他肩上，不肯抬頭。

陳逾征懶懶地躺在沙發上，嘴唇紅豔豔的，T恤的領口下滑，鎖骨露出來，一副任人蹂躪的模樣。

余諾抱著腿蜷縮在沙發上，偷看了他兩眼，挪過去一點，一隻手撐在沙發上，把他的衣領往上提了提。

他一把拉住她的手，「幹嘛？」

余諾：「注意形象。」

陳逾征嘴角微微上翹，「我以為妳還想來呢。」

「……」余諾覺得不好意思，把自己手抽出來，從沙發上起身，自言自語：「我去看你的衣服乾了沒。」

陳逾征也搖搖晃晃地跟上來。

余諾拉開陽臺的門，打開烘乾機，摸了摸在裡面的衣服，「差不多乾了。」

她一轉頭，臉邊又印下一個吻，余諾的語調亂了一下，「那個，可以穿了，你去換吧。」

陳逾征心不在焉地「嗯」了一聲，又親了她一下。

剛剛之後，陳逾征就像被人打開了某個機關，動不動就親她，行為越發肆無忌憚。

余諾咬著唇，往左走，他仗著個子高，微微一移步，擋住她。

余諾又往右走，他還是擋住。

她默了幾秒，含羞帶怯地瞪了他一眼，底氣不足地問：「你要幹嘛？」

陳逾征微微低頭，「妳說呢？」

就在這時，客廳的手機響起來，余諾把他撇下，步跑過去，接起來，「哥？」

余戈像是剛睡醒，窸窸窣窣一陣響動後，他『嗯』了一聲。

她下意識看向陳逾征，他慢吞吞走過來，余諾心虛了一下，低聲問：「怎麼了嗎？」

『妳在家？』

「在。」

余戈哦了一聲，『我等一下回家收拾點衣服，順便帶妳出去吃頓飯？』

陳逾征手裡拿著剛晾乾的衣服，丟在沙發上。當著她的面，反手直接拽著T恤的領口，刷一下脫下來。他裸著上半身，隨口問她，「誰啊？」

余諾被他這個行為驚呆了，僵了兩秒，臉發紅，立刻背過身去。

余戈也靜了兩秒，問：『妳旁邊有人？』

「不是，」余諾急著否認，「是，是外送。」

余戈：『……』

她連忙說：「哥，你要什麼衣服？我幫你送過去。然後……我就不跟你吃飯了，我已經點完外送了。」

余戈也沒多想，『不用收了，妳沒事就行。』

「我有什麼事？」

『昨天……』說了兩個字，余戈停住，『算了，沒什麼。』

他是話少的性子，平時不善言辭，關心人的方式也很彆扭。但余諾還是感受到了，心底淌過一股熱流，「我沒事的。」

余戈：『把余將他們的聯絡方式全都拉黑。』

余諾垂頭，應了一聲。

『對了。』余戈突然想起一件事，『妳工作的事情怎麼樣了？』

余諾有點忐忑，心裡想了一下，試探性地開口：「我在TG工作得還挺愉快的，如果沒意外，就續約了。」

半晌過去，余戈沒多說什麼，淡淡道：『妳自己決定。』

「好。」

掛完電話，余諾長舒了一口氣。她也不敢轉身，問了一句：「陳逾征，你的衣服換好了嗎？」

「換好了。」

余諾轉頭，瞄了一眼，他上半身還光著，正在穿褲子。她立刻把頭轉了回去。

身後，陳逾征似笑非笑的聲音傳來：「想看就直接看，幹嘛偷偷摸摸的，我又不介意。」

她急著解釋：「我沒看。」

「沒事，我想給妳看。」

余諾：「……」

她等在原地。陳逾征換好衣服，撥了撥短髮。走過去，停在余諾面前，微微俯身，湊近她，觀察著她的表情。

余諾退後一步：「怎麼了？」

他看了一陣子，慢慢說道：「姐姐說謊都不臉紅。」

余諾被他突如其來的一句指責搞得頓了一下：「什麼？」

陳逾征一臉認真：「妳看我長得像送外送的嗎？」

余諾：「……」

•

馬上LPL就要開賽，這兩天TG的人都在瘋狂約訓練賽找手感。陳逾征昨晚跑出來找她，也不能多待，馬上就要回基地，就算余諾心底不捨，也不想耽誤他的訓練進度。

七、八點的時候，外面的雨就停了。

怕陳逾征太早起低血糖，余諾把他帶去社區附近的餛飩店吃早餐。

把他送走後，她在路邊又站了一下，去附近菜市場買了點新鮮的水果，提著大袋小袋回家。

家裡靜悄悄的，恢復了安靜。余諾把手邊的東西放在玄關，心情也跟著沉了一下，雖然情緒還是不好，但是比昨天已經好了很多。

余諾收拾一下，把昨天陳逾征穿過的衣服丟進洗衣機，轉身回到客廳。

沙發上的毛毯還亂成一團，邊緣垂在地上。

余諾愣了愣，不知想到什麼。原地呆了幾秒後，走過去把毯子拿起來，毛茸茸的觸感很溫暖，似乎還殘餘著他的體溫。余諾小心地捧起來，聞了一下。

半晌後，臉又紅了。

週六那天ＬＰＬ揭幕戰，付以冬大中午就跑來余諾家裡。

余諾昨晚幫ＴＧ幾個人寫食譜的忌口和注意事項寫到半夜，一覺睡到十一點，門鈴聲催命一樣地叫，她睡眼朦朧地跑去幫付以冬開門。

「讓讓。」付以冬有些吃力，從身後拖著長長一塊燈牌進來。

余諾被她這個陣仗弄得清醒了，讓出一步，問，「這是什麼？」

付以冬把東西拽進來，丟在地上，拍了拍手，笑嘻嘻地說：「幫妳老公應援的東西。」

余諾輕輕瞪了她一眼：「妳說話正經一點。」

她蹲下身，把燈牌翻了一個面，看到上面的話。余諾沉默一下，抬頭問：「怎麼是這句？」

付以冬嘖了兩聲，「妳不知道了吧，自從陳逾征刺青被扒出來之後，現在這句話已經是我們的應援口號了，連熱門話題裡都置頂了。」

余諾：「……」

付以冬把背包裡的一堆東西倒出來，撿起一個髮箍給她，「喏，這個是妳的。」

余諾打量了一會髮箍上的「Conquer」，有些哭笑不得，「我也戴？」

「當然。」付以冬催著她去換衣服化妝，「快點快點，妳趕緊搞完，我等一下還要去跟我的姐妹們集合呢。」

余諾在衣櫃裡挑衣服，回頭問：「什麼姐妹？」

「TG粉絲後援團的姐妹。」

幾個月之前，余諾跟著工作人員去現場看過幾次TG的比賽。無論是常規賽，還是準決賽和總決賽上，對上LPL兩大巨頭戰隊，TG的粉絲都被WR、OG他們碾壓了個澈底。他們贏下來比賽，無一例外都會冷場。

雖然洲際賽讓他們熱度高漲了一波，但除了機場那次，余諾對「TG紅了」還是沒什麼概念。她的印象僅僅停留在，他們是沒什麼粉絲基礎的新隊伍上。

直到付以冬和TG後援會的眾人碰頭後，她才真切地有種被震住的感覺。

一群人在場館的入口處，有組織有記律地發著應援棒、橫幅。還專門有人清點著大大小小的燈牌。目測有幾十個人，她們都戴著TG的白金手環，就連身上的短袖都是按照TG隊服樣式設計的，正面是Q版的陳逾征，背面印著他的ID。

付以冬把余諾拉到她們面前，清了清嗓子，介紹她：「大家好，這是……」她停了停，「這是我朋友，她也是陳逾征粉絲。」

幾個女生很熱情，圍上來跟她打招呼，余諾站在其中，有些拘謹，也點點頭，跟她們說了句，「妳好。」

有人嘆了口氣：「陳逾征這個逆子，居然還有這麼漂亮的女粉絲。」其餘人都笑起來。

一個短髮女孩覺得余諾眼熟，打量她一下，疑問：「我是不是在哪見過妳？」

付以冬哎了一聲，擋住余諾，半開玩笑道：「妳夠了啊，我朋友是直的，有男朋友，不搞姬，妳別撩她。」

短髮女孩瞪她一眼。話題被岔開，轉眼也忘記了。

余諾沉吟了一下，想到可能是她之前社群的照片被人搜出來，這個短髮女生應該也去圍觀過，所以才會覺得她眼熟。幸好她的照片都是一些Cos照，也很少。加上妝比較濃，和她現實的樣子差距有點大，一般人不細看也不會聯想過多。

付以冬拍了拍胸口，把余諾拉到一旁，附在她耳邊輕聲道：「好險，我剛剛介紹妳的時候，差點說成了，這是妳們嫂子。」

余諾：「……」

付以冬把包包交到她手上，「妳在這等等我，我去買幾杯飲料。」

余諾應了一聲，抱好她的包包。

她的性格比較內向，很慢熱。站在一群粉絲旁邊，也插不上幾句話，只能默默地聽她們討論。

正式的比賽開始前，還有半個多小時的表演，等流程結束後，主持人上臺，說了幾句慣常的開場語。

音樂響起來，全場的燈光閃爍一下，幾個光柱左右掃了掃，最後聚集到TG和KKL的旗幟上。現場隱隱起了點騷動。

等隊員從舞臺兩側上來後，導播鏡頭給到的一瞬間，粉絲就全部都叫了起來。

感受到現場粉絲的熱情，解說也「哇」了一聲，跟她們互動：「今天TG粉絲來的好多。」

另一個人接話，開玩笑道：「這個氣氛，讓我疑惑了一下，這是揭幕戰嗎？我還以為是二〇二一年夏季賽決賽現場呢。」

鏡頭切到臺下，五顏六色的燈牌和應援牌揮舞著，大多都是和TG有關的。還有人站起來，舉著手機跟導播示意，上面飄過一行字幕：「Conquer比賽不許亮標！」

這下連解說都笑了，「Conquer粉絲還挺搞笑的，真是為他操碎了心。」

臺上。

奧特曼和Van不知道在說什麼，Killer拿起水杯喝了口水。陳逾征戴著耳機，渾然不知外界發生的事。遊戲還在載入，他穿著短袖，手臂撐在桌上，用虎口撐著下巴。

常規賽是BO3制，三局兩勝。首局比賽，Van拿出盲僧，野都沒怎麼打就上線開始Gank，直接帶飛三路。

幾波團戰之後，KKL基本沒有還手的餘地，就被TG推上了高地。

賽後，連解說都連連感嘆：「KKL和TG實力看的出來有點差距，好像洲際賽過後，TG整個隊伍感覺都昇華了，太強了。」

第一局結束，短暫休息十五分鐘。

周圍粉絲交頭接耳，余諾拿出手機，拍了一張照片，傳過去給陳逾征。

Conquer：『妳來現場了？』

余諾：『嗯嗯，和我朋友一起來的。』

Conquer：『什麼朋友？』

余諾：『我閨密，她還是你的粉絲。』

Conquer：『噢，需要我幫她簽個名嗎？』

余諾拍了拍正在跟別人說話的付以冬，把聊天記錄遞給她看。

就在這時，陳逾征又傳了一則訊息過來。

Conquer：『在臺下看比賽的感覺怎麼樣，妳男朋友帥嗎？』

付以冬正好看見，哽了一下，「我做錯了什麼……居然被妳當面閃瞎。」

余諾：「……」

付以冬搖搖頭，感嘆了一聲，「妳也太幸福了吧，妳睜眼看看，周圍那麼多，全是為妳男朋友吶喊的粉絲，結果呢，他還在這風輕雲淡跟妳調情，要不是妳是我閨密，我也要嫉妒妳了！」

Conquer：『要上場了，等一下比賽結束來找我。』

余諾：『嗯，比賽加油。』

第二局比賽，剛沒開始幾分鐘，陳逾征搶先升了個二級，忽然說：「奧特曼，去河道草叢插個眼。」

奧特曼：「你要幹什麼？」

陳逾征看了小地圖一眼，「我要操作。」

奧特曼：「……」

接下來十分鐘內，下路至少交火了三、四次，場面異常激烈。陳逾征不是喊打野就是喊中單下來，一度兇殘到對面 AD 上線了都不敢獨自清兵，只能縮進二塔旁邊的自閉草叢裡等輔助。

連 Van 都覺得奇怪，切 Tab 鍵看了一下資料畫面，「Conquer 今天怎麼這麼殘暴？」

Killer：「誰知道呢，可能是被女粉絲激勵了吧。」

在大龍誕生前，陳逾征直接打崩了對面AD加輔助，整局比賽不到二十分鐘，TG下路出盡風頭，直接通關。

TG二比零乾脆俐落終結比賽，直接拿下揭幕戰首勝。他們從位子子上起身，和KKL握完手後，在臺上齊齊鞠躬。

粉絲的反響格外熱烈。

下臺前，奧特曼又回頭望了一眼，受寵若驚地問旁邊的人：「殺哥，我們有紅到這個地步嗎？粉絲也太熱情了，比賽的時候，戴著耳機都能聽到她們在叫，我被喊得手都在抖。」

Killer 不怎麼在意：「好了，你別自戀了，下面一大半都是陳逾征的女粉，關你什麼事？」

奧特曼：「……」

比賽結束後，進行賽後採訪。

TG的五個人依次入座。比賽剛打完，大家的神態都很放鬆，坐在位子上交頭接耳。準備一下之後，採訪開始。桌上只有兩個麥克風，一個人說完就遞給下一個。

第一個提問的是魚丸的人：「你們今天拿下首勝，感覺怎麼樣？」

Killer 笑：「還可以，挺開心的。」

「今晚有考慮加餐嗎？」

「那要看基地阿姨的想法了。」

「那這個賽季，你們對自己有什麼期望呢？」

「期望……」Killer 看了教練一眼，說，「希望我們隊伍能拿個冠軍吧，也希望粉絲能多多支持我們。」

第二個人站起來，「想問一下 Ultraman，你們第二局比賽打的也是非常好，不過下路的戰鬥欲望好像很強烈，和第一局完全不一樣，這是為什麼？」

奧特曼想了一下，回答：「因為我們AD說他想操作。」

「哈哈哈哈，是嗎，」採訪的人笑了笑，「那你們今天比賽，有什麼印象深刻的地方嗎？」

奧特曼誠實道：「印象深刻，可能就是比賽結束後粉絲太熱情，有點沒想到。」

採訪大概進行了十幾分鐘，有工作人員推門進來，提醒：「差不多了，選手要走了。」

大家都收拾了一下，有個自媒體站起來，提問陳逾征：「那最後一個問題，我問個題外話好了。今天是你們的首戰，比賽的時候我們也注意到，今天現場好像Conquer粉絲舉的燈牌和橫幅全都是一模一樣的話？」

陳逾征明知故問：「什麼話？」

採訪的人低頭，對著手機看了一下，說，「Conquer有一天，會被所有人記住。網路上有說你的刺青也是這個，所以這句話，是你跟粉絲的特殊約定嗎？」

陳逾征「噢」了一聲，拿起桌上的麥克風，慢悠悠道：「來，全場鏡頭對著我。」

攝影大哥：「……」

採訪的人：「……」

TG其他人：「……」

坐在他旁邊的Killer乾笑了一下，忍不住壓低聲音，「你以為開記者會呢？給老子正常點。」

陳逾征跟沒事一樣，環視一圈，問了句：「都對準了嗎？」

攝影大哥被逗笑了，連連點頭，說，「對準了，您說。」

「這句話呢，沒和誰約定，是我朋友說的，」在全場的注視下，陳逾征頓了頓，補充，「女朋友。」

全場寂靜，安靜得宛如二〇二一年升學考現場，所有人都被他的回答震住了。

面面相覷之後，採訪的人問地有些艱難：「這個，是能播的嗎？」

陳逾征把麥克風放回桌上：「隨意。」

坐在邊上的齊亞男瞪了他一眼，站起來，笑著招呼了媒體一聲：「這是我們選手的個人隱私，大家當個玩笑聽聽就算了哈，如果可以，和比賽無關的內容別放出去，謝謝大家。」

谷宜今天也來了現場，這時和付以冬、余諾坐在TG休息室的沙發上，她們正聊著天，休息室的門被推開。Killer和湯瑪斯有說有笑地走進來。

谷宜喊了一聲：「范齊！」

Van有點驚訝，「老婆，妳怎麼來了也不說一聲。」

谷宜跑上去，踮腳，也不顧及是不是在公共場合，直接在他臉側啾的落下一個吻，「想你了呀。」

兩人當眾秀恩愛，引得TG其餘幾人嘖嘖出聲。

打趣了兩句後，其餘人發現沙發上坐著的余諾，臉上表情瞬間變得奇怪又曖昧，Killer和奧特曼相視一眼，主動上去跟她打了個招呼。

余諾眼神往後，找了一下，沒發現陳逾征。

奧特曼似乎知道她在想什麼，隨口道：「Conquer被男姐拉去單獨談話了，應該等一下才能來。」

余諾愣了一下，奇怪：「談話？他怎麼了嗎？」

Killer 彎腰，正在往包裡裝著鍵盤和設備，「他剛剛採訪的時候幹了一件……」他停住，抬眼，想了想成語，才繼續說：「驚天動地的大事。」

聞言，付以冬也有些好奇：「什麼驚天動地的大事？」

湯瑪斯想起剛剛那一幕，雞皮疙瘩還是掉了一地，表情略有些一言難盡：「余諾，原來 Conquer 手上的刺青，是妳說的話啊？」

余諾：「……」

湯瑪斯：「還挺浪漫。」

奧特曼簡直無法想像，更無法接受，和他日日夜夜相伴睡在同一間房的室友，平日裡跩著一張臭臉，對別人說的最多的是「滾」、「別煩我」。這麼一個素質巨差的人，有朝一日談起戀愛，反差居然能大成這樣，表面毀天滅地斬神仙，私下裡對女朋友有這麼柔情的一面。

奧特曼一屁股坐在余諾旁邊，繪聲繪影跟她和付以冬講述了一番。連帶著動作都比劃出來，還原剛剛採訪室裡，陳逾征是如何騷包地要求全場鏡頭對準他，又是如何風輕雲淡地拿起麥克風，官宣自己有女朋友這件事。

付以冬聽呆滯了，消化了兩分鐘後，才捂臉尖叫，「我靠！我靠！他在拍偶像劇嗎！這也太會了！」

齊亞男和陳逾征推門進來，兩人表情看起來都很平常。陳逾征一眼就看到坐在沙發上的余諾。

他走過來，余諾正在和付以冬說著話，視線不自覺撇開，黏在他身上，嘴裡要說的話慢慢停了。

她頭頂上髮箍燈牌的開關沒關，幾個英文字母還在一閃一閃的。陳逾征看清上面的東西，嘴角揚起，伸出手碰了碰，「這是什麼東西？」

余諾反應了一下，一臉做賊心虛的模樣，低聲說，「你的應援物……」

付以冬唰一下回頭。

陳逾征挑了挑眉，問：「這是妳朋友？」

付以冬眼睛一亮，站起來，興奮地介紹自己：「對呀對呀，我就是余諾閨密，也是你的粉絲。之前我還跟你一起去網咖打過遊戲，還記得嗎？」

陳逾征：「……」

看他明顯困惑一下的神情，付以冬眼裡的光一暗，癟了癟嘴，「好吧，看來是不記得了……」

陳逾征：「抱歉，我有點臉盲。」

在他們說話的間隙，余諾悄悄把頭上寫著「Conquer」的髮箍摘了。

陳逾征隨手從旁邊的桌上拿起筆，「妳是我的粉絲？」

「何止是粉絲，我是你的老粉了。」付以冬極其自來熟，擠眉弄眼，悄悄跟他邀功，「你要感謝我，如果不是我對余諾洗腦，她現在還沒開竅呢。」

陳逾征刻意看了余諾一眼，她正低頭，偷偷把髮箍放進包包裡。他笑了笑，「嗯，那謝謝妳了。」

「不用謝、不用謝，」付以冬一拍腦袋，想起後援會那群小姐妹的囑託，拿起沙發上準備好的幾件訂製的隊服，「只是想要拜託你一下，能多簽幾個名嗎？」

「可以啊。」陳逾征這次耐心出奇的好，拿著筆，刷刷刷，把付以冬遞過來的玩偶、衣服，全部簽上自己的大名。簽完後，陳逾征又轉眼問余諾：「妳呢？」

余諾：「我什麼？」

陳逾征指尖夾著筆，晃了晃，「幫妳也簽個名？」

她困惑地「啊」了一聲，「你幫我簽名幹什麼？」

旁邊人多，付以冬也看著，陳逾征沒再逗她，把筆帽拔下來，蓋上，「等一下跟妳說。」

TG幾個人都收拾好東西，Van跟湯瑪斯商量：「今天我女朋友來了，余諾還帶著她閨密，不如我們去吃個飯？」

「可以啊。」

領隊皺眉，喊了一聲提醒：「你們下週還有比賽，吃飯的時候誰都不許喝酒。」

一眾人走出休息室，余諾和陳逾征落在後面。TG的巴士還沒發動，Killer和奧特曼靠在旁邊石墩上抽菸聊著天，陳逾征打量一下她，問：「妳的髮箍呢？」

余諾裝傻：「什麼？」

「有我名字那個，怎麼不戴了。」

余諾：「摘了……」

陳逾征淡淡道：「妳這個假粉絲，第一次上臺對我深情表白，然後一轉身，連我的人都沒認出來。」

「還讓我在妳的衣服上簽名。」

「把我的應援頭箍戴了又摘，一點誠意沒有。」

他一件一件地翻起舊賬。

余諾招架不住，忍不住為自己辯駁：「我後來……」

「後來什麼？」陳逾征大言不慚，「後來被我迷倒了，從假粉絲變成了真粉絲？」

余諾不懂他為何這麼執著自己是不是他的粉絲這件事，嘆了口氣，還是順著他，「嗯，我是你的粉絲。」

陳逾征施捨一般的姿態：「好，改天讓妳走個後門，單獨簽個名。」

她忽然想起一件事，問他：「對了，聽奧特曼說，你剛剛被找去談話了？」

陳逾征「嗯」了一聲。

余諾的表情糾結，琢磨了一下，小心地問：「是不是因為我？」

陳逾征手搭在她肩上，半真半假地湊到她耳邊，「她說，除非拿冠軍，不然不讓我告訴別人，我在跟妳談戀愛。」

余諾勸他：「那你就先好好打比賽，其實這些我都無所謂的。」

「我有所謂。」

余諾：「……」

陳逾征手指勾了勾，心不在焉地揉著她的耳垂，「等我拿冠軍，妳就給我個名分，可以嗎？」

她被弄得有些癢，拉下他的手。

陳逾征不依不饒地，追問她：「給不給？」

余諾面紅耳赤地，被纏到沒辦法，妥協道：「給。」

LPL的夏季賽和往常一樣，有常規賽和季後賽，這次分成東西部賽區，每邊八支隊伍，區內雙迴圈、區外單循環賽制。常規賽大概要進行兩個多月，每個隊伍一共要打二十三場比賽。等常規賽結束，各自賽區積分排名前四的戰隊可以晉級季後賽。

因為去年是LCK奪冠，所以今年LPL全球總決賽上只有三個名額，爭奪也激烈一點。

自從上次採訪室的風波過後，齊亞男私下找陳逾征談話，讓他以後別在公開場合亂說話，但是陳逾征又是個什麼都不放在眼裡的性子，我行我素慣了，齊亞男還是放心不下，抽了一天空檔，把余諾叫來基地。

「現在Conquer十九歲，是他職業生涯的黃金年齡段，這個時間很短暫，也很珍貴，妳哥也是職業選手，所以妳應該也明白這個時期對他有多重要。」

會議室裡只有兩個人，余諾被這個陣仗弄得有點慌。她猶豫一下，猜不到齊亞男的心思，於是斟酌著字句：「我知道的，我不會去影響他訓練的。」

齊亞男擺手：「妳別緊張，我不是這個意思，也不是讓妳跟他分手，不過職業選手和同戰隊工作人員談戀愛這個事，傳出去影響確實不太好。加上現在陳逾征是TG比較有名氣的選手，盯著他的人多，黑粉和粉絲一樣多。」

余諾：「我知道。」

齊亞男「嗯」了一聲，「選手的私生活戰隊沒辦法管，一般情況下不會去干涉。主要是最近他們狀態不好，粉絲也不滿，你們戀情太高調，對妳自己也不好。這種事情我見多了，所以拿到成績前，還是儘量避免有什麼外界輿論影響到他，妳平時注意一點就行。」

說完，齊亞男推了一份合約給她，「我今天找妳還有另外一件事，妳這幾個月工作也挺細心的，我們都挺滿意妳的能力。薪水和簽約年限都在裡面，妳看看，要是妳這邊沒問題，我們就續約？」

余諾翻了幾頁合約，抬頭，「我回去考慮幾天，可以嗎？」

齊亞男：「沒問題。」

余諾把合約裝進包包裡，從會議室出來，路上碰見奧特曼。

和他聊了兩句後，發現他的臉色不太好，余諾問了一句：「你怎麼了？看起來這麼累。」

奧特曼嘆了口氣，揉了揉脖子，輕描淡寫道：「唉，也沒事，就最近比賽連輸，這兩天都在熬夜在打訓練賽，基地的紅牛都要被我們喝乾了。」

抱怨完，奧特曼問：「妳現在要走嗎？」

余諾點點頭。

「妳去跟陳逾征說兩句話再走吧，他現在大概還在訓練室一個人Rank。」奧特曼欲言又止一下，「他最近壓力也挺大的，妳安慰安慰他，我一個大老爺們找他談心，好像也挺奇怪的。」

因為LPL賽制的改革，每個隊伍相當於要多打七場比賽，導致賽程安排的非常緊張。

時間到八月底，常規賽基本要進入收尾階段。TG自從揭幕戰後，整個隊伍有些浮躁，狀態起伏不定，連輸了幾場後，積分已經跌到中上游的位置。

這個位置的競爭也是最激烈的。除去東西部賽區的第一第二隊伍已經差不多穩定，再加上已經無緣季後賽的隊伍，剩下中游的戰隊都開始搶分，每一個小場次的分都有決定性的作用。

加上昨天的比賽TG也輸了，季後賽的形勢就瞬間嚴峻了起來。原本第四名的隊伍已經在勝場上反超他們，第五名也有了機會。

第五名PRT還有兩場。TG接下來只剩下一場，正好是跟PRT打。如果TG再輸，PRT連贏兩場，最後按照小分優勢，TG很有可能連季後賽都進不去。

最近陳逾征和余諾傳訊息都在早上六、七點。剛剛聽奧特曼說，余諾才知道，他除了訓練外，都在通宵打Rank。

陳逾征和余戈是很類似的人，好勝心很強，一旦隊伍出問題了，他們一定會加倍苛求自己。

余諾走到二樓，訓練室裡面空蕩蕩的，靠裡面的位子坐著一個人。

陳逾征戴著耳機，電腦螢幕的光投在他的臉上。

余諾怕現在進去打擾他，就在門口站了一下。她靠著牆，拿起手機，上社群上搜了搜最近的賽況。

昨天TG輸後，官方發了道歉，底下全是粉絲在罵：

『這就是東部賽區頭號嗎？也是有夠好笑的。』

『千山萬水總是情，你給媽媽拿個冠軍行不行？』

『問一下，你們隊員都睡醒了嗎？最近是在閉著眼打比賽？趕緊退役吧，真是菜到噁心人。』

『舒服了舒服了舒服了舒服了。』

『你們氣死粉絲算了，氣死粉絲算了，氣死粉絲算了！』

『不知道最近是怎麼了，大優勢能打輸，劣勢也沒辦法翻盤，打完洲際賽我以為你們會一路崛起，誰知道現在連進個季後賽都這麼艱難，真的失望。』

『這就是膨脹的後果，要拿冠軍的話別說太早，事情也別想的太好。』

長長的留言區，一拉下來，全是罵聲。

只是作為旁觀的人，余諾都覺得這些話宛如一根刺一樣刺眼，TG的隊員看到，大概心裡會更難受。

她默默地關掉手機，抬眼再往訓練室裡看時，遊戲已經結束了。陳逾征等著排位，抱臂躺在電競椅裡發呆。聽到門口傳來響動，有人推門進來，他也沒什麼反應。

余諾走到他身後，輕輕地碰了碰他的肩，「陳逾征？」

聽到她的聲音，他的睫毛才動了一下，回過神，直起身問，「妳怎麼來了？」

余諾把包包放在桌上，拉過旁邊的椅子，坐下來，「我來看看你。」

她雙手撐在膝蓋上，仔細打量他一下。

陳逾征臉色蒼白，眼底青黑，唇也沒什麼血色，神情很疲倦，一看就是很多天沒睡好的樣子。

電腦響了一下，遊戲畫面顯示排位成功。陳逾征拿起滑鼠，按掉畫面。

余諾去旁邊飲水機倒了杯溫水，遞給他。

陳逾征沒接，余諾又把手往前伸了伸：「喝點水。」

陳逾征懶懶的，聲音沙啞：「手好疼，拿不動水杯。」

「……」她有點好笑，還是耐心地把水杯遞到他唇邊，看著他喝了兩口。

察覺到陳逾征情緒不好，余諾想到奧特曼的囑咐，把水杯放在一邊，耐心地安慰他：「你最近是不是精神狀態很緊繃？我不瞭解遊戲的東西，也沒辦法給你什麼建議。不過比賽有輸有贏，其實沒必要給自己這麼大的壓力。也不要管別人罵你或者怎麼樣，反正比賽贏了，這些聲音也會消失的。不過……就算是輸掉比賽，以後也還有機會，冠軍這麼多，也不急這一時。」

陳逾征神情依舊懶散，盯著她。

余諾小臉嚴肅，絞盡腦汁說了一大段話，口都說乾了，「而且，你現在看起來太累了，聽奧特曼說，你這幾天都沒怎麼睡覺。不然你現在先去睡一覺，睡醒了再打起精神，好好訓練。別把自己身體熬壞了，不然——」

毫無徵兆，陳逾征開口：「姐姐，妳今天好漂亮。」

余諾的話卡在喉嚨裡。陳逾征垂在一邊的手抬起來，手指擦上她的唇，帶了點繾綣的意味，緩緩摸過，忽然用了點力。

他的嗓音比剛剛還啞，「想親妳。」

面對這個突如其來的轉折，余諾呆住了。她硬著頭皮，訥訥道：「我跟你說正經的。」

陳逾征「嗯」了一聲，「我也是正經的。」

他這個樣子哪裡跟正經沾邊了，余諾坐立難安：「這，有點不好吧，等等說不定就有人來。」

陳逾征不以為意：「我去鎖個門？」

她左右看了看，確定附近沒人來後，迅速起身，在他臉上落下個吻，一觸即離，「可、可以了嗎？」

陳逾征單手撐著下巴，認真地跟她商量：「不然妳去鎖？」

「……」見陳逾征有起身的打算，余諾制止了一下，「算了，我去吧。」

趁他沒反應過來，余諾把自己手機拿起來，走到門口，擰了一下門把。打算就這麼走了，等一下出去了再傳訊息給他。

心裡正盤算著，動作緩了一下，旁邊突然伸出一隻手，余諾一愣，背後貼上來一個人。

喀噠一聲，訓練室的門反鎖。她的手機被人抽走，陳逾征扔到旁邊的桌上，聲音帶著笑：「愛吃魚好壞，騙我鎖門，結果要走。」

余諾艱難地轉了個身，抗拒地推了推他，「奧特曼等一下要來。」

他的手撐在門板上，低下頭，蹭了蹭她，「管他幹什麼。」

余諾還沒能說出下一句話，嘴唇就被人徹底堵住。

她退無可退，背後壓著冰涼的門，面前的人體溫滾燙。細密的吻帶著灼熱的氣息，從耳根一路輾轉到嘴角。他一隻手固定著她的後腦勺，指尖摩挲著她的髮絲。騰出另一隻手，沿著牆壁摸索，啪嗒一下，把訓練室的燈關了。

黑暗中，感官的一切細節都被放大。他的吻來勢洶洶，余諾招架不住，放棄抵抗。她的腳發軟，無力地攬上他的脖子，支撐身體的平衡。

感受到他柔軟的舌尖探進來，余諾「唔」了一聲。

一片混亂中，門突然被敲響。

沒人回應，奧特曼等了等，又使勁地拍了拍：「陳逾征，你人呢，鎖門幹什麼！我來了！給我開門！快點！」

一門之隔就有人。門板的震動連帶著她的心臟都震了震，余諾手忙腳亂想推開他。

陳逾征有點不滿，咬了她一下。

門外，奧特曼意識到什麼，停止敲門。一陣子之後，外面恢復平靜。

余諾急了，轉一下頭，低低地喊他：「有人，陳逾征……陳逾征……」

她小聲地叫他的名字，叫的又那麼好聽。陳逾征心不在焉地應了聲，壓著她繼續親。

從休息室出來，余諾整理一下弄皺的裙子和上衣。走到樓下，陳托尼喵嗚一聲，跑過來，纏在她腳邊。

旁邊有人咳嗽一聲，余諾停下腳步，轉過頭。

奧特曼乾笑一聲：「要走啦？」

余諾壓根不敢看他，倉促地「嗯」了一聲。

奧特曼：「陳逾征他在訓練室？」

余諾耳朵連著脖子都紅了，點點頭。

兩人都覺得尷尬，奧特曼也撓了撓頭，「好吧，那我上去了。」

推開訓練室的門，陳逾征還窩在電競椅裡，雙腿架在桌沿。

奧特曼在自己位子上坐下，開電腦的時候，又忍不住轉頭看了幾次旁邊的人。

陳逾征聲音懶洋洋的：「看什麼呢？」

奧特曼特地往他某處瞄了一眼，罵了一聲：「你剛剛鎖門幹什麼？」

「鎖門還能幹什麼？」

奧特曼恨恨地錘了一下桌子，「我不純潔了，你真是太沒節操了。」

他咬牙切齒吐出兩個字：「禽、獸。」

陳逾征哼笑一聲，「處男滾啊。」

「……」始料未及，他感覺自己受到了一萬點暴擊。奧特曼艱難反駁：「你也別五十步笑百步了，你難道不是？」

陳逾征慢悠悠道，「等我不是了，會來通知你的。」

一轉眼，LPL夏季賽的常規賽已經進入最後一個比賽週，PRT和TG的比賽定在週五下午。因為是TG常規賽的收官之戰，也關係到他們能否順利晉級季後賽，來看比賽的粉絲依舊很多。

余諾也跟著他們來到現場。

比賽即將開始，TG的五個隊員已經去前臺準備。後臺休息室裡，領隊和齊亞男聊天，副教練坐在椅子上，看著電視機轉播的遊戲畫面。

領隊看了一下，跟齊亞男低聲討論：「他們最近狀態不行，打訓練賽也是一直輸。這個樣子，別說今年奪冠了，就算能僥倖進季後賽，大概也是一輪遊。」

最近幾週，TG連輸幾場後，確實讓人對他們的能力感到質疑。就感覺遇上強隊也能打，隨便一支弱隊也能輕鬆擊敗他們。

齊亞男：「是出什麼問題了？按理說春季賽他們已經磨合好了。」

領隊搖搖頭：「我找他們都談過，應該是心態不好。洲際賽之後突然一下粉絲多起來，各方的關注都集中在他們身上，壓力也大了。打比賽最忌諱心態放不平，技術都是其次的。」

休息室裡氣氛有些沉重，兩人低聲聊著天，余諾坐在旁邊聽了幾句，心也跟著沉了沉。

解說已經開始熱場：「上次TG輸了之後，季後賽形式又亂成了一鍋粥。今天這場比賽的勝負對兩支隊伍都很重要，上場比賽的十個人誰都不能掉以輕心。」

男解說：「第一局PRT也拿到了他們自己比較喜歡的前中期打架陣容，看看能不能打出效果來吧。不過有一點就是，PRT這個陣容的容錯率很低，前期必須建立比較大的優勢，不然這個到後期是沒法操作的。」

女解說：「是的，TG和PRT都要加油啊，如果PRT今天輸了，應該和季後賽無緣了，不過贏下來，那也保留了最後的希望。話不多說，比賽要開始了。」

現場響起為TG的加油聲，遊戲正式開始。

這場比賽的重要性所有人心裡都有數，一開始就打的非常激烈，一級團戰下來，對方互換兩個人頭。局勢一直很焦灼，PRT此前專門研究過TG的套路，連續幾波針對下路後，等到六級，對面AD直接大招逼團戰。

上路兩個ＴＰ同時亮起，ＰＲＴ直接一波四越二，把ＴＧ打出零換二。

ＰＲＴ在春季賽的常規賽裡還是排行榜倒數，夏季賽換了教練後，整個隊伍也像進化了一樣，風格很頑強。尤其是今天打ＴＧ，所有人各個化身為戰神。

三十分鐘左右，兩個隊伍在大龍坑處混戰。ＴＧ處於優勢，陳逾征收下對方ＡＤ和中單的人頭。

導播切出數據面板，陳逾征的卡莎打出了高達七千的傷害。

權衡之後，Killer 指揮拿大龍。結果最後四百滴血的時候，被對方殘血打野一個懲戒拿下。

解說可惜地叫了一聲：「ＴＧ被搶龍了，這波血炸。」

ＰＲＴ上單是單帶英雄，拿下龍 Buff 直接開啟速推模式。幸好ＴＧ都是大後期英雄，守了幾波，把經濟反超。

四十多分鐘，ＴＧ眾人整理裝備，把家裡的兵線清完，去打遠古龍，打到最後，又被對面橫空跳出來的打野搶下。

Van 的心態直接崩潰。第一局輸給ＰＲＴ後，Van 明顯也沒能調整過來，第二局甚至一條龍都沒控下來。

比賽結束，ＴＧ零比二落敗給ＰＲＴ。

直播鏡頭從裂開的水晶切到十個隊員的身上。ＰＲＴ的人擁抱在一起，交談一番後，走過去和ＴＧ的人握手。

從左到右，每個人臉色灰暗，默默摘下耳機，從位子上站起來。

奧特曼勉強笑了一下。和ＰＲＴ的人握完手，陳逾征沉默不語，低頭，收拾著桌上的設備。

女解說：「今天ＰＲＴ狀態太好了，每個人發揮的也很出色，贏下今天這場後，ＴＧ的季後賽名額一下子就危險了起來。」

另一個解說分析了目前的形式：「加上今天這場，ＴＧ已經四連敗了，能不能進季後賽也要看明天ＷＲ的臉色了，如果ＷＲ贏下ＰＲＴ，那他們可以直接按照大分優勢晉級，如果輸了，ＰＲＴ的勝場是和ＴＧ一樣的，那他們就要比小分勝率。所以其實兩個隊伍的命運還沒定下來。」

現場來的粉絲大半都是ＴＧ的，兩場比賽打完，觀眾席一片沉默，現場安靜的彷彿圖書館。

等到ＰＲＴ的賽後採訪環節，觀眾基本上都走得差不多了。

比賽結束後，有專門守候的粉絲等在附近，看到ＴＧ的幾個人從後臺通道裡出來，紛紛圍了上去。

大家都低著頭，沒什麼招呼粉絲的心思，所有人沉默著，被保全一路護送上巴士。

巴士的車門響了一聲，關閉，幾個人走到自己位子上坐下。隔著一層玻璃，粉絲的聲音還是傳了進來。

「ＴＧ加油啊，別灰心，還有機會！」

「回去好好複盤，加緊訓練。」

「Conquer 加油！Van 加油！」

除了粉絲的加油聲，還夾雜著幾個大哥粗礦的罵聲：

「垃圾ＴＧ，垃圾ＡＤ，垃圾戰隊，一群垃圾！」

「太菜了，早點退役吧！」

「打的是什麼東西，遲早被你們這群傻子氣出腦溢血。」

車廂裡沒人說話，安安靜靜的，車外面有人喊著要他們解散退役，氣憤的罵聲在寂靜裡顯得格外明顯，鑽進了每一個人的耳朵裡。

巴士周圍堵了人，保全在艱難地疏散人群。外面的粉絲似乎是吵了起來，場面很混亂。余諾轉頭，看了陳逾征的表情一眼。他靠在椅背上，垂著眼睫，不知道在想什麼。

「陳逾征？」她小聲叫了他一下。

陳逾征轉頭，「嗯，怎麼了。」

余諾抿了一下唇，眼裡流露出忐忑，跟他說，「你靠過來一點，我跟你說句話。」

陳逾征停了兩秒，傾身湊過來，「什麼話。」

余諾猶豫一下，抬起手，用手掌堵在他兩邊耳朵上。

陳逾征先是呆滯了一下，反應過來她這個行為是在幹什麼。一瞬間，外界的聲音全部被隔絕，他低著頭，眼前只有她微微有些緊張起伏的胸口。

余諾怕蓋得不嚴實，拇指彎了彎，疊在食指上。

他扯了扯嘴角，維持著這個彆扭的姿勢，讓她把自己的耳朵蓋住。

過了一陣子，人群疏散開，巴士啟動。余諾把手放下來，低聲說：「好了。」

她若無其事地看向窗外。

陳逾征：「妳捂住我耳朵幹什麼？」

「沒什麼。」

陳逾征笑了，「我沒有妳想的這麼脆弱。」

「我知道。」余諾忍了忍，還是說，「我就是不想聽那些人罵你。」

她沒辦法管別人說什麼，只能用短暫又幼稚的方法，讓陳逾征暫時逃避這些罵聲。

巴士行駛在路上，教練在車上說著他們今天比賽的問題。

奧特曼苦笑了一聲：「我們要是季後賽都進不去，贊助商會不會全都跑了啊？」

教練：「早知道這樣，前幾場比賽怎麼不好好打？」

Van主動道：「今天是我的錯，我打得太離譜了。」

「現在不是分鍋的時候。」教練語氣略重，「你們還有沒有機會，就看明天了。就算靠著別人進季後賽，以你們今天這個水準，別說去世界賽，季後賽第一輪就要被送走。」

第二天，余諾特地設定了鬧鐘，等著看WR和PRT的直播，這場比賽直接關係到TG能否進入季後賽。

OG上週已經結束了常規賽的所有比賽，穩居西部第一。戰隊讓他們放了幾天假調整，余戈昨晚就回了家，這時房門緊閉，大概還在睡覺。

余諾泡了杯麥片，坐在沙發上，特地把客廳電視的聲音調低了，怕吵醒還在睡覺的余戈。

WR的積分已經拿下季後賽的名額，所以今天這場比賽對他們來說其實已經不重要，但輸贏，也直接關係到TG和PRT的生死。

余諾也跟著提心吊膽，明明也不太懂英雄聯盟，但是直播裡一旦兩個隊伍打起來團戰，她就屏住呼吸，心裡默默為WR加油。

她懷裡抱著枕頭，看得太入神。一波激烈的交火後，WR取得團戰的小勝利。余諾握緊了拳頭，叫了一聲好，差點從沙發上跳下來。

身邊沙發微陷，余諾才發覺有人，她轉頭，「哥，你醒了？」

余戈莫名其妙，好笑道：「妳這麼激動幹什麼，看得懂比賽嗎？」

余諾頓了頓，她哪敢跟他說實話。搖了搖頭，有些不好意思：「看不懂，只是聽解說在講。」

OG是西部賽區的，余戈最近也沒怎麼關注過東部賽區的季後賽形式。他坐在沙發上，聽解說講了兩句，才反應過來：「噢，WR今天是在替TG打工嗎。」

WR剛剛已經贏下一個小場，這一場也建立起了很明顯的優勢，只要拿下，TG就穩了。余諾心情放鬆不少，忍不住，跟余戈分享喜悅：「WR今天好厲害，要是他們贏了，TG就能進季後賽了。」

眼睛盯著電視機，余戈語氣聽不出喜怒：「妳倒是對TG挺上心。」

「……」她心虛地撇開眼，控制了一下臉部的表情，讓自己看上去顯得平靜一點。

不過，第一次見余諾對遊戲這麼感興趣，余戈倒是破天荒的，來了點興致跟她解說戰況。

他就像能預知未來一樣，總是能提前預判出WR和PRT兩支隊伍接下來的行動。

余戈說幾句，就停下來，等結果應驗，見余諾止不住訝異的神情，望向他時崇拜的表情，余戈滿意了，繼續往下說。只不過身為LPL現役的頂尖職業選手，余戈水準太高，嘴又毒，說的一些術語，余諾偶爾聽得也是一頭霧水。

比賽進行到二十分鐘，余戈就下了判斷，懶得繼續看：「PRT已經沒了。」

「真的嗎？」余諾心裡一喜，看著他起身，還是有點疑問：「但是解說好像說，PRT後期還有機會。」

余戈腳步停了停，「他們能有我懂？」

余諾：「……」

後續發展果然如余戈所預測的那樣，不到十分鐘，WR拿下龍，直接把PRT平推，比賽結束。這場比賽結束後，也意味著LPL夏季賽的常規賽全都結束，東西部賽區的季後賽名額也確定。WR的採訪流程完了之後，主持人在臺上宣布了進入季後賽八支戰隊的名字。

耐心地等了一下，聽到TG，余諾澈底放心了，甚至還開心地叫了一聲：「哥！WR的比賽贏了，你好厲害！」

家裡一片安靜，無人回應。

余諾關掉電視直播，又張望了一下，試探性地喊了一聲：「哥，你在哪？比賽結束了。」

沒等到回應，她也沒放在心上，拿起旁邊的手機，傳訊息給陳逾征：『你們進季後賽了！』

剛傳完訊息，身後就傳來一道聲音：「余諾。」

余諾快速關掉手機，回頭，「怎麼了，哥。」

從陽臺出來，余戈表情平靜，隨手丟了個東西過來，問：「這是什麼？」

余諾低下頭，定了定神，看清沙發上的應援T恤，表情頓時僵住——這是前兩天付以冬留給她的紀念品。

余戈奇怪：「家裡怎麼有這個？妳的？」

余諾不敢和他對上視線，安靜一下，聲音蚊鳴一般，「這個，嗯，我的……」

他像沒聽明白，又似乎覺得不可思議，氣笑了，又問了一遍：「妳的？」

余諾慢慢地點頭。

「這上面印的是什麼？」

她的聲音越來越低：「Love……」

余戈陰著臉，也沉默了，良久問：「Love什麼？」

一片死寂裡，余諾視死如歸一般開口：「Conquer。」

余戈：「……」

余諾不擅長說謊，尤其是在余戈面前。

她眼神飄忽，抓著手邊的抱枕，緊張地解釋了一句：「這只是個應援T恤。」

余戈目不轉睛看著她，語氣冷漠：「所以，他的，應援T恤，為什麼會出現在我們家？」

伸頭一刀，縮頭也是一刀。她和陳逾征在一起的事情，余戈遲早有一天也要知道，還不如現在先給他做一點心理準備，但也不能直接告訴他，現在季後賽馬上要開始，余戈要是知道這件事，一時間肯定無法接受，說不定還會去找陳逾征的麻煩。

余諾心裡糾結半天，假裝平靜地回答了這個問題，「因為、因為我，我其實是他的粉絲。」

「……」他太陽穴突突直跳：「再說一遍，妳是誰的粉絲？」

她垂著腦袋，弱弱地回：「陳逾征。」

鼓足了勇氣，余諾又加了一句：「其實……我不止是他粉絲，我還，喜歡他。」

她匆忙道：「不過，現在只是暗戀……」

她交待完，余戈平日裡沒什麼表情的臉也徹底撐不住了，表情變了又變，像是覺得荒唐至極，竟然是一個字都說不出來。

客廳太過於安靜，余諾悄悄抬頭，看了余戈一眼。

他還站在原地。

有那麼一瞬間，余諾甚至覺得，她從余戈眼神裡看到了「是妳瘋了還是我瘋了難道是這個世界瘋了這種鬼話妳都能說出口」的豐富情緒。

花了大概五分鐘，余戈終於接受了這個事實，他嘴角抽了抽，問：「妳喜歡他什麼？」

余諾磕磕絆絆地說：「就是，冬冬之前也是他粉絲，我聽她說多了，也覺得陳逾征很厲害。後來看了幾場TG的比賽……」

說到這，她又小心地觀察一下余戈的神情。

余戈冷漠道：「繼續。」

她欲言又止：「然後，我就……」

「妳就成了他的粉絲。」余戈停了停，像擠牙膏一樣，從牙縫裡擠出幾個字來，「還，暗，戀，他？」

余諾臉紅的厲害，為難地點了點頭，「嗯。」

幾分鐘後，余戈回到自己臥房，門被砰一聲帶上，發出驚天動地的響聲，客廳的吊燈都抖了幾下。

余諾擔心地望了望緊閉的房門。

她忽然有些愧疚，心裡默默想了許久，鬱卒地拿起手機，傳訊息給付以冬：『冬冬，我跟我哥講了一點我和陳逾征的事情。』

付以冬：『？？？』

付以冬：『！！！』

付以冬：『妳哥還好嗎？他還活著嗎？』

余諾：『我想一步一步來，我不敢跟他說我們已經在一起了，我就說了我喜歡陳逾征……還在暗戀階段。他現在好像生氣了（淚流滿面）。』

付以冬：『那妳也算是邁出階段性的一步了，妳哥現在大概也被這件衝擊到了，先讓他緩緩，我覺得妳哥就是把妳當女兒看了，容忍不了任何一個臭男人玷汙，覺得是個男的都對妳懷有不軌的心思！但妳都這麼大了，談戀愛也是正常的，難不成妳要單身一輩子嗎？』

余諾：『不是……我只是有點難受，我這樣是不是很自私？明知道我哥一開始就不太喜歡陳逾征，我還是背著我哥偷偷跟他在一起了。』

付以冬：『金錢誠可貴，親情價更高，若為愛情故，兩者皆可拋！』

付以冬：『反正愛情這種事，就是很奇妙。說來就來了，也不是誰能控制的，妳別有這麼多包袱，妳哥會理解的！等他真的知道你們在一起了，不過就是打一架嘛！』

余諾：『……』

付以冬：『啊！ＬＰＬ兩大頂尖ＡＤ巔峰對決，想想那個場景就刺激！』

余諾心神不寧地做好晚飯，看了看時間，走到余戈房前，抬手敲了敲。

裡面沒有動靜，她站在門口，深深吸了一口氣，輕輕喊了一聲，「哥，飯做好了，出來吃飯。」

餐桌上，安靜得只有碗筷碰撞的聲音。

余戈不說話，余諾更不敢說什麼，裝作無事發生的樣子，低頭默默往嘴裡扒飯。

余戈開口：「妳怎麼打算的。」

余諾停住筷子，抬起腦袋：「嗯？什麼？」

余戈忽然回憶起上次陳逾征分享他的文章的事情，福至心靈，「所以妳喜歡他，他也知道？」

「……」余諾的愧疚感又湧了上來，怕余戈到時候真的如付以冬所說要去找陳逾征真人ＰＫ，她昧著良心，撒了個謊：「還不知道吧，我沒跟他說。」

余戈是圈內人，清楚職業選手和同戰隊工作人員牽扯會產生多大的影響。陳逾征自己本身就是焦點人物，又黑又紅，粉絲眾多，有人維護。如果有風聲傳出去，絕大多數罵聲都是對準余諾的。

余戈想起陳逾征那副輕浮又目中無人的樣子，一股無名火就冒了上來。他平日裡寡言少語，不是個會碎念的人，對不怎麼熟悉的人，也懶得多評價。但是事關余諾，余戈忍耐一下，語氣平靜，

「而且他……妳覺他適合妳嗎？」

「妳如果還打算在TG工作，就別跟他說。」

余諾沉默了一下。其實之前她在TG工作，也只是順手幫室友一個忙，本來打算試用期過了就辭職，不過後來因為陳逾征，她的想法又變了。

前段時間，她是打算和TG續約的，但是上次陳逾征在媒體面前承認自己有女朋友，齊亞男特地來找她談話，余諾心裡還是埋下了點隱患。現在TG已經招到了贊助商，資金足夠，營養師這方面也不愁簽不到人。

余諾其實這兩天已經做好了打算，這時余戈問起，她也有了準備。她想了一下，做出跟他商量的姿態，「前兩天TG的人找過我，也談了續約的事情。但是我不打算續約太久，這幾個月把工作交接好，打算明年一月份去報個教師資格考試。」

見余戈不發表意見，余諾也住了嘴。

半晌，余戈動筷，冷哼一聲：「妳倒是對他挺癡情。」

「不是因為陳逾征。」余諾看他臉色，慢慢道：「我只是覺得當老師挺適合我的，工作穩定，時間自由，我也喜歡跟小朋友相處。」

話題到此結束，兩人又繼續沉默著吃飯，直到一頓飯結束，余諾主動收拾碗筷。

余戈看了她一下，說：「妳最好再想想。」

「想什麼？」

「陳逾……」不習慣喊他真名，余戈說了兩個字，皺了皺眉，還是換回原來的稱呼，「Conquer

他現在粉絲太多，年紀也小，心性定不下來，根本不適合妳。」

余諾知道他在擔心她，心底感動，眼眶發熱，低頭掩飾了一下，應道：「我知道的，哥，我會自己看情況的。」

余戈「嗯」了一聲。

在家待了兩天，余戈返回OG基地。

他周身一股低氣壓，從早到晚待在訓練室Rank，誰跟他說話都不理。搞得其他隊友都一頭霧水，不知道回了趟家，怎麼人就變成了這樣。

Will和阿文輪流去關心了幾句，全都碰壁。

季後賽名額確定後，八個戰隊都開始緊張備戰。這次季後賽的賽制還是分成東西部兩個賽區，BO5，五局三勝，各自賽區的第四名和第三名打，勝者再和積分第二的隊伍打，決出夏季賽四強，最後抽籤。

OG的積分是西部第一名，只需要打四分之一決賽，所以這幾個星期的時間都很寬鬆。

經過一週的休息，季後賽正式開始。

一週比兩場，東西部各一場。雖然沒OG的比賽，但是幾個隊員都在關注著每一場季後賽，畢竟誰都有可能成為他們未來的對手。

經過幾週的比賽，四強名額也確定。令人意外的是，本以為TG按照常規賽後半段的狀態，已然是半截入土，最多只能堅持一輪。粉絲也早已經躺平，不對他們抱任何期待，只求輸的時候別輸得太難看。

誰知道他們上週突然揭棺而起，幹完了YLD，這週又三比零帶走東部賽區第二名，TG上中下路的狀態堪稱神勇，直接一穿二，和WR擠進夏季賽四強。

這個曲折的賽況，讓Will都忍不住感嘆：「TG這個隊伍真的是有點東西。」

半年前的春季賽決賽上，OG被活生生追回來兩局的陰影還在，阿文心有戚戚：「說實話，如果這次能進決賽，我是真的不想對上TG，上次就差點翻車。TG那幾個人真的太猛了，尤其是他們AD，Conquer這人就真的邪門。」

說著說著，阿文手臂被撞了一下。他被人提醒，去看坐在一旁的余戈。他癱著冰山俊臉，陰森森地看著阿文。

阿文瞬間住嘴。

晚上洗完澡，余戈躺在床頭正在玩手機。最近不知道發生了什麼，他心情一直很差。阿文決定當個體貼戰友，關心一下余戈。

他一屁股坐在余戈旁邊。余戈察覺到有人，想把手機收起來。

阿文眼尖，發現余戈手機是社群畫面，搜索框裡正是Conquer幾個大字。

阿文笑起來，「我靠，Fish你可真是夠口是心非的，表面不許我們提人家，結果背地裡自己偷偷監視別人？」

「……」反正都被發現了，也沒什麼好遮掩的。余戈面無表情，繼續滑著手機螢幕。他點進陳逾征的帳號，翻一下他的關注列表。

他關注的人很少，一滑就到底了。除去TG幾個隊員和官方，愛吃飯的魚赫然在列，余戈眉心抽了抽。

阿文打量著他：「你到底怎麼了，什麼心事啊，說給哥們聽聽吧。」

余戈煩躁地關掉手機，「沒什麼。」

「嘖，我們都認識這麼久了，你有什麼事還不能跟我說？」阿文神情嚴肅，拍了拍胸口，「我絕對不會說出去的。」

見余戈絲毫不為所動，阿文又糾纏了半天，「戈哥，哥哥，你就跟人家說嘛。」

余戈被他撒嬌的樣子噁心到了：「你別這樣行嗎，挺變態的。」

阿文：「所以到底什麼事，別吊我胃口啊！」

又靜了一下，余戈勉強吐出兩個字：「余諾。」

「什麼？」阿文來了精神，急切道：「妹妹她怎麼了？」

「她……」余戈只說了一個字就說不下去，把手機丟開，「算了。」

「什麼算了！」阿文不幹了，掐著他脖子，威脅道：「不行，你今天必須給我說清楚，余諾怎麼了？」

余戈想揮開他的手，奈何阿文借著體重優勢，把他制服。兩人糾纏著，又被逼問半小時後，余戈終於被煩到不行，說了出來。

阿文目瞪口呆，石化在原地，半晌才不可置信地喃喃，「什麼？余諾喜歡 Conquer？天啊，天啊，我的老天……怪不得，怪不得，怪不得。」

余戈：「怪不得什麼？」

「洲際賽那次，那天晚上，我看到余諾和 Conquer 兩個人單獨出去散步！」阿文提醒他，「我就說不對勁！你還不當回事，這下好了吧，沒有一點點防備，家就被偷了。」

余戈：「……」

阿文一時間沒辦法接受，連連嘆息：「我的妹妹啊，多水靈一顆白菜，我們 Fish 辛辛苦苦拉拔長大，怎麼說沒就沒了呢！這蒼天，太戲弄人了！」

「真的不知道余諾喜歡他什麼。」余戈冷笑，「長得一般，操作也一般，余諾真的是腦袋不太清醒了。」

週六，WR和TG又在準決賽對上。

很奇妙的事情發生了，他們十個人，又上演了一次和春季賽一模一樣的劇情。歷史總是驚人的相似，TG用同樣的比分，三比一送WR上了西天，完成季後賽一穿三的壯舉，挺進決賽。

社群上，TG粉絲一片歡天喜地。

週末，輪到OG和JES打四分之一決賽。

和東部賽區的焦灼不同，OG在西部賽區的實力一直都是一騎絕塵，和其他幾支隊伍的實力也完全不在同一個檔次。

沒什麼懸念，幾個小時後就乾脆俐落拿下JES。LPL兩個奪冠熱門又在決賽相遇。

最後一局的MVP給了余戈，賽後採訪是他和Roy兩個人。

採訪的主持人站在背景板前，跟鏡頭打了個招呼，先是問了Roy和余戈幾個關於今天比賽的問題，他們中規中矩地回答完。

主持人又問：「昨天TG贏下WR，你們今天贏下JES，這也意味著決賽又要和他們遇上，現在是什麼心情？」

Roy想了想，「就感覺，挺有緣的吧。」

主持人笑：「昨天Killer採訪的時候還說，想在夏季賽上復仇。」

Roy配合主持人搞節目效果：「那他們來吧，我們也沒什麼好怕的。」

遠處的粉絲都熱情叫著余戈的名字。

主持人看了提示卡一眼，問余戈：「今天現場Fish的粉絲好像也格外熱情呢，聽說你有個妹妹，不知道她今天來了沒？」

余戈：「沒有。」

主持人：「那妹妹平時會不會在家裡看你比賽呢？」

余戈點頭。

主持人隨口道：「噢，那她一定是我們余神最忠實的粉絲了。」

余戈：「……」

令人尷尬的一段沉默，余戈對著攝影機，也不說話。臉上出現了一種奇怪的神情，就像每分每秒，都在被淩遲。

賽後採訪的主持人笑：「怎麼了？」

余戈不知想到什麼，額角跳了跳：「她不是我的粉絲。」

聽到這個回答，主持人有點驚訝，接著問了一句：「是嗎，能八卦一下嗎？她比較欣賞哪個職業選手？居然把我們 Fish 都比下去了。」

余戈勉強提了提嘴角：「不太清楚。」

他最終還是沒給出答案。

這個賽後採訪倒也沒引起多大的波瀾，不過行銷號為了蹭余戈熱度，特地用了個吸人眼球的話題。

LPL 明星選手 Fish 職業生涯慘遭滑鐵盧，究竟是為何#

影片就卡在余戈採訪時黑鍋底一樣的表情，吸引了一群粉絲去看。

余諾收到陳逾征傳來的訊息還不知道發生了什麼。點進去看了看這個影片，有點哭笑不得。

Conquer：『？』

Conquer：『妳還有欣賞的職業選手？』

余諾：『我哥他說的，應該是你……』

Conquer：『我？』

余諾：『嗯，前段時間我跟他說了，我是你粉絲……不過還在暗戀階段。讓他先做個心理準備。』

陳逾征打了電話過來，『妳哥呢，他怎麼說？』

余諾躊躇一下，跟他說了實話：「他說，你不太適合我，讓我再想想。」

『我哪不適合妳了。』陳逾征給她細數自己的優點，『我長得又帥，又專一，還有誰能比我優秀？』

余諾：「……」

這次決賽地點在上海，TG和OG的基地都在這裡，不用專門提前準備。

由於TG和OG本來就是春季賽冠亞軍，夏季賽又雙雙挺進決賽，意味著他們今年的積分已經夠用，S11（英雄聯盟世界大賽）的名額被定下來兩個。

OG領隊專門挪出了一天的時間，「今天先不用打訓練賽了，大家把站魚的直播時長補一補。這兩天播完，就專心準備決賽了。」

余戈直播很少開鏡頭，粉絲只能從其他幾個人那裡看看他的身影。

他的話少，直播的時候不會和粉絲互動。所以直播間向來安安靜靜，粉絲也很少打擾他，讓他專心玩遊戲。

時間到九點，余戈結束了在韓服的幾局Rank，休息一下之後，打開留言助手。

平時冷清的留言此時格外熱鬧。

『我靠，我靠，他還在送！還沒停。』

『這是發生了什麼事？有沒有人跟我解釋一下？這人為什麼跑來 Fish 的直播間送禮物了？』

余戈關閉掉遮蔽禮物的按鈕，直播間上不停飄著：

『TG-Conquer 為主播 OG-Fish 送上超級火箭 × 1。』

『TG-Conquer 為主播 OG-Fish 送上超級火箭 × 2。』

『TG-Conquer 為直播 OG-Fish 送上超級火箭 × 33。』

粉絲全都沸騰了，無數人都來都來圍觀。

『他們不是出了名的死對頭？Conquer 是失智還是認輸了？來找 Fish 求和了？』

『好傢伙，職業選手都這麼有錢嗎？』

『OMG，陳逾征趕緊給我回家！別在 Fish 直播間丟人，是喝多了嗎？』

『Conquer VS. Fish，世紀大複合現場！請你們原地結婚！路人表示同意了！』

陳逾征毫不手軟，直接砸了幾十發超級火箭，硬生生成了余戈直播間的榜一大哥。

余戈冷聲道：「這是在幹什麼？」

TG-Conquer：『托你的福，知道自己最近多了個粉絲，覺得十分感動，來送幾個禮物。』

反應過來他在暗示什麼之後，余戈血氣衝上腦門，差點破防。

粉絲則是一頭霧水，不知道他們在打什麼啞謎。

TG-Conquer：『真的挺感動的，謝謝你，魚人。』

『TG-Conquer：不對，余神』

余戈：「……」

陳逾征在留言活躍了幾句話。

下一秒，直播間的系統提示：『用戶 TG-Conquer 已經被主播 OG-Fish 永久禁止發言。』

第十四章　我們的故事，絕不止於此

陳逾征開著大號跑去余戈直播間豪擲幾十發超級火箭，結果被余戈毫不留情地永久禁言，馬上又引發了外界的議論。

自今年出道，TG從無名小隊一路逆襲到粉絲數量能和幾家豪門戰隊比肩的熱門戰隊，陳逾征作為TG最具有話題度的選手，不知道從什麼時候起，就被人習慣性地拿出來跟余戈比較。

加上兩人之前的亮標恩怨，粉絲之間經常撕得不可開交。余戈這邊粉絲戰鬥力不必說，然而陳逾征粉絲也是粉隨正主，臉皮厚如城牆，逆風輸出一點都不心虛的。

原本以為兩人面上王不見王，私下肯定水火不容。誰知道陳逾征不知道突然發什麼瘋，反向操作了一波，把兩家粉絲都搞暈了。

圍觀了整個過程的路人則表示：來，兄弟們，把般配給我打在螢幕上！

某個不可告人的熱門話題則表示：我靠？我靠？正主親自玩到我臉上來了？

看熱鬧的不嫌事大的其他家粉絲，親自@TG和OG兩家官方，要求他們現在就同意這場「婚事」。

俗話說的好，不是冤家不聚頭，經過這一場炒作，官方也順勢搞了一波噱頭。讓下週決賽上

Conquer 和 Fish 之間的對決成了ＬＰＬ喜聞樂見的電競盛會。

九月七號，ＬＰＬ夏季總決賽在上海 Mercedes-Benz 中心舉行。

比賽還沒開始，僅僅在熱場階段，站魚轉播平臺的人氣就已經突破了一千萬。

「hello，大家好，這裡是二〇二一 ＬＰＬ夏季總決賽現場，我是解說均皓。」

「大家好，我是解說小梨。」

「我是解說嘉衛。」

均皓笑了一下：「咦，今天這場比賽我怎麼好像在哪見過呀？」

小梨接過他拋來的包袱：「沒錯，春季總決賽也是這兩支隊伍，也是我們三個解說的。」

均皓：「ＴＧ這次真是來勢洶洶啊，季後賽一路廝殺站上了決賽的舞臺，肯定也是抱著想復仇的心來的吧。」

嘉衛和他們說笑兩句：「今天這場比賽好看了，因為積分足夠，ＴＧ和ＯＧ兩個隊伍已經鎖定了全球總決賽名額，就算今天哪一方輸了，粉絲也不至於太傷心。所以今天就好好享受這場決賽就行了，看兩支強隊交鋒也是一場視覺的盛宴。」

徐依童帶著閨密團的姐妹也來到了決賽現場。除了徐依童，其他幾個人平時都不怎麼關注英雄聯盟。她們坐在位子上，雖然不懂，也被現場氣氛感染了，粉絲尖叫的時候，ＣＣ也跟著叫。

臺上的演員表演完開幕式，又到了經典的垃圾話環節，第一個出來的是余戈。

徐依童激動地抓緊CC的手，手指著大螢幕：「快看，我男神！」

CC吃痛：「妳別激動，別激動。」

採訪的人：「這次OG又和TG相遇在決賽，余神和Conquer的下路對決也是萬眾矚目的焦點，對於你今年的老對手Conquer，可以用幾個字評價他嗎？」

余戈依舊是那張熟悉的冰山臉，只不過這次眼裡的嫌棄溢於言表：「人、菜、話、多。」

現場隱隱響起來笑聲。

畫面一閃，換了個背景。前兩天剛拍完夏季總決賽宣傳片，臨近收工的時候，陳逾征懶懶散散坐在舞臺的邊沿上，採訪的人又問了同樣的問題。

陳逾征扯了扯唇：「Fish這個人，我不太好評價。這個問題先過吧。」

畫外音，提問的小姐笑了：「這可是垃圾話環節，不想放放狠話什麼的嗎？」

陳逾征：「之前得罪過Fish，狠話就不放了，有機會我還挺想跟他交個朋友的。」

CC望著大螢幕上那張三百六十度無死角的俊臉，感嘆：「弟弟長大了，真他媽帥，怪不得這麼多女粉。」

閨密團其中一員察覺出火藥味，好奇，「這個Fish和小征是什麼關係啊？我們征看起來好卑微哦。」

徐依童：「他能不卑微嗎，看上人家妹妹了。」

「什麼？」CC震驚，「陳逾征喜歡這個Fish的妹妹？真的假的啊？」

「我靠，妳小聲點，說八卦呢。被別人聽見還得了？？」

CC沒料到還有這出，拉過徐依童：「那個妹妹妳見過沒？」

徐依童點點頭：「當然見過，我不是拍過影片傳給妳們嗎。就是那個小女生喝多了，陳逾征抱著人不放手。」

「那女孩長什麼樣子啊？我太好奇了，帶我們見見吧。」

「我等一下傳訊息問問她，叫她一起吃個飯，她今天應該也來現場了吧。」徐依童也喜歡余諾，「那個小女孩軟萌軟萌的，性格又好，還會做飯。怪不得會被陳逾征這個人盯上。」

徐依童哼了一聲，「可惜了甜妹，鮮花插在牛糞上。」

雙方教練握完手下台，第一局比賽馬上開始。

也不是第一次打決賽，TG幾個人心態都比上次放鬆了許多。

戴著耳機，仍然能聽到嘈雜的呼喊聲。

等著遊戲開始，Killer單手撐著下巴，甩著滑鼠，突然笑了一下，「欸，Conquer？」

陳逾征拉開耳麥，喝了口水：「幹什麼？」

「你要不要在公共頻道跟Fish打個招呼？」

隊內語音安靜一下。

湯瑪斯笑得前仰後合：「你也太損了吧。」

Killer嘖了一聲，「不是你說的嗎，下次有和OG的比賽，現在公共頻道發一句你妹妹沒了，搞崩對面心態。」

Van 看了頭頂的攝影機一眼，提醒道：「別亂說，等等被剪上英雄麥克風了。」

奧特曼沒心思跟他們開玩笑，眼見著陳逾征雙手放在鍵盤上，真的在打字。他驚了一下，「我靠，你幹什麼呢，開個玩笑還當真了？」

陳逾征：「打個招呼。」

自訂房間的公共頻道。

TG-Conquer：『hi！』

TG-Conquer：『有人嗎？』

此時，舞臺另一側 OG 隊員的臉色都變得格外微妙，Roy 有點摸不著頭腦：「Conquer 這是在幹什麼？還互動起來了。」

身為知情人，阿文擔心地看了眼余戈。

Killer 救場：

TG-Killer：『別管我們隊的 AD，他又發病了。』

OG-Will：『hhhhhhh。』

TG-Killer：『大哥們，等一下手下留情。』

OG-Awen：『不敢當。』

余戈進遊戲，直接 Mute all，靜音掉對面傳來的一切訊息。

第一局，OG 是紅色方，TG 是藍色方。還不到五分鐘，余戈喊阿文：「過來。」

阿文看小地圖一眼，標記了幾個位置，咬牙切齒：「別急，等我打個野怪，就來幫你收拾這個小兔崽子。」

Roy好奇：「收拾誰啊？」

阿文：「你別管。」

眾望所歸。

第一局的八分鐘，下路雙人組就開始了交鋒。阿文二級就過來Gank，以下路為家，死死待著不走，一直針對TG的下路。

玩笑歸玩笑，陳逾征一上場之後，風格變得異常兇悍淩厲。

對面三個人也絲毫不虛。

反正TG和OG都是主打下路，看下路打架，大家倒也沒覺得有什麼不對勁。

兩局比賽結束，OG和TG各自拿下了一場，比分持平。

後臺，TG休息室，教練跟他們迅速複盤了一下今天的比賽。還有十分鐘上場，陳逾征窩在沙發裡，忽然問：「余諾人呢？」

向佳佳往周圍看了看：「不知道呀，剛剛還在呢，大概出去裝水了吧。」

陳逾征起身，傳訊息給她。他拿起手機往外走，正面撞上了幾個人，他點頭示意了一下。

不遠處，余諾和余戈站在通道的轉角處。

陳逾征停下了腳步，遙遙看著他們。

余諾背對著他，余戈倚在牆上，不知跟她說了什麼，余諾乖乖點頭。

揉。

余戈一抬眼，看到站在幾步外的陳逾征。冷冷和他對視著，余戈把手抬起來，在余諾頭上揉了

余諾有點茫然：「怎麼了？」順著他的視線，余諾把頭轉過去。

陳逾征也沒走，就站在那，挑了挑眉，問了聲，「妳在這幹什麼？」

余諾：「我在這跟我哥說兩句話。」

余戈：「跟你有什麼關係？」

他的語氣充滿不耐煩，余諾又回頭看余戈，一副欲言又止的表情。

陳逾征把手機收進口袋，自動忽略了余戈，跟余諾說：「你們說完了沒？說完就走吧，向佳佳好像找妳有點事。」

余戈淡淡命令：「不准過去。」

余諾腳步止住：「……」

陳逾征哼笑，聳聳肩，一個人轉身，回了TG的休息室。

第三局。

前期風平浪靜地發育了幾波後。TG和OG下路的交火突然變得異常頻繁，令人目不暇給。

余戈跟陳逾征兩個人好像杠上了。兩個隊的打野輪流來下，不是你死就是我活，反正誰也別想好過。

到中期，陳逾征的VN發育起來，激進殘暴，余戈也不甘示弱，指揮小C的強頂上去，殘血也

要上去硬剛。

ＶＮ扭身一個走位，把牛頭釘在牆上。

余戈交出治療，站小兵堆中走位，大嘴噗噗噗一口濃痰直接讓ＶＮ掉了一大半血量。

導播每次切到他們打架，臺下粉絲的反應也格外熱烈。躁動中，就連解說都感受到了他們那種針鋒相對的意思，「下路怎麼又打起來了，這局是怎麼回事？Fish 和 Conquer 的火氣好像格外大？」

嘉衛深有同感：「是挺奇怪的，其實相比於ＴＧ下路的兇狠，Fish 的風格一直都是偏穩健的那種，結果這局好像被什麼刺激到了，也跟著一頭熱了？」

小梨陷入沉思，「不知道的還以為ＴＧ和ＯＧ下路兩個ＡＤ有什麼深仇大恨，誰也不服誰，你看 Conquer 直接連法拉利炮車都不要了，二話不說衝上去就是跟 Fish 幹。」

Will 連著幾次亮起ＴＰ支援下路，實在是有點招架不住，「不是，對面下路什麼情況啊？ＴＧ的ＡＤ瘋了嗎。」

余戈看著上躥下跳暴躁的ＶＮ，漠然道：「惱羞成怒的跳樑小丑。」

第三局，下路的局勢只能用兩個字形容，那就是「瘋狂」。

歷來決賽，就算打架打得再多，從來沒哪一場下路對抗能激烈成這樣。

鏡頭基本三分之二的時間都停在下路，讓觀眾恍惚來到了英雄聯盟大亂鬥現場。

一場比賽跌宕起伏，進行了五十多分鐘，眼看著就要逼近一個小時，ＴＧ靠著陣容的優勢，在上路找到機會，擊殺掉對面打野和中單，直接 All in，Rush 掉大龍。

ＯＧ的下路和中單埋伏在河道處，阻止拿龍的ＴＧ眾人回家。

兩方進行了最後一波團戰，TG打出三換三，OG的人被團滅。

存活下來的是陳逾征和 Killer，兩人點了個果子回血量，直接往中路靠攏，帶著超級兵，一路衝上OG的高地，OG 大勢已去。

解說視線從螢幕上移開，開始說結束語：「那我們先恭喜TG拿下本場比賽的勝利。」

Killer 點著防禦塔血量。兩個門牙被拔掉之後，OG的水晶一點一點開始掉血。就在基地爆炸的前幾秒，場下的觀眾突然起了點躁動。

嘉衛又疑惑：「嗯？怎麼了？」

他視線重新挪回遊戲螢幕上。

小梨疑惑：「Conquer 怎麼不動了？」

意識到陳逾征想幹什麼，奧特曼「欸」了一聲，「你別騷了大哥。」

話音剛落，全場沸騰。

在OG的泉水前面，金光閃閃的VN原地跳了個舞，停住後，頭頂噗的冒出一團白氣，兩條黑白魚出現。

兩極無儀。

完美複製春季賽揭幕戰——陳逾征又一次對著OG泉水亮出了標。

二比一後，TG率先拿下賽點局。

陳逾征亮標行為再一次引爆了全場。對著OG亮出兩極無儀，那上面的魚代表什麼不言而喻。

簡直是赤裸裸挑釁余戈的行為。

臺下，余戈的女粉差點被陳逾征這賤到了骨子裡的畜生作風氣出腦溢血。

均皓有點無奈：「Conquer 這位選手太調皮了，好像很喜歡跟對面互動啊。」

小梨安慰一下粉絲。

後臺，OG的休息室。

所有人都對剛剛結束的一場比賽感到很茫然。教練問余戈：「你今天怎麼回事？今天連續好幾把了，下路打的太急躁了，這不是你習慣的節奏。」

Will：「不是，余神，我有點好奇，你跟 TG 那個 AD，你們到底什麼仇什麼怨啊？有必要嗎？」

小C作為當事人非常有發言權：「我從來沒有這麼累過，感覺時時刻刻都在戰鬥。Conquer 和 Fish 太狠了，他們打起來的那種感覺，恨不得立刻把對方送進殯儀館火化。」

余戈默不作聲，阿文端了杯水，湊到他身邊，小聲說：「你冷靜一下，這是打比賽呢。」

見他不說話，阿文安撫他的情緒：「你別看現在他這麼囂張，到時候真的跟余諾在一起，還不是要在你面前裝孫子？」

余戈煩躁不已：「我什麼時候同意他們在一起了？想都別想。」

阿文：「但余諾都喜歡上他了，你還能阻止？」

余戈「呵」了一聲。

「欸，不對啊。」阿文又回味了一遍，「所以現在是，妹妹單方面喜歡他？Conquer 還沒答應？是這個情況嗎？」

余戈動了動唇，從牙縫裡擠出幾個字：「他算個什麼東西，他配嗎。」

短暫的中場休息後，OG的人重回舞臺。

第四場。

OG上幾把吃到了下路的虧，一搶女警後，上來就按掉對面兩個AD位。余戈的女警和小C的莫甘娜走下路。

兩邊依舊延續上幾把的戰術，前期對下路都有嚴密的盯防，河道和草叢處插滿了視野，兩個隊伍儼然變成了河道插秧隊。

似乎沒有受到上一場的刺激，這次余戈率先轉變風格，沒有專注地再跟陳逾征下路一對一，拆了一塔之後就和小C換去上路。女警本來就是這個版本的強勢英雄，前二十分鐘輕輕鬆鬆拆了TG三路的一塔。

在對兵線的處理和地圖資源的掌控上，TG處理的明顯不如OG遊刃有餘。

相比於前幾場的激烈對抗，這一局節奏放緩，直到十分鐘都沒爆發一血，顯得平靜了許多。

OG開始儘量和TG避戰，效果也很明顯。TG被對方運營的到中期一度陷入了迷茫，直到最後慢性死亡。

決賽又被OG拖進了第五局。

最後一場，戰歌起，決勝局。

前期的局勢和第四局一模一樣的節奏。

解說感嘆：「OG這支隊伍強就強在他們能迅速改變風格。在這一點上，他們已經超過了

ＬＰＬ的大多數隊伍。第四局過後，他們明顯摸清楚了能贏ＴＧ的方式，已經不找對面打架了。」

陳逾征的ＥＺ到了中期，三件套馬上到手，是整場比賽最強勢的一個時間段。

但ＯＧ忽然開始野輔雙游，余戈苟在塔下，周圍視野保護的很好，他寧願不吃經濟也要活命。

僵局之下，ＴＧ幾個人也對勝利的渴望很明顯。直接開始 Ping 大龍坑的信號，把ＯＧ的人逼過來開團。

ＯＧ被擊殺兩人。

解說：「ＯＧ其實不用急的，到後期，ＥＺ這個英雄會乏力，ＴＧ的輸出不夠。」

ＴＧ在陣容的強勢期強開了幾波，ＯＧ外塔全部被拆光，經濟一度超越四、五千。

到決賽局，兩個隊伍，每個人都保持著目前ＬＰＬ最高的水準。幾乎是零失誤。

比賽進入中後期，余戈帶著阿文找到落單的 Killer，把他擊殺後。ＴＧ趕來兩人支援，順勢被埋伏在周圍的人擊殺。在中路滅了對方三個人，ＯＧ幾人迅速回家整理裝備。

從家裡出來後，他們帶著小兵一路推到ＴＧ的高地，破了三路後還不肯走。

均皓疑惑：「他們想要一波嗎？能一波嗎？」

小梨：「不行，應該一波不了，ＯＧ該撤了，Conquer 要復活了，湯瑪斯也趕了回來。」

事已至此，再退也來不及了。ＯＧ勉強拆掉一座門牙塔後，後面趕到戰場的湯瑪斯已經一個天雷地火的大招放下來，小Ｃ倒下。

ＴＧ從泉水復活的人也陸續出來，直接開始圍剿ＯＧ剩下的幾個人。

ＯＧ大勢已去，連忙撤退，最後勉強活下來兩個人。ＴＧ稍微清了清家裡的兵線，奔波到大龍坑。

打到一半，阿文也趕過來。身後的隊友還沒到，這裡沒視野，看不見大龍殘餘的血量，阿文徘徊了一下後，直接跳入龍坑。

但TG的人早已停手，就等著他送上門來。被虛弱套住，阿文率先陣亡。

打野已經沒了，這波關鍵性的定勝負團戰明顯打不過，OG剩下的人被打的四處逃散。TG眾人圍攏，繼續打著大龍。

這個時間點，復活最快還有四五十秒。只要TG迅速Rush龍，平推上去，OG就澈底沒了。

就當解說都差點開口恭喜TG奪冠時，OG原本逃開的兩人突然又圍攏，開始騷擾行為，擺明是上來送死。

陳逾征停手，從人群裡出來，打算先解決掉小C。

「不對！」解說忽然叫了一聲：「咦，Fish在往中路趕，他是打算偷家嗎？」

此時，導播鏡頭給到TG的基地，兩座門牙被推平，只剩下光禿禿的一個赤裸水晶。

原本為TG響起的歡呼突然斷掉。這麼緊張的時刻，大部分人屏住呼吸。已經有OG的粉絲按捺不住開始尖叫。

嘉衛激動：「Fish真的打算偷家！Will和Roy只需要把TG的人纏住，不讓他們回家就行了！Conquer還沒意識到！」

遊戲的大螢幕上，陳逾征的EZ還在追殺小C。收下人頭後，他立刻原地回城。

余戈的女警已經趕到水晶附近。一步一個平A，傷害高到爆炸。

TG的形式急轉直下。

卡頓一下，解說連呼吸都急促了起來：「三百滴、兩百滴、一百滴……」

剛回家的EZ立刻從泉水衝出來，E上去，奈何旁邊圍滿了小兵，余戈扭身躲了他幾個技能。

嘉衛已經控制不住聲音的顫抖：「——最後五十滴！」

糾纏中，余戈的女警最後一個平A出來的時候，全場沸騰了。

瞬間，TG的水晶爆炸。

小梨：「OG贏了！」

「這就是Team Occasion，不到最後一刻，他們永遠不會放棄！恭喜 OG 成功衛冕冠軍！」

滿場的人都開始瘋狂呼喊OG和余戈的名字。

癱在位子上，奧特曼臉上出現了短暫的茫然。

大起大落的一場比賽，所有人都沒回過神來。

苦戰五局，比賽終於結束了。

明明可以贏的，只差一點，就差最後一點，他們又一次和冠軍失之交臂。

Killer嘆了口氣，盯著賽後數據面板，什麼都沒說。良久，他拍了拍旁邊掩面的湯瑪斯。

TG幾個人落寞的神情被放大在螢幕上。

場內，一半的粉絲沸騰慶祝著，而另一半則是沉默不語。

OG的人摘掉耳機起來，互相擁抱了一下。收拾一下，穿過舞臺，走過去和對面的TG幾個人握手。

ＴＧ的人也從位子上站起來。

從湯瑪斯開始，再到Van，Killer，輪到陳逾征。

兩人四目對視，余戈冷淡地瞄了他一眼，去握他的手。敷衍至極地碰了碰，剛想抽回，準備走向下一個人。

陳逾征把他的手抓緊。

余戈：「……」

旁邊有幾個攝影機跟拍，他們的身影都投射在場中的大螢幕上。

在無數雙眼睛之下，陳逾征笑了笑，大大方方道：「恭喜。」

余戈垂眸，把自己的手抽回：「謝謝。」

兩人擦身而過。

一錘定音，勝利永遠只能屬於一個隊伍，不論過程是怎樣，大家只會在意結果。

ＴＧ的人黯然退場，ＯＧ的五個人再一次舉起銀色的獎盃。

嘉衛看著ＴＧ隊員的背影，停了一下：「每一支隊伍通往成功的道路都很坎坷，ＴＧ從春季賽嶄露頭角，負面輿論一直伴隨著他們。到至今兩次登上決賽舞臺，一路走過來已經十分不容易。雖然今天這場比賽輸了，但絕不代表他們就會止步於此。同時我們也要恭喜他們，以二號種子隊的身分進入世界賽。」

小梨：「今天ＴＧ真的很可惜，不過，暫時的失敗不意味著他們在賽場的結束，反而是一種新的開始。加油啊，少年們，千萬別灰心，未來的路還很長。」

毫無意外，決賽最後的ＭＶＰ給了余戈。

領完獎盃後，到後臺，一些主持人和工作人員都來找ＯＧ的幾個人合照。

被包圍在鮮花和人群裡，余戈表情寡淡。就像剛剛奪冠的不是他一樣，表現地異常平靜。

與此同時，ＴＧ休息室裡一片死寂。大家都安靜地坐了一陣子，教練和分析師討論了一下今天比賽的細節。以往嚴格的領隊抱臂靠在一旁，語氣出奇柔和：「你們今天打得不錯，盡力了，就不用自責了。」

湯瑪斯看了奧特曼一眼，欲言又止。

Killer假裝不耐煩，推了推奧特曼：「好了，一個大男人，哭什麼哭。又不是以後沒機會了。」

「不是，」奧特曼眼眶泛紅，說話的時候有些哽咽：「之前打春季賽決賽的時候，來現場的全是ＯＧ的粉絲，雖然沒人為我們加油，但我還是很激動。」

Killer忽然也安靜了。

奧特曼用手背擦掉眼淚：「這半年來，就像做夢一樣吧，突然多了這麼多粉絲。今天最後一場比賽快結束的時候，我都聽到了，很多人在喊我們名字。結果最後還是輸了，真的覺得很對不起他們。」

接受完賽後採訪，大家情緒都很消沉，收拾好東西後，從休息室出去，走出比賽場館。

一出通道，很多粉絲圍上來。

跟在旁邊的保全把他們幾個人圍起來。

不少粉絲擁堵著，七嘴八舌對他們喊：「ＴＧ加油，別灰心，你們今天已經很厲害了！」

「回去好好休息，這段時間辛苦了！過幾個月還有世界賽！我們會一直支持你們的！」

粉絲目送他們一個個上車後，還停留在原地不肯走。

余諾坐上車，悄悄掀開簾子，從縫隙裡往外看。

幾個男粉絲還湊在一起，大部分女粉絲的頭上都帶著「Conquer」、「Killer」字樣的應援髮箍，揮手跟他們示意。

在春季賽還沒人認識的ＴＧ，僅僅半年，就成了所有人關注的焦點。

回基地的路上，車上氣氛持續沉重，余諾坐在陳逾征身邊，時不時轉頭看看他。

比賽結束後，他好像沒說過一句話。

她握緊了陳逾征的手，可實在嘴拙。想安慰他，又覺得他已經聽不進別人的安慰，只想一個人靜靜。

余諾感覺整個心臟都被拉扯著，心情又好像回到了春季賽決賽的時候。

可現在比那個時候更複雜。

一個是她哥哥，另一個是她喜歡的人。

一邊為余戈開心的同時，可另一邊，也忍不住心疼陳逾征。

教練往四周看了一圈，開口：「雖然今天輸了，但你們是站著輸的。大家都有眼睛，你們只要打得好，用了心，粉絲不會罵你們。如果覺得讓他們失望了，那就加倍努力，爭取下次贏回來。ＯＧ確實很強，但世界賽上的對手會更強。」

齊亞男：「好了，都別難過了，明天開始放幾天假，自己都整理一下心情，接下來還有比賽。」

Van還是意難平，唉聲嘆氣：「我真的很想拿冠軍，怎麼這麼難。」

「這就叫難了？」領隊斜瞥他一眼，「你知道Fish出道多久才拿到第一個冠軍嗎，不說Fish了，OG的打野你們都認識吧，阿文也花了六年，冠軍沒有這麼好拿的。」

LPL今晚這場夏季總決賽在社群媒體上的熱度也很高，四、五個關鍵字都掛在熱搜上。

一直到晚上，TG官方又發了一篇文。

@TG電子競技俱樂部：

『對榮耀的渴望，更重要的是失意之後的堅持。

我們的故事，絕對不止於此。』

到了基地，大家拿起背包下車。陳逾征現在不想回去，拉過余諾，讓她陪自己走走。

TG的基地在郊區，人很少，夜晚顯得也格外安靜。

兩人在附近走了走，趁著陳逾征去旁邊抽菸，余諾拿出手機，傳訊息給付以冬：『陳逾征看起來好難過，我想安慰安慰他，又不知道該怎麼安慰，怎麼辦？』

隔了幾分鐘，付以冬回覆：『語言的安慰都是蒼白無力的，妳要用妳的身體溫暖他。』

余諾：『我沒有開玩笑……』

付以冬：『我也沒有跟妳開玩笑！』

余諾盯著這幾句話。

鼻尖飄來一陣淡淡的菸草味，陳逾征不知何時過來的，站在她旁邊，眼神也停在她的手機上。也不知道看到了什麼，余諾匆忙地關掉手機，「你回來了？」

陳逾征「嗯」了一聲。

黑暗澈底降臨，不知從哪裡起了一點風，稍微驅散一點夏日的熱意。這附近有流浪狗徘徊，時不時吠兩聲。

兩人在附近散了一下步，余諾轉頭看他。

夜色飽滿濃黑，只有路燈撒下微弱的光線。他眼睫動了動，頭一偏，回看她。他眼裡有一種少見的脆弱，給了余諾一種錯覺，好像，她可以隨意傷害他。

余諾忍不住問：「你在想什麼？」

陳逾征若有所思，盯了她幾秒：「在想，姐姐怎麼才能看穿我的軟弱。」

余諾：「……」

他慢慢地說：「然後，用身體溫暖我。」

「……」果然還是看到了，余諾有點尷尬。她停下腳步，略作猶豫，試探地問了一下：「那，要抱抱嗎？」

「要啊。」

她站在原地，本來手都張開了，卻眼睜睜看著陳逾征走到旁邊一個長椅上，余諾不知道他要幹什麼。

陳逾征：「過來。」

余諾剛走到他面前，手臂被人一拽，跌坐在他的腿上，緊接著，腰間樓上一雙手臂。陳逾征把頭埋在她懷裡。

余諾僵了一下，動作緩慢地彎起手臂，拍拍他的背，陳逾征不說話，呼出的熱氣噴灑在她的脖頸處。余諾覺得有點癢，但是沒推開他。在心裡醞釀了一番，手指摸了摸他柔順的黑髮，輕聲道：「沒關係的，今天輸了，以後我們再贏回來。」

「我想贏妳哥哥。」

余諾：「……」

陳逾征語氣頹廢，「余戈拿過的冠軍，我還一個都沒拿到。」

「你不用和別人比呀。」看不到他的表情，余諾微微側頭，耐心地說，「你已經很厲害了，比很多人都厲害。」

「而且，教練剛剛在車上都說了，總有一天，你們付出的汗水和眼淚，都會得到回報。」

清爽的夏夜，余諾的聲音就和風一樣，輕輕緩緩地飄進他的耳朵裡，「就算現在還沒拿到冠軍，但是已經有很多人喜歡你們，大家都覺得TG的人很強，很厲害，我哥，還有他的隊友、解說、主持人，他們都這麼說過。這其實也是另一種肯定，你覺得呢？」

夏天的衣服薄，觸感也格外鮮明，陳逾征頭蹭了蹭她的胸口，嘴唇動了動，低聲道：「我覺得，姐姐的胸好軟。」

余諾微愣。

說完這句話，陳逾征腦袋埋在她頸間，下移一點，又用鼻尖惡劣地蹭了蹭。

余諾驚一下就把他推開，手忙腳亂地從陳逾征身上跳下來。慌忙間，她的腳踩到他。

「嘶——」陳逾征疼的悶哼一聲。

余諾嚇了一跳，又上前兩步，「你、你沒事吧？」

被她推開後，陳逾征就這麼隨意靠在椅背上。他的目光黏在余諾身上，打量了一下她手足無措的樣子，懶懶笑了。彷彿剛剛的傷心失意，一切都是錯覺。

「沒事。」陳逾征站起來，慢吞吞道：「走吧，送妳回去。」

她剛剛像見了鬼一樣，從頭到腳都顯示著抗拒。陳逾征收斂起浪蕩的模樣，沒再說什麼不正經的話。

回基地開車的路上，余諾跟在陳逾征身側，他牽著她的手。

兩人都沒講話，似有若無的尷尬感覺縈繞開。她轉頭，偷偷觀察他的表情，看起來好像還挺平靜，余諾放了點心，一邊又止不住內疚。

剛剛，自己的反應是不是太過激了？他們關係都已經確定了，戀人之間，會親密一點也是正常的。而且牽手、擁抱、接吻之外，陳逾征最多口無遮攔一下，實際卻沒對她做過其他什麼出格的事情。

雖然偶爾跟她調情兩句，逗逗她，包括之前說自己被她親出反應什麼的，但他每次只是嘴上說說而已，就連接吻的時候，陳逾征的手也是規規矩矩，從來不往她衣服裡探。

上次在她家，那個下雨的清晨，他們在沙發上接吻。余諾這個年紀，對性雖然沒有經驗，但也耳濡目染，不是單純不諳世事的少女。兩人幾乎渾身上下都貼在一起，她很明顯感覺到了什麼，他的喘息濕濕熱熱，帶著欲念和隱忍，就貼在她耳邊。

余諾當時大腦一片混亂，甚至都已經做好了心理準備，但陳逾征除了親吻之外，依舊克制壓抑，也沒提過別的要求。

陳逾征側目，開口喊她：「愛吃魚。」

思緒強行中斷，余諾揮散掉那些旖旎的畫面，她假裝平靜地開口：「什麼？」

陳逾征微微俯身，盯著她，「想什麼壞事呢，想的臉都紅了。」

余諾條件反射地抬手，摸了摸自己臉，有些緊張道：「是嗎？我、我臉紅了嗎？」

越說越心虛，聲音不自覺地低了，「可能是熱的吧。」

陳逾征哪有這麼好唬弄，疑問道：「妳很熱嗎？」

余諾反射性搖頭，搖了一下，又點頭。她都不知道自己在幹嘛了。

見她魂不守舍的樣子，陳逾征問：「我把妳嚇到了？」

余諾「啊」了一聲。

陳逾征沉默了一下，反思起自己剛剛的行為。好像大庭廣眾，對女孩子的做這樣的舉動，確實顯得他挺變態的。

陳逾征瞄她幾眼，誠懇地保證：「妳以後不同意，或者，不喜歡……我就不這樣了，可以嗎？」

余諾：「……」

回到家，一片漆黑。余諾按了客廳吊燈的開關。

她傳了到家的訊息給余戈和陳逾征，放下手機。剛剛在外面，她確實是熱，出了不少汗，背後黏黏糊糊的。

她去陽臺收了一件睡裙，進浴室洗澡。

蓮蓬頭打開，水仰面灑下來。水汽散開，她閉著眼。才分開沒多久，她腦子塞滿的全是陳逾征。和他在一起發生的事，他對她說的每句話，每個動作，每個笑，就像萬花筒裡的碎片一樣，連細節都帶著斑斕的顏色。

洗完澡，余諾扯了浴巾，心不在焉地擦著身體。

浴室裡方正的鏡子正面對著她。余諾擦拭的動作緩了緩，一手撐在浴臺上，抬起手臂，用手指擦去鏡子上的霧氣。朦朧模糊中，她剛洗完的頭髮披散，分成細細的幾縷，貼在肩頸處。有水珠不斷滾落，黑髮和白皙的皮膚映襯，有一種格外鮮明的對比。

從腰到胸口處，她的身形慢慢顯現。

余諾呆呆愣愣地盯著自己，幾分鐘後，不知道想到什麼，像突然驚醒，她連忙撇開目光。

回到臥室，余諾在床邊坐下，拿起正在充電的手機。

付以冬半個小時前傳了訊息給她：『你們什麼情況了，我的偶像還好嗎？』

余諾：『我在家。』

付以冬：『這麼快就回來了？』

余諾：『嗯。』

付以冬：『唉，我好憂鬱，我們講個電話？』

余諾靠在床頭上，戴上耳機，「妳怎麼了？」

『就是因為TG今天又輸了。』付以冬長籲短嘆，『最後一場比賽我都快看吐了，Fish這個人也是太離譜了，這樣都能偷？妳說他是不是輸不起，是不是沒贏過！居然偷家，我心情真的是快要崩潰……』

付以冬絮絮叨叨地吐槽了一陣子，忽然住嘴，『欸，忘記了，他是妳哥。』

余諾笑了笑：「沒事。」

『算了算了，不提這個了。今天TG的人怎麼樣了？真是心疼我的兒子們。』付以冬聲音聽起來十分憂愁，『還有陳逾征，他還好吧？妳後來怎麼安慰他的？』

余諾心裡有事裝著，敷衍了一句：「……我抱了抱他。」

『有沒有親親？』

余諾有點無奈：「沒有。」

『你們怎麼這麼純潔？小學生談戀愛啊？』付以冬邪笑，『有最新的情況跟我說一下。』

余諾吞吐一下：「其實……也沒妳想的那麼純潔。」

『什麼？』付以冬瞬間拔高了聲音，『沒那麼純潔？所以是幹了什麼？』

余諾臉皮薄，怎麼好意思跟她講那些，就隨便帶過了兩句。

兩人東扯西扯一陣子，余諾忍不住，小聲地問：「冬冬，妳覺得我的胸……會不會……」

這個問題實在難以啟齒，問起來也好像挺奇怪的，她說著，又停住。

付以冬好奇：『妳的胸怎麼了？』

其實關於身材這方面，余諾從小都有點自卑。小時候，父母離婚後，余將沒精力管她。因為江麗的原因，齊爾嵐看她和余戈也不順眼，家裡連話都不願意跟他們多講一句，更別說在生活上照顧他們。

余諾上國中，正是女生開始發育的時候。但沒人幫她買衣服，她還是穿著幾年前的舊衣服。相比於同齡人，她發育得比較好，衣服一直都不太合身。

那時候同學剛剛有了明確的性別意識，班上會有些男生盯著她的胸看，就連女生也在背後竊竊私語。

還是隔壁桌看不下去，有一天跟她說了幾句：「妳胸這麼大，能不能穿點寬鬆的衣服？前幾天那個誰還來跟我講了些很難聽的話。」

余諾沒反應過來，小心地問：「什麼話？」

隔壁桌神情彆扭：「說妳故意發騷什麼的，就是為了勾引班上的男生。」

余諾的臉通紅，呆在原地，簡直晴天霹靂，連課都上不下去，跑去辦公室跟老師請假，偷偷蹲在廁所哭了一節課。

晚上回家，她一邊哭，一邊跟余戈說了這件事。

第二天，余戈跟班裡的同學借錢，帶她去商場買了新衣服。

連著好幾個星期，余諾經常做噩夢。夢裡，身後有人聚在一起，對她指指點點發笑。那次之後，她就很怕誰提起她的胸，連走路都是含胸駝背的。高中甚至大學，不論冬夏，她每次上體育課跑步，都會習慣性地穿件外套。

見她這邊安靜了，付以冬追問，『妳的胸怎麼了？』

余諾牙一咬，把問題問了出來，「就是，我的胸，會不會不太好看……」

付以冬：『……』

『哪裡不好看？』

余諾：「太大了，所以不好看。」

幾秒後，付以冬吼：『余諾妳還是人嗎？這是在刺激我們這些平胸的嗎！我做夢都想有妳這麼大的胸！哪裡不好看了！』

隔著電話都能感受到付以冬滔天的怨氣。把余諾罵了一頓，她泄了點火氣，覺得有點不對勁，問，『妳怎麼突然問妳的胸好不好看，是不是陳逾征，那個什麼了？』

余諾沉默。

雖然罵了她一頓，但付以冬瞭解余諾的性子，知道她肯定不是在炫耀，而是真實地為自己的身材自卑。付以冬耐心道：『妳這個傻瓜，完全沒必要身材攻擊啊，妳的胸白白軟軟的，又很好捏，我一個女的都流口水，何況那些男的？怎麼，妳還怕陳逾征不喜歡啊？』

被戳中心事，余諾臉一紅，訥訥地。

付以冬恨聲：『我為什麼要在這裡安慰妳，我才是需要安慰的那一個！』

『不過……』她的笑聲變得淫蕩起來，『你們什麼時候上床？讓我偶像見識見識，胸大腰細的姐姐是多麼銷魂。』

余諾：「……」

掛了電話後，她把手機扔在一旁，拉上空調被，把臉埋在娃娃裡。

因為付以冬的一番下流話，導致她腦子裡都不自覺浮現了點兒少不宜的畫面。雖然沒有那方面的經驗，也不知道是什麼感覺。但是如果陳逾征想要更親近一點的話，余諾好像也……不會抗拒。

她還在胡思亂想，門突然被敲響，余戈的聲音傳來：「睡了沒？」

余諾一跳從床上坐起來：「哥？」

「嗯。」

她下床，隨手披了一件衣服，把門打開。余戈臉色蒼白，身上有著很明顯的酒氣。

余諾鬆開門把：「怎麼回來了？」

余戈揉了揉額角，「他們去玩了，我懶得動，就回來了。」

他轉身往自己房間走，步伐有點紊亂。這個樣子，應該是剛剛慶功宴上被人灌了不少。余戈平時飲食不規律，又挑食，所以胃特別不好。余諾擔心他晚上難受。趁著余戈洗澡，她去廚房煮了點湯麵給他。

餐廳的燈黃橙橙的，余諾坐在余戈對面，陪著他吃東西。

余戈忽然想到什麼，停下筷子，「對了，客廳有個東西，幫我拿過來。」

余諾「哦」了一聲，乖乖去客廳。

茶几上有個圓形的金牌，她拿起來，沉甸甸的。余諾放在掌心打量一下，走過去，「哥，是這個嗎？」

余戈正在接電話，抬眼瞥了一下，「嗯。」

余諾剛想給他，「我幫你放這？」

他和電話那邊的人講著事，隨口說：「拿著吧，給妳的。」

「給我？」余諾把金牌翻了個面，仔細看了一下，上面有一行小字刻著：『二〇二一夏季總決賽MVP。』

余戈瞅了她一眼，換了隻手拿電話，「妳先進房間，我等一下跟妳說。」

余諾不知道要余戈要跟她說什麼，躺在床上，研究一下他的MVP獎牌。

放在一旁的手機突然震動起來，余諾拿起來看，是陳逾征打過來的視訊電話。她連忙把獎牌放到一旁，整理一下頭髮，接起來。

那邊卡頓一下，叮的一聲，接通。陳逾征半張臉出現在手機上。

那邊很黑，光線很暗，余諾辨認了一下，發現他還在車上。都過了一、兩個小時了，她疑惑：「你還沒到基地嗎？」

陳逾征把車熄火，車窗降下來，他一隻手撐著頭，輕描淡寫：『開車在附近轉了一圈。』

想起之前他飆車的行徑，余諾的心又提了起來，擔憂地問：「怎麼了……心情還是不好嗎？」

陳逾征『嗯』了一聲。

她雙腿屈起，試探地問：「還是因為比賽？」

『不是。』陳逾征頓了頓，『因為，剛剛惹妳生氣了。』

「……」余諾意識到他在說什麼，立刻道：「我沒生氣。」

『妳哪沒生氣？』陳逾征反問，『走的時候，都不跟我親親了。』

「……」余諾想著怎麼解釋一下，又羞於開口。兩人都沉默著，門又被敲響，余戈站在門口：「可以進來嗎？」

余諾手忙腳亂地摘掉耳機線，應了一聲，「好，等等。」

幾分鐘後，余戈推門進來，「妳剛剛在跟誰打電話？」

余諾哽了幾秒，「一個……朋友。」

余戈也沒放在心上，拉過一旁的椅子坐下。

他很少會擺出一副跟她談話的架勢，和陳逾征電話還通著，余諾提心吊膽地問：「哥，你有事嗎？」

「跟妳談談。」

「談談？」她不自覺有點緊張，「談什麼？」

余戈厭惡的神情浮現：「談妳喜歡的那個人。」

余諾：「……」

「知道我給妳獎牌是要幹什麼嗎？」

余諾搖頭。

「妳想要找男朋友，我不反對，只要對方是個正經人就行了。」

余諾屏住呼吸，等著他的下文。

余戈扯了扯嘴角：「不過，妳要是喜歡ＬＰＬ的選手……看到那個ＭＶＰ獎牌了嗎？」

余諾：「……」

「什麼時候他能拿到了，再跟我提這件事，知道嗎？」

余諾：「……」

余戈覺得自己說的還不夠清楚，又加了一句：「連我都打不過的人，有什麼好喜歡的？還覺得他厲害？」

余諾心不在焉，低眼，手往後伸，摸索著想找手機，把視訊掛斷，她不想讓陳逾征聽到這些。察覺到她的小動作，余戈皺了皺眉，「妳幹什麼？我話還沒講完。」

余諾停止了摸索。

「比如TG的AD。」余戈特地舉了個例子：「就今天那個，輸給我的，手，下，敗，將。我看不上。」

余諾抬頭，欲哭無淚，「這……但是……」

「沒什麼但是，」余戈覺得此事毫無迴旋的餘地，起身，「除非妳別喜歡LPL的人。」

碰的一聲，房門關上。

余諾呆坐在床邊一下，急忙掀開被子，把裡面的手機拿起來。視訊果然還沒掛斷，只不過畫面裡已經沒了他。

他的手機應該是放在了中控臺上，視訊裡面是車頂。余諾出聲：「陳逾征，你還在嗎？」

他的聲音傳來：『在。』

「對不起。」余諾愧疚地道歉，「你別把我哥的話放心上。」

陳逾征『嗯』了一聲。

長久的安靜。打火機發出啪嗒一聲輕響，他已經抽了好幾根菸。

余諾咬了咬手指，「你在哪？我現在想去找你。」

客廳的燈關著，余戈房門緊閉。

余諾做賊一般，輕手輕腳，怕弄出什麼聲響，赤著腳在瓷磚上走。一片漆黑裡，她用手機打開照明燈，慢慢走到玄關處。

陳逾征的車停在社區附近，余諾找了一下，小跑兩步過去，拉開車門，坐上去。

陳逾征嘴裡還叼著抽到一半的菸。

剛剛知道他就在附近沒走，余諾急著見他，連睡衣都沒換就下來了。

抽完一根，陳逾征去摸菸盒。

「你別抽了。」余諾把打火機收起來，抿著唇，睫毛撲簌，就這麼看著他。

車廂陷入短暫的靜默，陳逾征笑：「是不是想我了？」

余諾默默地點頭，她的手指一點一點蹭過去，指尖觸碰到他的手背，「陳逾征，你別介意。」

他精準地捉住她的手，「怎麼了？」

十指相交，察覺到他的手很冰，余諾開口：「就是我哥剛剛說的那些話……」

陳逾征一雙狹長的眼微微上揚，神情寡淡，語氣很隨意：「沒事，我不介意。」

還是那副平淡的腔調。就像是初見時，他給她的感覺。帶著點高傲，對誰都不怎麼上心。

「真的嗎？」余諾有點稀裡糊塗的，遲疑道：「但是我覺得，你不太開心。」

「是有點，不過不是因為這件事。」

余諾心定了一點，耐心道：「那是因為什麼？」

過了一下，陳逾征慢悠悠的說，「姐姐剛剛不給我親，我挺憂傷的。」

「……」她心裡酸酸的，又亂亂的，「那你過來一點。」

陳逾征思量看著她：「什麼？」

余諾強忍窘迫，聲音軟軟的，眼神都不知道往哪放，「我親親你。」

不知道怎麼就變成了現在這個姿勢，車內空間狹小，她跨坐在他身上，她的後背還抵著硬硬的方向盤。

余諾跟他接著吻。陳逾征一隻手捏著她的下巴，舌尖撬開她的唇，溫柔地舔舐著。手指滑落到鎖骨處。睡衣是吊帶款式的，混亂中已經掉下來一根帶子，察覺到她有些緊繃的身體。

陳逾征剛想把手挪開。余諾忽然抓住他的手，連呼吸都不敢用力。

他停了幾秒，聲音沙啞：「幹什麼？」

她像是下定某種決心，冷不防地，連帶著他的手一起，緩緩放在自己胸口上。

陳逾征不動了。

做出這個極具暗示性的，任人宰割的動作，已經突破了她從小到大的羞恥度極限。余諾自己都替自己難為情，喉嚨緊張到乾澀，喃喃道：「陳逾征，我沒有不喜歡這樣……」

陳逾征整個人像是被按了暫停鍵。

等不到回應，余諾垂著頭，自暴自棄地想把臉埋起來。因為極度的廉恥和不安，她眼尾發紅，睫毛都在不停地抖。艱難地跪在他身側的雙腿也從僵直到發軟。

一雙手穿過她的後背，帶著點別的意味，慢慢往下移，用了點力氣，把她的腿托上來。余諾頭腦已經七葷八素，進退兩難，只能順著力道往前倒，展臂去勾他的脖子。兩人之間貼緊，嚴絲合縫，幾乎沒了任何縫隙。

她這個模樣可憐又純真。

借著微弱的燈光，陳逾征凝視著她脖子上緩慢滑下的汗。某些氣味在狹小的車廂裡變得格外濃烈，汗珠滑過的地方都帶出一道淺淺的水痕，經過一顆棕色的小痣，他的呼吸突然沉重起來。欲念節節攀升，他將頭湊到上面，繾綣地舔了舔，味道鹹澀。

陳逾征語調游離，要笑不笑的，耐心地確認了一遍，「姐姐知道自己在說什麼嗎？」

明明是一副跟她商量的語氣，可腰間的力道表明，他一點退路都不給她留。

余諾其實有點膽怯了，但還是點了點頭。

兩邊的吊帶都被他用手指挑開，微微的一聲響動，車椅後傾，兩人往後倒。陳逾征翻身把她壓在座椅上，一隻腿跪在她旁邊，躬身垂著頭，摩挲著她的耳垂，「知道？」

余諾幾乎是整個人被按在座椅上。她的手悄悄握成拳頭，牙齒咬著嫣紅的唇。可憐兮兮地，卻不知道這樣更刺激人。

「知道嗎。」他自言自語，又問了一遍，似乎也不是為了等她的答案。

余諾面紅耳赤，眼前一片模糊，不知道搖頭還是點頭。她只覺得陳逾征好像突然變了個人似的，有點陌生。她不知道的是，就算現在後悔，連逃都無法逃。

陳逾征每根神經都像是被架在火上灼燒，這把火燒不完，越來越烈。他眼眶泛紅，手開始慢慢動起來，把她的睡裙攪得亂成一團。介於隱忍和爆發之間，他心不在焉地的吻落在耳邊，嘴角，鎖骨……

「可以嗎？」

似乎是故意讓她疼，疼裡又摻雜了別的什麼，又癢又麻。余諾什麼都不懂，說不出來的心悸。壓抑了一下，頭抵在他的肩上，想推開他又沒力氣，實在憋不住，短促地哼哼了兩聲。

「這樣呢？」他跟她耳語，氣息暗暗地燙人。

陳逾征脖子繃著青筋，不停地逼問她，一句接著一句。他聲音很溫柔，哄著她，手上的動作卻越來越過分。好像要用實際行動告訴她，這一切都是她自找的。

直到陳逾征突然起身，周圍的涼氣湧上來，把她包圍住，皮膚起了一層小疙瘩。兩人身上都汗涔涔的。撐在她耳側的手指蜷縮了一下，陳逾征額前的短髮被打濕，眼底凌亂，似乎在極力忍耐著什麼。

余諾迷茫地睜開眼，眼裡還有破碎的水光。看向他的時候，還有點愣愣的，不明白他怎麼停了動作。

陳逾征表情隱忍，低聲罵了句髒話，平復著呼吸。

「怎麼了？」她小聲地問。

「沒買那東西。」

余諾：「……」

陳逾征低頭，難捨難分，又吻了吻她的唇。他聲音略啞，眼角紅紅的，還帶著未消的情欲，「捨不得姐姐吃藥。」

察覺到他離開的動作，余諾下意識問了一句：「你去幹什麼？」

「冷靜。」陳逾征伸手摸索著菸盒，無精打采地說，「怕自己變成畜生。」

車門被拉開，又砰地一聲撞上，他拿著菸盒和打火機下車。

余諾目光渙散，盯著車頂，還沒回過神來。

余諾手臂屈起，撐了一下身子，望著陳逾征隱沒在夜色裡的背影，坐起來。身上的睡裙皺巴巴亂成一團，她低頭看了看，腦子裡還是空白的。緩了好久，余諾還是沒什麼力氣，動作遲緩地把角落的外套拿起來，重新穿在身上。她心底掙扎了一下，抿了抿唇，推開門下車，在距離他幾步的地方停住。

夏夜的風很乾爽。

陳逾征盯著她，嘴裡含著根菸，猩紅的一點紅光忽弱忽強，他面容被夜色模糊了一大半。

他望著不知所措的她，歪了歪嘴角，笑。

陳逾征熄了菸，朝她走過去，慢條斯理道：「走吧，陪妳回去。」

余諾表情尷尬，欲言又止。

「怎麼了？」

想起他剛剛下車時的表情，好像挺難受的。她有點不忍心，加之本來就是自己挑的頭。余諾更加內疚了，聲音宛如蚊鳴，「……你還好吧？」

「不太好。」

她挪著腳步，跟著他走，說著傻話：「那，怎麼辦？」

陳逾征：「沒辦法。」

她的聲音又低了一大截，「不然，你去解決一下。」

頓了頓，陳逾征的神情帶著少見的無辜：「怎麼解決？」

余諾思索著，參考自己之前道聽塗說的東西，厚著臉皮提了個辦法。

「……」她不提還好，一提陳逾征又控制不住了，「我不想這麼解決，我要姐姐陪著我。」

余諾：「那，那我陪著你？」

陳逾征心情愉悅，瞇著眼，斜睨她，說了句毫不相干的話：「姐姐，妳怎麼比我還色？」

余諾無端受到此等指責，一下子都不知道該說什麼。

他意有所指：「姐姐下次想幹壞事，記得提前通知我。」

陳逾征撩起眼皮，若無其事道：「不然剎車次數多了，身體肯定會憋出毛病。」

余諾：「……」

說完，他又補充了一句：「而且，我也不是每次都剎得住。」

回到家，余諾把鑰匙輕輕地插進門鎖裡，一秒一頓，慢慢地轉動門鎖。

半個世紀後，門咯噠一聲，開了一條縫。

余諾進門，心驚膽戰的，生怕弄出響聲。她蹲在地上，把拖鞋換上。

客廳的燈還是關著的，屋子裡黑漆漆的。余戈也沒傳訊息或打電話給她，應該是不知道她剛剛偷偷溜出去了。余諾稍稍鬆了口氣。

她把鑰匙放在玄關處，做賊似的，悄悄往自己房間走。

剛把手放在門把上，後面突然傳來一道聲音：「妳出去幹什麼了？」

余諾一驚，渾身僵直。遲鈍了好幾秒後，才緩緩轉頭。

余戈抱臂，靠在自己房間門口，瞧著她。

余諾站直了，結結巴巴道：「那個，我出去，散一下心。」

「散心？」余戈眉頭皺起，「妳還有什麼心事？」

「……只是有點睡不著。」余諾大腦瘋狂轉動，自己都不知道自己在說什麼，「然後，突然想四處走走。」

「……」他就這麼打量著她，唇線平直，也不說話。

余諾緊張地等著。

良久，余戈也沒再說什麼，抬了抬下巴，讓她進房間去。

劫後餘生，余諾進房間後，脫力地順著門板蹲下來，她雙手環抱住小腿，下巴擱在膝蓋上。

剛剛出門前的檯燈還沒關，夜晚突然變得格外安靜。心臟劇烈地跳動過後，又慢慢地平靜了下來。

她盯著前方的空氣出神。神思游離，又回到了剛剛那個悶熱的車廂。想一下，停一下，再想。

從開始，到最後結束，呼吸唾液交纏，他若有似無的喘息還在耳邊。

就連身體還殘留著他手指撫摸的觸感，還有後來，他帶著她的手，往自己身上的某個地方探。

到此打住，余諾不敢也不好意思往下繼續想，把臉澈底埋在腿間。

原來做這種事，居然是這種感覺。

這兩天OG和TG的人都放了幾天假。等後天的比賽打完，確定這次世界賽的第三個名額，兩個隊伍還要過去現場，一起參加出征儀式。

余戈中午起來，刷了個牙，午飯已經做好。

他在餐桌前坐下來，面前只有一副碗筷。抬眼看了看余諾，他問：「妳不跟我一起吃？」

余諾把湯放在桌上：「我今天跟朋友約好了，可能要出去玩一天。」

余戈也沒多大反應，「哦」了一聲，「什麼時候回來。」

「不知道。」余諾雙手背在身後，偷偷看了眼他，「可能要晚上了。」

余諾到社區門口後，傳了個訊息給陳逾征。

站在路邊等了一下，有一輛陌生的車停在身邊。車窗降下一半，陳逾征在駕駛座上。

余諾拉開車門，發現後座上還有一個人。

計高卓眼睛一亮，趴到前座椅背上，伸出一隻大花臂，嘿嘿地朝她笑著：「欸嘿，嫂子！妳好，我叫計高卓！」

余諾把車門關上，也伸出手，跟他握了握，「你好，我叫余諾。」

計高卓很興奮，跟余諾攀談起來：「我們嫂子原來長這個樣子啊，陳逾征這個人，摳得要死，要他傳一張照片都不肯！」

余諾拘謹地笑了笑，問了一句：「你是，陳逾征的朋友嗎？」

計高卓熱情地自我介紹：「是啊，我是他的竹馬。」

陳逾征懶得管後面那個聒噪的人，打了打方向盤，讓她把安全帶繫上，余諾乖乖坐直，拉過旁邊的安全帶。

兩人眼神對上，短短幾秒，某種晦澀黏稠的曖昧蔓延開，余諾率先移開視線。她看著路況，問了一句：「我們去哪？」

陳逾征：「先吃個飯。」

計高卓碎碎唸：「吃什麼啊？吃川菜嗎？」

陳逾征不理他，問余諾，「妳想吃什麼？」

「川菜的話……」余諾看了看他的表情，轉頭說：「陳逾征可能吃不了這麼辣的東西。」

計高卓興致勃勃的，順勢跟她聊起天來，「妳多大了啊？」

余諾：「二十三。」

「你們姐弟戀啊？還挺時髦。」計高卓一隻手搭著前座椅，回憶起什麼，恍然：「哦，對，妳應該比他大，之前他喊妳姐姐，我都看到了。」

「什麼？」

「就是陳逾征手臂上那個刺青，妳知道吧。我幫他刺的，當時他不是還女孩子似的找妳哭訴嗎？說什麼，姐姐，好疼。」計高卓一臉惡寒。

時間有點久遠，余諾反應比較慢，正回想著這件事。

看她思索地蹙眉，也不做聲，計高卓還以為弄錯事情了，驚恐地看了眼陳逾征，「欸，我是不是說錯話了？」

陳逾征專心開車，看著前方，反應很平淡。

余諾想起來了，哭笑不得，跟計高卓說：「他傳訊息的人，應該是我。」

計高卓也拍了拍胸口：「幸好是妳，不然陳逾征也太渣了，被我當場拆穿，到處認姐。」

陳逾征瞄了後視鏡一眼，冷笑：「除了她，我沒喊過其他人姐姐。」

計高卓思考一下，給予肯定：「確實。」

陳逾征這個人從小素質就差，家裡兄弟姐妹眾多，只要是同輩人，不管大幾歲，他從來不喊哥哥、姐姐，一律直呼其名。徐依童從小到大就沒從他口裡聽到過一聲姐。

他們隨便找了一家附近的商場吃飯。

陳逾征昨晚沒睡好，癱在椅子上很睏倦，飯也沒吃幾口，全程只有余諾和他聊天。

余諾問：「我們等一下去哪？」

陳逾征來了點精神，「想不想看我打籃球？」

余諾點點頭，「可以啊。」

飯吃完，計高卓去上廁所。陳逾征頭枕在余諾肩頸上，手指玩著她的頭髮。

「你想去哪打籃球？」

「計高卓家附近的大學，裡面有個籃球場。」

余諾好奇：「怎麼突然想去打籃球？」

陳逾征：「妳上次不是挺喜歡看的嗎？」

上次？想了一下，余諾恍然。

陳逾征說的是畢業報告那天，他過來學校那次？他們在籃球場那裡坐了一下，結果陳逾征一臉不屑，還順便把他們學校的男生的打球技術都批評了一頓。

余諾想起來，有些好笑，心想陳逾征這個醋吃的真是夠久的……

體育館裡。

余諾把包包放在一邊，四處打量了一下。她坐在長椅上等著他們換衣服。

聽到腳步聲，余諾轉頭去看，陳逾征站在場邊。他穿著二十九號的白色球衣，正在戴護腕，整個人高高瘦瘦。計高卓一隻手拍著球，在旁邊跟他說笑。

余諾心跳加速了一下，目不轉睛地看著陳逾征。

陳逾征戴好護腕，側頭，精準抓包偷看的某人。他跟計高卓說了兩句話，然後朝著余諾的方向走過來。停在她跟前，陳逾征抬手，在她眼前揮了揮，「看傻了？」

余諾還在打量著他，認真道：「陳逾征，你穿成這樣好帥。」

「……」靜默一下子。

「妳說話能不能委婉點？」陳逾征稍微有些不自在，「我知道自己帥，但妳這麼直接，我還挺難為情的。」

余諾噗哧一下笑了，「你也會難為情？」

計高卓在遠處喊他，「陳逾征，你快點啊，拖拖拉拉什麼！」

陳逾征不緊不慢，抬手勾了勾她的下巴，慢悠悠跟她調情：「會啊，我不是經常在姐姐面前害羞嗎。」

「……」她推了推他，「等一下再說，你先去打球吧，他們都在等你。」

之前聽陳逾征說，他高中是籃球校隊的。余諾還有點可惜，沒想到今天真的有機會，親眼看看陳逾征打球的時候是什麼樣子。她其實看不太懂籃球，就覺得一群男生跑來跑去，吆喝著蹦跳的時候，有種很獨特的魅力。

陳逾征打球的狀態跟平時的懶散完全是兩個人，也沒辦法把跟他和電競賽場上那個「Conquer」聯繫起來。

在一群高個子的男生中，他依舊是人群裡最顯眼的那一個。

不知為何，余諾想到之前陳逾征跟她開玩笑，說以前他高中只要有比賽，在場一大半女生都是他的啦啦隊。本來以為是在開玩笑，現在卻覺得，他說的應該都是真的。

中場休息。

陳逾征剛剛劇烈運動過，他渾身冒著熱騰騰的氣。他在她身邊坐下，雙肘撐在膝蓋上，喘息了兩下，側頭喊她，「愛吃魚。」

余諾發傻：「嗯？」

他的眼神移到旁邊的礦泉水上，「妳有沒有一點身為女朋友的自覺。」

余諾反應過來，「哦哦」兩聲，把礦泉水擰開，遞過去。見他不接，她又坐過去一點，很識相地遞到他嘴邊。

陳逾征喉結滑動，吞咽下她餵過來的水。

她短裙下的兩截小白細腿就在他眼前晃，陳逾征掀起衣服下擺，擦了擦脖子和下巴上的汗。

可能是常年打籃球的關係，他的身材……其實也挺好的。余諾看到他露出的緊實的腰腹，塊狀的腹肌……余諾連忙把眼睛移開，低頭，把瓶蓋擰上。

他慢吞吞的聲音響起：「想看就看，我不介意。」

余諾臉一紅。

陳逾征還不肯放過她，不依不饒：「昨天不是都摸過了？只是看看，怎麼還害羞了呢。」

余諾狡辯：「我、我昨天沒摸。」明明都是他……

「好。」陳逾征一口答應，「那今天換我讓妳摸，姐姐想摸哪就摸哪，我絕對不反抗。」

她實在招架不住陳逾征滿口的騷話，「你先去打球吧，等一下再說。」

陳逾征意有所指：「那妳好好想想，等一下要摸哪。」

余諾：「……」

不知何時，體育館又進來了幾個女生，看樣子是這個大學的女生。

余諾坐在椅子上，專心地看著他打球。

有個人中途下場，去旁邊喝水。陳逾征靠在籃球架上，跟計高卓說著話。

坐在余諾旁邊的幾個女生突然起身，互相推鬧著，往那邊走。

計高卓話突然斷了一下，眼睛看著過來的幾個女生。這個場景他再熟悉不過，從小到大只要跟陳逾征待在一起就時不時會上演。計高卓嘴裡的話停住，心照不宣地抬了抬下巴，示意陳逾征往後看。

那群人在幾步遠的地方停住。幾個人說笑了兩句，把其中一個女孩推上前去。

女孩很羞澀，看了看陳逾征英俊的臉，遞過手機，「學長，能加個好友嗎？」

周圍幾個不認識的人都在起鬨，弄得女孩更加緊張了。

陳逾征扭頭，看了遠處的余諾一眼。

為了避免尷尬，計高卓剛要說：「他有女……」女朋友三個字還沒說完。

陳逾征歪著腦袋，朝著搭訕女孩笑，「不好意思，我去年結婚了。」

計高卓：「……」

要帳號的女孩頓時茫然了，「啊？」

在計高卓一臉「你又發什麼病」的注視下，陳逾征吐字清晰，「我，結婚了，孩子都生了兩個了。」

第十五章　愛真的需要勇氣

要好友的女孩眼睛睜大，從不可思議到茫然。

震驚地在原地定格幾秒後，匆匆說了句「打擾了」，然後一臉懷疑人生地離開。

計高卓收回視線，表情複雜：「你覺得自己很幽默嗎？」

陳逾征反問：「你覺得呢？」

計高卓：「……挺可笑的。」

在體育館打完球已經五、六點。

計高卓換好衣服，從更衣室裡出來，陳逾征還在裡面洗澡。他把東西收拾好，走過去坐在余諾旁邊。兩人本來不太熟，也沒什麼話講。

計高卓開刺青店，複雜一點的圖案刺的時間比較長，他就靠著嘴皮子功夫打發時間。何況像余諾這種看著完全沒攻擊性的溫溫柔柔的女孩，計高卓最擅長應付了。

余諾聽他說話感覺特別有趣，像聽相聲演員表演一樣，時不時被逗得發笑。而且計高卓給她一種反差感，明明花裡胡俏刺著大花臂，像個社會大哥一樣，但人卻特別親和。

計高卓突然問：「對了，嫂子，妳剛剛看見有女孩來找陳逾征要好友了嗎？」

余諾嗯了一聲，「看到了。」

「妳知道他怎麼說的嗎？」

余諾好奇：「他怎麼說的？」

「他說他去年結婚，孩子都有兩個了。」

余諾：「……」

計高卓十分擔憂，「妳覺得正常人能說出這麼離譜的話來嗎？」

余諾有點想笑，不過已經習慣陳逾征偶爾的語出驚人，「他有時候是比較喜歡開玩笑。」

計高卓一拍大腿：「不是，不是開玩笑。我跟妳分析分析，陳逾征這人腦子鐵定是有病，精神已經不正常了，和正常人不一樣妳懂嗎？嫂子，妳還得三思，真的。他這個智商別遺傳給你們的後代了。」

余諾：「……」

計高卓：「妳看我長得雖然沒陳逾征帥，但在高中時可比他受歡迎，經驗也比他豐富。妳有時候跟他相處也挺累的吧？陳逾征這個人脾氣差勁不說，人也很自戀，還有點妄想症，總結來說就是很不討喜。」

余諾眼睛往上瞄，計高卓還沒察覺，嘴上說個不停。

「計高卓。」身後有人喊他。

計高卓一個機靈，回頭，無辜地「啊」了一聲。

陳逾征耐著性子，不緊不慢伸手，拽著他的領子：「你跟她講什麼狗屁東西？」

計高卓想撥開他的手，「欸欸」兩聲，「我什麼也沒講，只是幫忙回憶了一下你那不羈的青春年少。」

「我沒你討喜？脾氣差？」陳逾征把計高卓從余諾旁邊揪起來，用膝蓋頂了他一下，「自戀？妄想症？」

下身一股劇痛傳來，計高卓吃痛地叫了一聲，瘋狂地掙扎：「我靠，你別對我動手動腳！惹毛我了，我也不是吃素的！」

「你說你是為什麼？」陳逾征又給了他一腳，「好好的人不做，非要當條狗。」

從體育館出來，他們兩個一路互損，去停車場的路上，再到下車去餐廳，直到吃晚飯的時候，還在不停罵對方，你一句我一句，要把對方老底都掀了。

找到吃飯的地方後，他們還在吵架，余諾勸了一番無果。她很少看到陳逾征火氣這麼大的時候，她有點無奈，又有點好笑，只能自己點菜。

她點完，把菜單遞給陳逾征：「你看看？」

陳逾征嘴停了一下：「妳點吧，我都行。」

余諾又準備把菜單推給計高卓：「我點了四個菜，你看看還要不要加什麼或者換一下？」

陳逾征一手拿起菜單，遞給旁邊的服務生，「我們點好了。」

計高卓：「……」

等服務生走後，陳逾征跟余諾說：「不用管他，他吃什麼都行。」

計高卓坐在對面，「你為什麼這麼針對我？」

「你有什麼意見？」

「你這人怎麼這麼小心眼？」計高卓回憶著，自己到底是哪裡戳到這個人的禁區了，讓他變得這麼暴躁，「我不就在你女朋友面前說了點壞話嗎？有必要嗎？」

「你那叫說壞話？」陳逾征冷笑，「你在造謠。」

計高卓就不解了，「嘿」了一聲，「我造什麼謠了，我不就說了你有點妄想症嗎？怎麼了，還不讓人說了？」

陳逾征：「……」

「你還生兩個孩子呢，現在的處男就是愛做夢！」

陳逾征：「……」

仗著余諾就坐在旁邊，陳逾征也不敢對他怎麼樣，計高卓嘴越來越賤。他們一起長大，可以說是最瞭解陳逾征的人，每句都損到他心坎上去了。

計高卓取得階段性小勝利，繼續往他心窩裡捅刀，「A片都沒看過兩部吧陳逾征，還生小孩？說你妄想症怎麼了？怎麼了？有什麼不對嗎？」

他幾句話說完，陳逾征臉色鐵青。

余諾頭一次看他吃癟，眼裡有股黑壓壓的火。她縮了縮肩膀，儘量降低自己的存在感，在旁邊當個透明人。

計高卓把陳逾征噎得一句話都說不出，總算出了口惡氣。他滿意地幫自己倒了杯水，潤了潤喉，跟余諾說：「嫂子，我們吵架沒嚇到妳吧？其實都是開玩笑，我有時候比較粗魯，雖然話比較流氓，但是還是很溫柔的。」

余諾搖搖頭，忍著笑，卻控制不住嘴唇彎起：「沒事，你們繼續。」

她不僅沒被嚇到，甚至覺得，陳逾征和他朋友的相處模式，還挺有趣的。看他們互損，她也覺得很放鬆開心。

在此之前，余諾沒機會見識男生在一起都是什麼樣的。因為余戈其實沒什麼很親近的朋友，相處最多的就是OG的幾個隊友。余戈高冷，在隊內又是隊長，其他人怕他，更別說開他的玩笑。

余諾第一次知道，原來男孩之間都是這樣相處的，還挺可愛的。

一頓飯吃下來，也許是剛剛說陳逾征壞話說多了，計高卓心有愧疚。趁著陳逾征去前臺買單，計高卓趴在桌上，壓低聲音：「嫂子，妳千萬別把我剛剛的話放在心上，都是鬧著玩的。還有，妳別看陳逾征長了張渣男臉，人吧，其實挺純情的，真的，我沒騙妳。」

「就那次，他要跟妳表白的前一天，熬了個通宵，一大早就跑來我家，升學考都沒見他這麼緊張過。」

余諾心一動。想到那天他們去看電影，結果陳逾征中途睡著。她當時還有點失落，只不過後來就忘了這件事。

現在聽計高卓這麼一說，他應該不是對他們那場約會不上心，而是太久沒睡，撐不住了。

吃完飯，天色漸晚，計高卓識相地自己叫車走人，不再當他們的電燈泡。

余諾坐在副駕駛座上。

現在時間還早，她不急著回家。這兩天的熱門話題都在說流星的事情，剛好是今晚。

余諾想起這件事，很好心情地開口：「新聞說等一下可能有流星，我們要不要去看看？」

陳逾征：「去哪看？」

余諾查一下地圖，附近就有個江灘公園，那裡有座小山，爬上去應該能看到好風景。再遠的地方，現在去也來不及了。

陳逾征開了導航。

車窗降下一半，有清涼的夜風吹進來。余諾察覺到他的情緒不好，「還在因為計高卓的話不開心？」

「嗯。」

余諾盯著他的側臉：「他都是跟你開玩笑的。」

「這個人就是賤。」陳逾征稍有一頓，語氣閒散，「害我在妳心裡的完美形象都被敗光了。」

她短促地笑了一下。

車開到公園附近，車道都被占滿了。陳逾征隨便找了個位置停車，以往寧靜的公園擠滿了人，還有專門背著攝影架的，應該都是來看流星的。

被這個快樂的氣氛感染，余諾急切地拉著陳逾征的手往山上走，一步跨好幾個臺階。生怕錯過了流星。

他們來的晚，山頂的涼亭早就被人占據。

借著山頂的一點點亮光，余諾拉著他去旁邊，找了個大石頭坐下。

休息一下，余諾從包包裡找出耳機，插上後，分了一隻給陳逾征。

他戴上，余諾打開歌單，搜尋一下，找了幾首歌出來。聽到前調響起，陳逾征眉毛挑了挑，轉頭，看向余諾。

她有點靦腆，和他對視：「陳逾征，你知道這首歌叫什麼嗎？」

「不知道。」

「那我告訴你？」

「嗯。」

余諾把手機解鎖，點開備忘錄，打出幾個字，遞給他。

陳逾征掃了一眼。

她一本正經：「就是這首歌。」

陳逾征狀似一副剛想起來的樣子，「原來是這首歌啊，」他玩笑似地說，「〈祝你愛我到天荒地老〉？」

余諾看著他笑，沒有絲毫猶豫，說了一聲，「好。」

陳逾征愣住。

腳下的草叢裡有螢火蟲，發出綠色小光點。偶爾有蟲鳴聲傳來，夜色裡，余諾的聲音溫柔：「其實上次在車裡，我就是在心裡這麼回答你的。」

那時候，明明知他是在惡作劇，她還是忍不住想。如果有一天，陳逾征真的想她愛他這麼久的話，余諾也心甘情願。

難得的，陳逾征安靜了，喉結動了一下，「妳現在怎麼這麼會撩啊？」

余諾低低地笑了一聲，「說真的，沒有撩你。」

「沒撩我嗎？」陳逾征把她的手放在心口，「感受到了沒，我都要心臟病發了。」

新聞裡說的流星雨一直到晚上都沒來，山頂的人差不多都走光了。

耳邊的喧囂和吵鬧褪去，好像整個世界又只剩下余諾和陳逾征兩個人。

肩並肩地坐在石頭上，她問他，「如果等一下真的能等到流星，你想許什麼願？」

陳逾征看過來，想想，說，「沒什麼想許的。」

其實他對流星雨這種東西沒什麼興趣，只不過想跟她多待一下罷了。

余諾：「那，拿冠軍呢？」

陳逾征態度傲慢，輕描淡寫：「我不用靠這個也能拿。」

「除了拿冠軍呢，你就沒有別的願望了嗎？我覺得這個還挺準的。」

「怎麼樣的準法？」

余諾告訴他：「我以前高中畢業的時候，也和我朋友看過一場流星雨，然後當時我許了個願望，希望我哥以後能拿冠軍，後來也實現了。」

兩人正說著，後面突然傳來年輕人興奮的聲音：「哇，快看，流星來了！」

余諾抬頭，情不自禁地從石頭上站起來。

就像電影的瑰麗畫面一般，流星的尾巴像煙花一樣璀璨，在深藍的夜空裡乍然亮起。

星星點點的光映在她的眼底，余諾恍神了幾秒，忽然反應過來，連忙扯了扯陳逾征：「陳逾征，流星雨來了！我們快許願！」

她醞釀一下，閉上眼睛，雙手合攏，抵在胸前，虔誠地許了個願。

許完願，余諾睜開眼，見陳逾征還坐在石頭上，眼也不眨地盯著她看。

余諾期待地問：「你剛剛許願了嗎？」

陳逾征點頭：「許了。」

余諾抿唇一笑，帶著點小雀躍，問：「你是許關於什麼的？」

他剛剛還一臉不屑，這時倒是十分謹慎：「說出來會不會不靈了？」

余諾遲疑：「應該不會吧？不然，你說個大概。」

思量地看著她，陳逾征表情意味難明：「妳想我告訴你嗎？」

余諾：「要是你怕說出來不靈，就別告訴我了。」

他勾起嘴角，奇怪地笑了笑：「這件事，也許需要妳幫點忙，我還是能告訴妳？」

余諾愣了幾秒，心底盤算了一下，認真地點頭：「可以，那你說，我看看能不能幫上忙。」

陳逾征裝模作樣地「嗯」了一聲。他望著天空，模樣很誠摯，用著一種淡淡的語調說，「希望老天有眼，讓我今年破個處。」

流星掠過的夜晚，陳逾征坐在石頭上，神情無比認真，對著夜空許下這個奇葩的願望。說完之後，他又轉頭，去瞅余諾。

她驚呆了。臉色一陣紅一陣白的。怎麼會有人怎麼沒下限……彷彿完全不知羞恥為何物。

陳逾征英俊的臉上滿是坦蕩，笑了笑，甚至還問她：「妳覺得，老天爺能聽到我這個願望嗎？」

余諾憋了半天，丟出一句：「你去問流星雨吧。」

下山後，余諾坐上車。她低頭，把副駕駛座的安全帶拉上，忽然想到之前忘記的問的事，「對了，你怎麼突然換車了？」

半天，陳逾征才回：「之前的車，我開不了。」

昨晚不是還好好的嗎？

余諾：「為什麼？是哪壞了嗎？」

「一坐上去，我腦子裡想的，都是要打馬賽克的事情。」陳逾征嘆了口氣，「我怕出車禍。」

余諾住嘴了。

看完流星回家已經兩、三點，余諾隨便洗漱了一下，躺在床上，設了個鬧鐘。

結果第二天還是睡過頭了。

余戈敲了幾次門喊她出來吃飯。余諾睏得不行，眼皮像是被用三秒膠黏住一樣。她在床上蹭了五分鐘，掀開被子下床。走到餐廳，她用手背揉了揉眼睛，桌上已經擺好了外送。

余諾拉開椅子坐下，打了個哈欠，聲音含著濃濃的睏意，「對不起啊哥，我今天起晚了，來不及做飯了。」

余戈：「昨天幾點回來的？」

她遲鈍地點了下頭：「嗯。」

「嗯什麼嗯，問妳幾點回來的。」

余諾反應了一下，把眼睛睜開了一點：「我兩、三點回來的。」

看余諾拆開筷子，余戈忽然道：「妳脖子怎麼回事？」

余諾手上的動作一頓，後知後覺地抬手摸了摸，神志清醒了大半：「我脖子，怎麼了嗎？」

余戈皺眉：「是過敏了？」

昨夜的回憶瞬間湧現，她結巴了一下，努力維持著平靜的表情：「我昨天不是去山上看流星雨了嗎，可能是被山上的蚊子咬了。」

余戈「哦」了一聲，垂下眼，也沒多問。

兩人安靜地吃完一頓飯，余諾坐在余戈對面，時不時偷看一下他的表情，食不下嚥。余戈察覺到什麼，一抬頭，她又迅速低眼，假裝往嘴裡扒飯。同時，心裡搖擺不定，到底要不要跟余戈坦白。

她一直騙他，內疚感也越來越重。每一個謊言都要用無數個謊去圓，說不定哪天就被拆穿。但現在就把所有事情都坦白，余諾也說不準事情會變成什麼樣。

掙扎了一下，余諾還是決定再準備一段時間，找個合適的時機，再跟余戈談談。

反正……他已經知道她喜歡陳逾征的事情，勉強算是一點緩衝。

吃完飯後，兩人一起收拾著桌上的便當盒。家裡的門鈴突然響了，余諾跑去開門。

快遞員看了看門牌號，找出一個包裹：「Fish？」

余諾：「嗯，是的。」

「報一下手機末三碼。」

余諾報了余戈的手機末三碼後，拿過快遞，扁平扁平的，不知道是什麼。她把門關上，喊了一聲，「哥，你有個快遞，我幫你拿了。」

余戈走過來。

余諾遞給他：「這是什麼？」

余戈盯著這個快遞袋，先是迷惑，緊接著想起什麼，表情出現了瞬間的彆扭。他咳了一聲，極不自然道：「給妳的，拿著吧。」

余諾好奇：「我的？」

余戈「嗯」了一聲，轉身，快步回到房間。

余諾一頭霧水，撕開快遞的包裝袋。還有層塑膠袋。

好像是……一件衣服？

余諾隨手將拆下來的袋子丟進垃圾桶，把衣服展開。

正面有一條魚，是余戈粉絲設計的標誌。

她又把衣服換了個面，看到背後一行英文字母，頓在原地。兩秒之後，余諾看了看余戈緊閉的房門，無聲地笑起來。

休息幾天後，最後一場比賽打完，綜合春季賽的積分，去總決賽的隊伍都定下來。LPL三支隊伍的出征儀式就在下午，晚上還有個酒宴。

余戈回了幾則訊息，在房間裡換好隊服，余諾盤腿坐在客廳沙發上，看著資料。

余戈腳步停了下，「妳今天跟我去嗎。」

「是你們的出征儀式嗎？我等等在電視機看直播就行了。」

「晚上妳一個人在家吃？」

余諾想了想，離考試還早，她最近也沒什麼事，從沙發上爬起來：「那我跟你一起去吧。」

余諾跑去陽臺，拉開玻璃門，用晾衣杆把昨天剛洗的T恤收進來。

余戈注意到她手上拿的衣服，「幹什麼？」

「我今天就穿這個。」余諾笑了一下。

余戈在外面等她換好衣服。

余諾綁了個馬尾，特地搭配了一下，選了一件和T恤正面的魚同色系的藍色格紋裙。

把梳妝檯上的手機、香水、充電線裝進包包裡，余諾又檢查了一遍，確定沒忘了東西後，拉開房門出去。

余戈的眼光落在她身上的衣服上。

余諾低頭也看了看自己，欣喜道：「怎麼樣，哥，好看嗎？」

余戈撇開目光，彆扭道：「還可以吧。」

和OG的人會和後，阿文是第一個發現余諾這件衣服不對勁的。他眼睛睜大，指著她背後那個英文，「Love Fish Forever？？這什麼鬼啊。」

余諾認真回答：「這是我哥的應援T恤。」

Will憋了憋，也忍不住笑，「妹妹，妳可真是余戈的貼心小棉襖。」

余戈根本不理會他們的調侃。

休息室是官方統一準備的大間，OG的人最先到。其餘人還在化妝，Will閒著沒事，過來坐在沙發上，跟余諾聊天。

其餘兩個隊伍的隊員也推門進來。

陳逾征正在和Killer說話，他頭上戴著個棒球帽，視線受阻。Killer眼尖，環視一圈後，撞了撞旁邊人的手臂：「余諾，看，余諾！」

陳逾征眼一瞥。

Will坐在余諾旁邊，也順著她的視線，轉過頭，剛好撞進一雙黑沉沉的眼。他和陳逾征不過點頭之交，話都沒說上幾句。他們隔著來去的人群對視著，Will率先收回目光。

他有點莫名其妙，回想了一下，他幹什麼了嗎？剛剛這個人看著自己怎麼有點攻擊性？

見余諾對著陳逾征笑了一下，Will問，「妹妹啊，妳和Conquer很熟嗎？」

余諾：「嗯，差不多。」

Will哦了一聲，又問：「那妳在TG工作，有沒有受誰的氣？」

「沒有呀，為什麼突然問這個？」

「就那個Conquer……」Will糾結了一下，「他這個人就很一言難盡……妳懂我的意思吧？之前我在站魚跟他一起打過表演賽，我沒招誰惹誰的，他在對面瘋狂挑釁我。我後來就覺得，他應該是特別討厭妳哥，所以對OG的人都有特別大的敵意。」

「……」她遲疑了一下，「應該不會吧？難道是，你們之前有什麼過節？」

Will不以為意：「我和他能有什麼過節？」

這時，余諾手機收到一則訊息。

Conquer：『來了怎麼不告訴我？』

余諾：『臨時決定來的，沒來得及跟你說。』

Conquer：『妳現在是有男朋友的人，注意跟異性保持距離。』

看完這則訊息，余諾抬起頭，去找陳逾征。

他坐在化妝鏡前，工作人員彎著腰，正在幫他做髮型。

從鏡子的反光裡，陳逾征低眼，慢吞吞地拿著手機打字。

Conquer：『少跟那個雞冠頭講話。』

雞冠頭？余諾第一下還沒反應過來，忽然注意到旁邊 Will 的髮型。

他的頭髮有點短，兩邊都剃平了，今天不知道中了什麼邪，讓造型師把他中間的一簇頭髮全部用髮膠堆起來，看起來確實有點像雞冠。

余諾被陳逾征的毒舌逗笑了。

Conquer：『我看他不順眼很久了。』

余諾剛剛聽 Will 說了一頓他的「壞話」，這時又收到陳逾征的「警告」。她一頭霧水：『他怎麼了？』

Conquer：『第一次跟我出去約會，妳就帶著他，成心氣我嗎？』

第一次約會？他們什麼時候約會帶上 Will 了？余諾在腦子裡回憶了一番。

思索半天後，終於確定了陳逾征口中的第一次約會，應該是星巴克那次。

前幾天她腳受傷了之後，是陳逾征送她去醫院的。她不想欠他人情，所以請他吃了頓飯。剛好是Will開車送她去的。但那個時候，她和陳逾征都不怎麼熟。

余諾想笑又忍住了。

陳逾征有時候還挺小心眼的……吃一些陳年老醋真是莫名其妙。

出征儀式只是走個流程，幾支隊伍上臺亮個相，弄一點儀式感出來，順便給粉絲來現場見見自己心愛選手的機會。

結束後，差不多是下午五、六點。

OG的人從場館裡一出來，立刻被守候已久的粉絲包圍。余戈戴著口罩，本來走在隊伍末端，低聲跟余諾講著話，商量過幾天去幫奶奶掃墓的事情。

激動的女粉們發現他後，叫了一聲，朝著他的方向湧過來。

保全只有幾個，顧前又顧不了尾。繼OG之後，後面出來又跟著出來了TG的人，原本等在另外一邊的粉絲也紛紛衝過來。保全束手無策，只能在旁邊吼，但根本阻止不了混亂場面。

余諾就站在余戈旁邊，腳被幾個人踩到。人實在太多，她本來想先出去等著，艱難地移動一下，快到邊緣的時候，被女粉絲無意識地推了一下，身子搖晃了一下。

余戈注意到她的動靜，眼疾手快，想要穿過人群拽住余諾，結果還是晚了一步。

旁邊剛好是TG的幾個人。

陳逾征早就注意到了余諾，眼睛一直往她那邊看。心不在焉地應付著粉絲，拿起筆，迅速地幫幾個人簽完名。

保全吃力地把粉絲和TG的隊員分開。

余諾跌跌撞撞地從人群裡擠出來，差一點就跌倒的時候，被一個人接了滿懷。

陳逾征跟旁邊的要合照男粉絲說，「哥們，讓讓，別踩到她。」

余諾靠著陳逾征撐著，站穩了身子。

他們的姿勢太親密，有幾個女粉絲也愣住了，互相對視了幾眼。

就在這時，余戈也從粉絲堆裡擠出來，查看余諾：「妳沒事吧？」

「沒事。」

眼神一飄，察覺到陳逾征手還放在她的腰上，余戈不耐地跟他對上視線，「你有什麼事？」

安靜一下，陳逾征笑笑，把余諾鬆開，聳肩，「沒事了。」

余戈拉過余諾的手臂，把人帶走。

見到他們上車的背影，Killer感慨地摟住陳逾征的脖子，跟他耳語：「征啊，你看看你這個大舅哥，太凶了，你以後能招架嗎？雖說追到了妹妹，但路漫漫其修遠兮啊！老余家的門，你怕是進不得了！」

奧特曼在旁邊幸災樂禍：「陳逾征，你到時候試著在余戈面前跪個三天三夜，看他會不會讓你進門。」

陳逾征甩開他們的手，煩躁道：「滾遠點。」

到了吃飯的飯店，余諾還是跟OG的人一桌。

TG在旁邊，離得近，就連奧特曼和Killer玩遊戲吆喝的聲音這邊都能聽得一清二楚。

阿文嘆了一句：「唉，現在的年輕人，精力就是好。」

余諾胃口小，飯吃了兩口就差不多飽了。餘光忽然瞥到旁邊桌有人起身。她悄悄側目，眼神追隨陳逾征一段。

過了會一下放在桌上的手機震動。她偷偷摸摸地拿起來，看了一眼。陳逾征傳了張照片。

Conquer：『過來。』

余諾：『？』

Conquer：『來偷情。』

余諾：『我現在跟我哥在一起……』

Conquer：『？』

他傳了三、四個滿腦子問號的貼圖以示不滿。

余諾嘴角一彎。她把手機收起來，跟余戈打了聲招呼，小聲道：「哥，我去上個洗手間。」

余戈「嗯」了一聲。

遠遠地，見他站在通道的轉彎處。餐廳的地毯都是消音的，她悄悄走上去，停住之後，抿著一點笑，忽然重重地拍一下他的肩膀，「陳逾征！」

陳逾征回頭。

余諾笑容燦爛：「怎麼樣，被我嚇到沒？」

他倒退兩步，靠在牆上，情緒不太好：「沒有。」

剛剛桌上被奧特曼和 killer 合夥灌了大半杯烈酒，這時酒意上頭，陳逾征眉日放鬆，顯得很溫馴。不過他的酒量好，也沒醉，只是想見見她。

陳逾征看了會她，「妳身上這件衣服，還挺刺眼的。」

余諾：「……」

「轉過去。」

余諾不知道他要幹什麼，還是聽話地轉過身，「怎麼了？」

他眼睛瞇了瞇，念出她背後的英文單詞：「Love，Fish，Forever？」

她又轉回來，跟他解釋：「這是我哥的應援T恤。」

「我有點嫉妒。」

余諾：「嫉妒……什麼？」

陳逾征就靠在牆上，眼皮輕掀：「我女朋友，穿其他男人的應援T恤在我面前晃，這像話嗎？」

余諾好聲好氣：「這不是其他男人，這是我哥。」

「妳哥就不是男的了？」

余諾被他的詭辯弄得無言。

陳逾征繼續找碴：「我不僅嫉妒，還有點生氣。」

余諾有點無奈。

他一副沒得商量的樣子：「妳想個辦法，怎麼讓我消氣。」

余諾配合他耍小性子。想了一陣子之後，提議：「不然，我改天請你吃頓飯？」

陳逾征揚了揚眉：「妳當我是乞丐呢，就這麼打發我？」

余諾笑場，戳了戳他的手臂：「那你說一個。」

陳逾征半垂著眼，眼睛向下瞧她，下巴卻是抬起的，一副刻意冷淡的模樣，「親我。」

「……」余諾比他矮一個頭，今天又穿著平底鞋。她踮了踮腳，勉強伸手勾住他的肩膀。陳逾征又像故意為難她一樣，根本不動，也不遷就她的高度。她有些沮喪：「你太高了，我親不到。」

陳逾征神情依然高傲：「自己想辦法。」

余諾跳了一下，快速親了他的下巴一下，又退開：「親了，可以了嗎？」

「妳覺得呢？」陳逾征伸手，攬過余諾的腰，蠻橫地把她壓在牆角，低頭去尋她的唇。

這裡來來往往上廁所的人多，怕有經過的人撞見這一幕，余諾沉淪在他帶著點酒意的吻裡，又突然清醒過來，推了推他：「等一下有人看見了怎麼辦？」

陳逾征把她摟在懷裡，下巴擱在她的肩上，熱氣呼出來：「看見就看見，我抱抱我女朋友還犯法？」

余諾察覺到他有點賭氣，也不知道為何，只能安撫地拍了拍他的肩膀，「不開心嗎？」

「是啊，妳今天一直跟妳哥待在一起，剛剛還對著那個雞冠頭笑。」

「中樂透都不見得有妳這麼高興。」

余諾實在想不起來自己有這麼高興過，又覺得陳逾征這麼稱呼 Will 實在很搞笑。不過他現在似乎是認真的在指責她，余諾也不敢笑，只好哄著他：「我應該是見到你所以才高興的。」

身後突然傳來一道冷到掉冰屑的熟悉聲音：「余、諾？」

余諾渾身一僵，混沌的神志像被閃電劈開一樣。她反射性地推開陳逾征，從他的懷裡鑽出來，轉過頭。這可能是余諾整個人生中，經歷過的，最煎熬的時刻。

余戈、阿文、Will三個人，站在不遠處，直直瞧著他們。

阿文本來還遲疑，見陳逾征懷裡的女孩真的是余諾，被嚇了一跳，酒都醒了一大半：「你們，這是在幹什麼？」

Will倒退兩步，驚悚地喃喃一句：「小棉襖漏風了……」

余戈深呼吸一下，掃過她脖子上的紅痕，然後牢牢盯住陳逾征，一字一頓，「妳不要告訴我，他就是山上的那隻蚊子。」

「……」她下意識攥著裙擺，根本無從思考，更不知道該說什麼。

時間沉默推移，在長達三分鐘的無聲對峙後，陳逾征扯扯嘴角，從容地理了理衣服，然後站直身子。他上前一步，輕輕鬆鬆攬過余諾的肩膀。

余戈盯著他，額角一跳，在爆發的邊緣隱忍著。

「說起來大家應該都有點尷尬。」陳逾征清了清嗓子，口吻隨意，「不過，事情就是你們看到的這樣。」

眾目睽睽之下，陳逾征對遠處站著的余戈，極其自然地喊了一聲，「哥。」

這聲擲地有聲的「哥」一喊出來，在場幾個人全部被炸暈了。

余戈不敢相信自己聽到的，覺得眼前這一切都太荒謬，往日面無表情的冰山臉都出現了一絲裂痕。

阿文瞠目結舌，渾身緊繃，出了一背的冷汗。心情複雜中，又產生了一點微妙的敬佩。真不知該說陳逾征心態好還是臉皮厚。

Will表情也很驚恐，說不出話。

余諾戰戰兢兢的，連口氣都不敢喘。偏偏陳逾征還跟個沒事人一樣，不緊不慢地道：「哥，以後我們就是一家人了。」

余戈：「……」

余諾侷促不安地低下了頭，羞愧到都快把頭埋進胸口了，小聲地乞求：「陳逾征，你別說了。」

完全無視陳逾征，甚至沒多看他一眼。余戈盯著余諾，又確認了一遍：「妳跟他在一起了。」

余諾死咬著嘴唇，緩緩地，點了一下頭。

一動也不動地沉默了許久，余戈想幹什麼，又克制住了。怒極反笑，余戈轉身就走。

阿文「欸」了兩聲，心裡百味陳雜，不由看了看余諾，又看余戈。他表情為難，嘆了口氣後，朝Will使了個眼色，和他一起去追余戈。

余諾呆在原地。余戈臨走前，最後看她的眼神，讓她感覺一盆涼水往頭上澆了下去，透心涼。

余諾眼睜睜看著余戈越走越遠的背影，心臟彷彿被一隻手緊緊捏著。她想追，可陳逾征把她的手腕拉著。余諾有點急了：「你先鬆開我。」

「妳要去找妳哥？」

余諾神色混亂，「嗯」了一聲。

察覺到她細微的顫抖，陳逾征自始至終都是一副輕鬆的態度：「又沒什麼大事，妳這麼緊張幹什麼？」

余諾不再回答，只是堅定地把自己的手抽出來。

趕回到內場時，酒宴已經快結束，散了大半的人。余諾急忙跑到OG的桌上，發現余戈不在。

Will提醒她，「妳哥和阿文去外面抽菸了。」

出了旋轉門，余諾站臺階上，看到余戈隱沒在夜色裡的背影。

阿文斜靠在石墩上，一隻手搭在余戈肩上，側著頭，不知道在和他說什麼。

余諾等了一下子，還是慢慢地走了過去。

到他面前，她小聲地喊了一聲，「哥。」

余戈視她為無物，漠然地盯著前方的空氣。

余諾囁嚅：「你別生氣。」

阿文把抽到一半的菸掐滅，「妹妹，你跟Conquer在一起多久了？」

余諾這次不敢再隱瞞，老老實實地說：「幾個月了。」

「……」

阿文觀察著余戈的臉色，打了個圓場，「談個戀愛嘛，又沒多大事，幹嘛瞞著妳哥呢。」

余諾難堪地低下頭，聲音又小了些：「我錯了。」

「好了好了。」阿文推了推余戈，「不就是妹妹交了個男朋友嗎，有必要這麼火大？」

余戈恍若未聞，依舊對周遭動靜沒有絲毫反應。
阿文催促：「你倒是說句話啊，看把妹妹都嚇成什麼樣了。」
余戈聲音是遮掩不了的冷：「我現在沒什麼想說的。」
阿文見勸不住，只能轉頭跟余諾說：「不然妳先上去，讓妳哥冷靜冷靜，我再跟他聊聊。」
余諾看著余戈，見他還是沒反應，她失望地轉過身，朝飯店裡走。
回到吃飯的地方，余諾走到自己位子上。
Will問了句：「找到妳哥了沒？」
余諾點了點頭。見她這個樣子，Will問完就停住了。
陳逾征本來在位子上坐著，見到余諾，跟奧特曼說了句話，緊接著起身，朝她走過來。
見到他，OG一桌的人全部安靜了。
余諾機械地收拾著自己的東西，拉上雙肩包的拉鍊，根本沒發現旁邊多了個人。
陳逾征對落在自己身上諸多複雜的目光都視若無睹：「妳要走了？」
余諾側頭望他一眼，「嗯」了一聲。
他跟在她身後，「我送妳？」
余諾：「不用了。」
到沒人的地方，陳逾征扯住她，「妳怎麼了？」
余諾勉強地對他笑了笑，「我沒事。」
「因為妳哥不喜歡我？」

余諾沉默，麻木地搖搖頭。

「那是為什麼。」

「因為內疚。」看著他明顯不解的模樣，她重複了一遍，「我覺得很內疚。」

「內疚什麼？」

「我騙了我哥。」余諾抬頭，直視他，「陳逾征，我很喜歡你。但是我哥，也是我很在乎的家人。或者，換個話跟你說。他是我在這個世界上，最重要的人。我最不想、最不能傷害的人，也是他。」

以前他們還小的時候，余將喝多了會打人，家裡無一人可倖免。每當余將發瘋，余諾還小又不懂事，懵懵懂懂地撞上槍口。

余將對她動手的時候，余戈都會從旁邊衝上來，把余諾護在身下。任余將怎麼拳打腳踢，衣架木桿都打到裂開了，余戈也咬牙把余諾抱在懷裡，從來不會放開她。

等揍夠了，余將怒火平息，余戈遍體鱗傷。

余諾偷偷翻出家裡的醫藥箱，跑去余戈房間幫他上藥。看著他背上一道又一道破皮紅腫的傷痕，余諾一邊擦藥，一邊忍不住掉淚。聽到哭聲，余戈轉頭，邊抽氣邊安慰她，說自己不疼，讓她別哭。余諾那個時候就想，她長大了，再也不會讓誰傷害到余戈，包括她自己。

獨自走到樓下時，阿文剛好上來，「走吧，我送妳回家。」

余諾往後看了一眼：「我哥呢？」

「妳讓他一個人靜靜，沒什麼大事，過兩天就好了。」

阿文喝了酒不能開車，帶著她攔了一輛計程車。

在車上，見余諾神情落寞，阿文想了想，開口：「妳哥也不是單純生氣，他也有點擔心，妳知道吧。」

「妳看之前網路上，Fish粉絲把Conquer罵得這麼凶，結果他轉頭就跟妳在一起了，說不定這個人就是靠妳故意報復妳哥呢？當然，我也只是隨便說個顧慮，其實妳哥跟他也沒什麼仇怨的，妳要是真的喜歡Conquer，這件事也不是無法商量，幹嘛非要瞞著他呢。」

到社區門口，阿文說，「好了，妳先上去吧。」

余諾「嗯」了一聲，心神不寧地往前走，差點撞到了電線杆上。

阿文把她拉住，「嘖，怎麼走路的。」

他拍了拍余諾的頭，「妳放心，我會跟Fish好好說說的，妳回家什麼也不用想，洗個澡就早點睡。」

回家後，余諾連澡都懶得洗，一直在客廳等著余戈。

從天黑等到天亮，他也沒回家。

接下來幾天，余戈應該是回OG基地了，余諾傳了幾則訊息給他都石沉大海，毫無回音。

過了一個星期。

睡完午覺，余諾聽到門外傳來的動靜，她急忙下床，打開門後，看到余戈。

她侷促地握緊了門把手。這段時間準備了很多話，面對他時，卻都堵在喉嚨裡，她也不知道該說什麼，小心翼翼地道：「哥，你回來了？」

余戈「嗯」了一聲。

余諾走出去，主動跟在他身後，「是基地放假了嗎？」

余戈應了一聲，懶得多言的樣子。余諾也閉了嘴，就這麼看著他。

余戈進房間拿了幾件衣服，去洗澡，余諾坐在沙發上等他。

腿上的手機響起來，余諾看了來電顯示一眼，走到陽臺上。

等把門拉上，余諾才接起來，低低地「喂」了一聲。

『妳在家嗎？我去找妳？』

余諾：「我哥回來了，我先不出去見你了，等過一段時間吧。」

這段時間陳逾征察覺到了余諾的敷衍，不論他傳什麼，她都回得很慢，約她出來，余諾也全都拒絕。陳逾征沒哄過人，他又沒辦法。就連打電話都半天才能得到回音，多日來積攢的鬱悶，都被這句話引爆。

陳逾征頓時火了，實在沒法理解，問她：『所以妳的意思是，妳哥要是不同意，妳就打算再也不見我了？』

余諾回頭看了客廳一眼，余戈還沒出來。她解釋：「我想給我哥一段接受的時間。」

陳逾征：『那他要是一直不接受呢？』

「……」余諾沉默了。

陳逾征：『妳打算跟我分手？』

「不是的。」

『我對妳就這麼可有可無？』

余諾聲音有氣無力地：「不是。」

余諾從小就怯弱，不屬於她的東西，不論什麼她都不會要，也不會去奢望。唯有陳逾征是個意外，那麼耀眼的人，渾身都像發著光，明明和她是兩個世界的人，可卻忍不住沉淪，被吸引。

她用了全部的勇氣跟他表白。陳逾征是她唯一妄想過，努力過，然後爭取到的人。

陳逾征語氣放緩了一點：『我們在一起，是我們的事。所以我只關心妳，別人怎麼想的，都跟我沒關係，妳懂嗎？』

余諾跟他說：「可能你覺得沒什麼，你也不關心我哥怎麼想，但是他是我唯一在意的家人。」

她說話語氣很少有這麼強硬的時候，導致電話那頭直接安靜了。

余諾默默嘆了口氣。她能感覺的出來，其實陳逾征一直都沒把這件事情太放在心上，甚至那天晚上，他面對余戈時，還是很輕鬆的樣子開著玩笑。

「我很在意他的感受。」余諾的聲音不太穩，「如果你在意我的話，我希望，你能同時稍微尊重一下他。」

陳逾征掛了電話。

被余諾剛剛的一番話搞得無所適從，陳逾征把手機扔開，坐在床邊，一腔無名火無處發洩，他踢了牆一腳。

臥室門被敲響，之後，虞亦雲端著果盤走進來。

看到陳逾征雙肘撐在膝蓋上，躬身坐在床邊，整個人一動也不動，手插進頭髮裡。

虞亦雲擔憂地問：「怎麼了征征，發生什麼事了？」

陳逾征壓抑住語氣裡的煩躁：「沒什麼。」

「好吧，那我不煩你了。」虞亦雲放下果盤，「等一下記得把水果吃了。」

她說完就想走，陳逾征突然出聲，「媽。」

虞亦雲回頭：「嗯？怎麼了？」

「問妳一件事。」陳逾征似乎很難以啟齒，「就、就、那個什麼……」

虞亦雲好笑：「就什麼呀，你直接說呀。」

陳逾征憋了半天，終於問了出來：「我爸當初怎麼搞定我舅舅的。」

「……」她走到陳逾征身邊坐下，耐心地聽完他顛三倒四的話，總結了一下，「所以是你女朋友的哥哥，不喜歡你，然後她之前都是瞞著她哥哥跟你在一起，結果你們被抓包啦？」

陳逾征「嗯」了一聲。

「那你女朋友是怎麼想的？」

「她說希望我尊重她哥。」陳逾征搞不懂了，「我也沒對她哥怎麼樣啊。」

虞亦雲再瞭解他不過，「所以你到底幹了什麼？」

「我只是對她哥說以後我們都是一家人了。」陳逾征不解，「我這話有什麼問題嗎？」

虞亦雲：「這麼嚴肅的場合，你還有心思開玩笑？怪不得人家女孩子會生氣。」

「我沒開玩笑，本來以後就是一家人。」

虞亦雲嘆了口氣，「就你這個吊兒郎當的態度，誰看了會喜歡？你要真誠一點，真誠才能打動人。你舅舅還有你外公、外婆當初都不喜歡你爸，他也花了好幾年才讓你舅舅慢慢接受他。」

陳逾征的表情奇怪。

虞亦雲回憶完往昔，看著他，「怎麼了？是不是被你爸的堅持感動到了？你也跟他學學。」

陳逾征：「我跟他學什麼？有什麼好學的？我爸這人手腳也太慢了，還花好幾年？離譜，我哪等得起這麼久。」

「……算了，我也懶得管你了。」虞亦雲起身，「你這個樣子，活該被人嫌棄。」

陳逾征躺在床上，發了一陣子呆。拿起被丟在地上的手機，去找TG的領隊。

Conquer：『我記得你是不是認識 Fish？』

領隊：『認識啊，怎麼了？』

Conquer：『有沒有他的好友，傳個連絡方式給我，我找他解決一點私事。』

領隊：『你又要做什麼？』

Conquer：『正經事。』

領隊沒多想，傳過來一串數字。

Conquer：『你記得讓他通過。』

問完余戈的聯繫方式，陳逾征在網路上找了幾篇道歉信範例精選。怕余戈不通過他的好友請求，他特地把自己帳號名字從 Conquer 改成一個句號。

一切準備就緒後，陳逾征打開軟體，去加余戈。

應該是領隊提前打過招呼，那邊很快就通過了。

他醞釀一下，上來先跟對面禮貌地打了個招呼。

。：『你好。』

Fish：『？』

陳逾征直接把一長段的道歉信傳過去：

『我是 Conquer，我今天懷著無比愧疚的心情來加你，就是想真誠地跟你道個歉。看我們有沒有機會交個朋友。以前是我一時衝動，對你做了一些冒犯的事情。自從喜歡上余諾後，我對你犯下的錯誤，使我夜不能寐。我現在已經充分意識到了自己的問題，如果上天再給我一次機會，我絕對不會對你亮出那個標。如果我的年少輕狂，不小心傷害了你，我可以改過。像你這樣胸襟開闊的人，應該也不會跟我計較。我雖然很驕傲，但更害怕錯過余諾。愛真的需要勇氣，請給我一次機會，我會證明我是個正經人。』

陳逾征檢查了一番幾百字的小作文，沒發現什麼錯別字。

余戈應該被他這封真誠的道歉信感動到了，遲遲都沒回訊息。

陳逾征主動又傳了一則訊息，一個紅色的驚嘆號出現。

下面緊跟著一行小灰字：『訊息已傳出，但被對方拒收了。』

余戈洗完澡出來，直接進了臥室。

余諾在客廳踱步了一陣子，走到他的房門前。門沒關緊，稍微留了一條縫隙，她敲了兩下後，把頭探進去：「哥。」

余戈半倚在床頭櫃上，正拿著手機不知道在看什麼，見她進來，眼睛抬起，「什麼事？」

她小心道：「你有空……我跟你談談可以嗎？」

「談什麼。」

「陳逾征的事情……」她連忙道，「對不起哥，我不應該瞞著你的，我——」

余戈有點不耐煩：「妳和他的事跟我有什麼關係。」

看著他明顯冷淡的表情，余諾的話戛然而止。她的嘴巴又動了動，最終還是什麼都沒說。失落地垂下眼睫，站在房門口。

余戈看了她一眼，又把視線移到手機上。

余諾不再打擾他，把門輕輕帶攏，失魂落魄地回到客廳的沙發上坐下。朝著余戈房間的方向看了幾眼。迷茫混著其他亂糟糟的情緒，把心都堵成了一團亂麻。

如果自己從一開始就跟余戈坦白，也不會變成今天這樣難收場。只是她當時抱著一點僥倖心態，那時候整個人都沉浸在自己的世界裡，就算偶爾想到余戈，也覺得麻煩，所以下意識不願深想，想著再拖一時是一時。事情發展成這樣，一切都是余諾自作自受。

余諾坐在沙發上發呆，瞥到余戈從房間出來。她馬上站起來。

余戈走到玄關處換鞋。

余諾亦步亦趨地跟在他身後，「哥，你還要出門嗎？」

他簡潔道：「有事。」

「那今晚回來吃飯嗎？」

「不知道。」

她看著他起身，「那你要是回來，傳個訊息給我，我提前做飯。」

余戈開門的動作頓了頓，也沒答應她，推開門走了。

這兩天余戈都在家裡住，只不過每天都是很晚的時候回來睡個覺，下午時分出門。同住一個屋簷，不僅沒交流，連見他幾面都難。

余諾連著幾次都做了飯，有時候等到菜都涼了，也等不回來余戈，就匆匆吃了，隨便扒兩口，再收拾一下。

那天陳逾征跟她通電話過後，也沒再讓她出去跟他見面。余諾晚上洗完澡，躺在床上滑手機。她忽然想起陳逾征。余諾點進他的帳號看，發現他這兩天每天都在分享歌。

分別是：〈苦笑〉、〈你怎麼捨得我難過〉、〈我真的受傷了〉、〈扎心〉。

最新一則是〈少女的祈禱〉的一句歌詞截圖，剛好播放到那句：「祈求天地放過一雙戀人。」

底下留言區受不了他這兩天的內容，全都在罵。

奧特曼：『夜來非？』

Killer：『征哥，最近走青春疼痛風？』

湯瑪斯：『你最近中邪了？再發這種破歌拉黑你了，白癡！』

Van：『老歌金曲（愛心）。』

余諾翻完他們的留言，她一邊笑，又忍不住嘆了口氣，知道他在用這種方式跟自己賭氣。她返回聊天畫面，主動找陳逾征：『別發那些歌了。』

Conquer：『被冷暴力就算了，現在還要剝奪我發文的權利？』」

余諾：『我知道你是發給我看的，我沒有冷暴力你。前兩天對你說話有點重，你別放在心上。我這兩天就是情緒不太好。』

余諾：『我哥這兩天都在家，你等我把事情處理好了，就去找你。』

那邊顯示正在輸入中，余諾等了半天，也沒等到陳逾征的訊息。過了幾分鐘後，他的訊息才過來。

Conquer：『他這兩天都在家？』

余諾：『對。』

Conquer：『妳打算怎麼處理？』

余諾：『我想跟他說說，沒找到機會，他應該還在生氣……等他氣消了，我再找他。』

陳逾征似乎是懶得打字，直接傳了個語音過來，『妳別管了，交給我。』

余諾坐直身子，以為陳逾征又要去余戈面前找存在感，連忙打字：『你打算幹什麼？別衝動……』

又是一則長達五十秒的語音：『我還是覺得，我們妳情我願，在最美的年紀談個戀愛，又不犯法，我覺得我沒錯。不過，我知道妳哥比我重要，這兩天我也反省了一下，我確實有時候不太懂事，但也沒不尊重他吧。不求妳對我比對妳哥關心，但妳也不能這麼不公平，妳哥不開心，我也不開心，怎麼不見妳關心關心我？』

余諾把他的語音反覆聽了兩遍，有些無奈。她斟酌了一下，回過去：『我哥是家人，你是我喜歡的人，你們對我來說都很重要。我怕我哥對你有偏見，所以心裡有點急。之前跟你說的那些話，也帶了情緒，你別放在心上。』

Conquer：『知道了。』

和余諾聊完天，陳逾征的煩躁終於減輕了。他心情頗好地把他們聊天記錄翻了翻，覺得自己這個慘賣得還行。

計高卓又開始瘋狂震他：『你最近幹什麼呢？』

『不是說放假了，怎麼老子連個影子都見不著了？』

Conquer：『忙著憂鬱，勿擾。』

計高卓：『你憂鬱個屁，明天出來玩？』

Conquer：『不去，有事。』

計高卓：『什麼事？』

陳逾征打開音樂軟體，分享了一首歌過去——〈犯賤〉。

週五，OG舉辦了線下粉絲見面會。

阿文看到余戈一個人坐在休息室裡，走過去坐下，「怎麼樣，和余諾談過了沒有？」

他還是那個樣子：「沒什麼好說的。」

「你就是刀子嘴，」阿文翻了個白眼，「你要是真的跟妹妹沒什麼好說的，那你回去住幹什麼？不就是擔心她，結果自己又拉不下面子嗎？」

余戈：「你別管我的事。」

粉絲見面會有兩個多小時，結束之後，OG幾個人又一起去聚餐。

直到十點多，余戈才開車回家。從停車場出來，走到樓下時，他腳步頓了頓。社區的長椅上坐著一個人，正百無聊賴地玩著手機。

余戈目不斜視，經過他。

有人出聲：「欸，哥，不是，余戈，等等。」

余戈裝作沒聽見，繼續往前走。

陳逾征上前兩步，到余戈的面前。他一隻手伸出來，攔住余戈，「有時間吃個飯嗎？」

余戈面無表情，繞過他，繼續往前走。這段時間余戈回家，背後動不動就不知道從哪冒出陳逾征。任憑他說什麼，余戈一次都沒理過，回到家，也沒見余諾跟他提過這件事。

一般超過十點，余諾沒事就不會再出門，應該也不知道陳逾征天天晚上在樓下堵他的事。她不提，他也懶得說。

陳逾征腳步跟著倒退，摸了摸鼻子，「我都在這裡等了這麼多天了，你總要給我一次機會吧。」

余戈終於停下腳步，淡淡道：「別跟著我，不然我叫警察了。」

陳逾征摸了摸鼻樑：「你就跟我吃頓飯嘛，我保證以後不騷擾你了。」

見他要走，陳逾征拽著余戈的手臂，「你要是不跟我吃飯，那我也只能天天等你了。」

余戈生平最討厭的就是被人威脅，直接揮開他的手，「隨你。」

陳逾征的聲音從背後傳來：「我今天不走了，就在這等著你！」

余戈連頭都沒回，直接走進樓梯間。回到家，餐廳的燈還亮著。他側頭望了一眼，桌上擺著幾道菜，還沒有動過。

他把車鑰匙丟到桌上。走到客廳時，有個人蜷縮在沙發上面，余戈在原地看了幾分鐘。

察覺到有人幫自己蓋毯子，余諾動了動，眼睛睜開。迷糊中，看到余戈直起身，余諾立刻驚醒了。她揉了揉眼睛，坐起來，「哥，你回來了？」

她掀開毯子，穿上鞋，有些不好意思：「我做好飯了，傳訊息給你你沒回，我等著等著就睡著了。」

余戈：「妳看看現在幾點了。」

余諾訥訥地低頭，「你吃了嗎？沒吃的話，我去把菜再熱一下。」

這是這麼多天以來，兩人第一次面對面地吃飯。余諾看著坐在對面的余戈，眼睛發酸，趕緊低頭扒了兩口米飯。

其實剛剛他已經和OG的人吃過了，一點都不餓。余戈陪她吃了一下，就停了筷子。

余諾一直看著他，見狀也停筷：「你吃飽了？」

余戈靠在椅背上瞧著她，「嗯」了一聲。

余諾笑了笑，「好，那你放著吧，等一下吃完我來收。」

余戈表情平靜，突然道：「妳要跟我說什麼。」

余諾愣了愣，餐廳寂靜了一陣子。余諾完全沒準備，掩飾一下表情，「我只是想跟你說，我跟陳逾征的事。」

說完，她停了一下。

余戈：「繼續。」

「哥，對不起，」她又道了一遍歉，「我不應該騙你的……也不是想要你。我知道你不喜歡陳逾征，所以才一直不敢告訴你。但是，你能不能給他一點時間？我覺得他沒有你想的那麼壞，也不是那種不正經的人。」

余戈：「妳認識他多久，這麼瞭解他的為人？」

余諾搖搖頭。

余戈：「之前該說的我都跟妳說了，如果妳不想聽我的話，我管不住妳。妳如果自己做好決定了，也不用在乎我怎麼想。」

余諾聲音急切：「不是的，我不是不聽你的話，我也做不到不在乎你怎麼想。」

「但是，我……。」

「妳什麼？」

余諾鼓足了勇氣，直視著余戈。她說得很慢，卻無比堅定：「我喜歡陳逾征，真的很喜歡他。以後會怎麼樣，我也不知道。但我知道，就算我們兩個沒有好結果，我也不後悔和他在一起。」

余戈沉默。

在廚房洗完碗，聽到外頭傳來動靜。余諾關上水龍頭，跑到門邊去看，叫了一聲，「哥，都這麼晚了，你還要出去嗎？」

余戈「嗯」了一聲。

拉開門之前，他又回頭。見余諾手足無措站在廚房門口的模樣，他說了一句，「妳自己早點睡，我等一下回來。」

余諾乖乖應了一聲：「好。」

燒烤店歡迎光臨的聲音響起。正在看劇的老闆娘抬頭，看到進來的兩個客人，愣了一下。兩個英俊得不相上下的男人，在最靠裡的位子坐下。坐下後，就這麼默默看著對方，也不講話。

老闆娘站在桌邊，把菜單遞出去，也沒人接。

一個人看著另一個的眼神，不像朋友，倒像是個仇人……尤其是這個穿黑衣服的，感覺下一秒就能抄起椅子砸在穿白衣服的人臉上。

察覺到一絲不對勁，老闆娘乾笑了兩聲，不敢去招惹神情淩厲的黑衣服，識相地問白衣服的人，「帥哥，你們要吃什麼嗎？」

陳逾征把菜單接過來，隨便點了幾個菜，「多來點酒。」

往後廚走的時候，老闆娘又擔憂地朝他們坐的角落望去。

服務生好奇：「妳在看什麼？」

老闆娘囑咐男服務生，「你等一下看著點，那兩個人說不定等等就要打起來，千萬別讓他們把店砸了。」

男服務生「哦」了一下，研究一下余戈和陳逾征，摸了摸腦袋，若有所思地喃喃，「奇怪，我怎麼看他們這麼眼熟呢……」

這是余戈今天吃的第三頓飯。他抬手看了看錶，表情並不友善：「我沒功夫跟你拖拖拉拉，要說什麼趕緊說。」

陳逾征倒了滿杯的酒給自己，又倒了一杯，推到余戈面前。

余戈絲毫不為所動。

陳逾征端起杯子，在余戈的注視下，一口悶乾了杯裡的酒。等喉嚨的灼燒感過後，陳逾征緩了緩，開口：「我這人從小就挺混帳的，情商幾乎等於沒有。所以之前哪裡得罪你了，今天跟你認真說句對不起。」

余戈無動於衷地看著他。

陳逾征面不改色，繼續往空杯子裡倒酒。連灌了三杯之後，他又低聲下氣開口：「這幾杯，當給你賠個罪。」

他說這幾句話的時候，把往日的輕佻收得乾乾淨淨。

桌上的菜上齊，也沒一個人動筷。男服務生離開後，又往他們那邊看了看。突然，他腳步定住，迅速拿出手機在網路上查了一下。幾分鐘之後，男服務生不敢置信抬頭，再三確認後，他舉起手機，往陳逾征和余戈的方向迅速偷拍了一張照片。

快步走到後廚，男服務生顫抖著手，把剛剛拍下來的照片往最近活躍的遊戲群組裡一傳：『看看這兩個是誰@全體成員。』

不出意料，兩分鐘後，群組裡爆炸了，分分鐘超過百則。

『Fish 和 Conquer？』

『我傻了，真的是 Conquer 和 Fish？』

『我沒看錯吧，那個黑衣服真的是 Fish？』

『能幫忙去找 Conquer 要個簽名嗎？價錢好說 QAQ』

『我在競圈的兩個男神，好傢伙！』

『不知道他們兩個在說什麼，但是感覺……你們細品這張照片，Conquer 看 Fish 的眼神好深情，天，暈死我了。』

『我疑惑了？這兩人的粉絲不是天天都在社群上幹架嗎？他們私下關係居然這麼好？』

兩個大男人，也講不出什麼太矯情的話。陳逾征坐在余戈面前，自顧自地幫自己把酒倒滿，然後再喝光。

半個小時之後。

余戈面容冷酷，沒阻止他的動作，淡淡地說了句：「你就算在我面前喝死了，我也不會管你的。」

「我喝死了沒事，也不用管我。」陳逾征眼前已經模糊了，勉強靠著最後一口氣撐著。

他滿面通紅，視線失焦。動作遲緩，連酒瓶都拿的不太穩。給自己倒酒的時候，灑了一大半到杯子外。透明的酒快要溢到杯口，陳逾征停手，端起來，直接往自己口裡送。

他看向余戈，自嘲地笑了笑：「給我個機會行不行？」

說完這句話，還沒等到回應。陳逾征徹底趴到桌上，整個人陷入了昏迷。

余諾剛剛睡了一下，也不睏，就坐在客廳裡看電視，等著余戈回家。

胡亂按著遙控器轉臺，余諾時不時看向客廳的鐘，她剛想拿出手機傳訊息給余戈。

門鈴突然被按響，余諾馬上丟開遙控器，跑到門口，喊了一聲，「誰啊？」

聽到余戈傳來的聲音，她立即把門拉開，一股酒氣撲面而來。

外面的感應燈沒亮，余戈的身形隱沒在黑暗之中。余諾往後退了一步，看到還有個人垂著腦袋，像麻袋一樣掛在余戈肩上，一隻手勒著他的脖子，嘴裡還不停地喃喃著什麼。

余戈滿臉不耐煩。

她嚇了一跳，想上去幫忙：「這是誰？」

在余諾看清陳逾征臉的一瞬間，余戈冷漠的聲音響起：「妳男朋友。」

第十六章　我有喜歡的人了

她呆在原地，以為自己出現了幻聽。

余戈皺眉，甩開陳逾征黏在自己脖子上的手臂，語氣嫌棄至極：「愣著幹什麼，把人拖進去。」

余諾無措地應了一聲，趕緊上前幫忙。

余諾幫著余戈，歪歪扭扭地把醉鬼搬到客廳沙發上。

余戈好不容易擺脫他，誰料陷入半昏迷的人又精準拉住他的手腕，嘴裡還喃喃著：「哥，別走啊……你聽我說、說、話都沒說完……」

喝醉了力氣還特別大，余戈完全掙脫不開。

余諾蹲在沙發邊上，注意到陳逾征衣服褲子都髒兮兮的，手臂、膝蓋上全是傷口，摻著灰和血跡。她抬起臉，眼裡有些不自覺的心疼：「這是發生什麼事了？」

余戈把自己身上的手甩開。

一頓飯吃完，陳逾征醉到不省人事。余戈冷眼瞧了他一會，本來不想再管他，直接去前臺結了帳。結果出門後，陳逾征跌跌撞撞地追上來。兩個人在街邊，一個往前走，一個在後面追。陳逾征步伐紊亂，連著摔了好幾個跟頭，也像不怕疼似的，從地上爬起來繼續喊他的名字。

身邊經過的路人都側目看著他們兩個，余戈忍耐了一下，不得已，只能折返回去。

余戈剛剛被吐了一身，把陳逾征丟在客廳，進浴室洗澡。

余諾蹲在沙發旁邊，看了他一陣子。接著伸出手，輕柔地把陳逾征額前的濕髮撥開。

他似乎很難受，兩頰泛紅，閉眼囈語著，五官都糾結在一起。

她喊了他兩聲，「陳逾征、陳逾征？」

他無意識地哼哼了兩聲。

余諾：「還是不舒服嗎，我去倒杯水給你？」

陳逾征還是沒回應。

余戈洗完澡出來，拿吹風機吹著頭髮，餘光瞥到余諾扶著陳逾征去浴室，吹風機聲音停住。

余諾艱難地把人扶到浴室門口，騰出一隻手按開燈。陳逾征站不穩，背砰地一聲撞上門板。眼見著他又要往下滑，余諾趕緊扶住他，「你沒事吧？一個人可以嗎？」

陳逾征低垂著腦袋，雙眼發直，有氣無力地：「……沒事……」

余諾走過去，幫他把蓮蓬頭打開，調整著水溫：「你等一下洗完了喊我，我把睡衣放門口。」

她正說著話，背後一陣窸窸窣窣的響動，余諾轉過頭。

陳逾征潔癖發作，醉得不省人事了，還不忘記把身上的髒T恤先脫下來，隨手丟在地上。

她把蓮蓬頭掛好，連忙阻止：「先別脫，我出去你再脫。」

余戈沉著一張臉站在門口，把陳逾征正搭在褲子上的手拉住，對著余諾說：「妳出去。」

余諾「哦」了一聲，聽話地走出浴室，把門帶上。她有些擔心，悄悄待在門口聽了一下動靜。

淅淅瀝瀝的水聲響起，緊接著叮鈴哐當的動靜傳開，時不時還夾雜著余戈不耐煩的聲音。

等他們弄好，余諾從櫃子裡拿出枕頭，又抱了一床被子。把陳逾征在沙發上安置好後，她跪坐在旁邊，打開醫藥箱，小心翼翼地處理著他手肘和膝蓋上的傷口。

用嘴吹了吹，等著傷口上塗的優碘風乾，余諾把棉花丟進垃圾桶。一抬眼，發現余戈抱臂站在遠處，不知看了她多久。

看著余戈進房間，余諾探身，幫陳逾征把毯子蓋好，寫了張便利貼放在茶几上：『你醒了要是不舒服就傳訊息給我，我弄點吃的給你。』

余諾把客廳的燈關了，輕手輕腳地回到自己房間。她半倚在床頭櫃上，側身，拉開床頭櫃，把裡面的幾張照片拿出來。手指順著相片的邊緣撫摸，腦子裡回憶起很多事。

看了一陣子之後，隨手把東西放在旁邊，余諾把枕頭拉下來，閉上眼。

不知道過了多久，枕邊的手機突然震了一下。

一個晚上，余諾都睡得不安穩，輕輕的一聲響，立刻把她驚醒。

才早上六點多，陳逾徵傳了訊息給她。

Conquer：『1。』

余諾摸索著，把檯燈打開。她下床，拉開臥室的門出去。

「醒了？」余諾走到他跟前。

陳逾征滿臉睏倦，宿醉過後，頭痛欲裂，「我把妳吵醒了？」

余諾搖頭，她本來就沒怎麼睡。

陳逾征抬手臂，檢查著上面的傷口，疑惑：「我怎麼受傷了，昨天妳哥趁我喝醉，揍我一頓嗎？」

余諾跟他解釋：「不是，是你自己摔的。」

「是嗎。」陳逾征倒是一點印象都沒有，他若有所思點點頭：「那是我誤會大舅哥了。」

余諾：「……」

陳逾征緩了緩，從沙發上起身：「你們家有新的牙刷嗎，我刷個牙。」

「有，我去找給你。」

等著陳逾征洗漱，余諾跑進自己房間，想幫他找條擦臉的毛巾。剛在櫃子裡翻到，背後傳來腳步聲。余諾轉頭，陳逾征靠在門框上。

她把手裡毛巾遞過去：「擦擦臉上的水。」

用涼水洗了把臉，陳逾征已經恢復了精神，打量著她房間的小碎花壁紙，「我能進來嗎？」

余諾讓開兩步。

陳逾征也不客氣，一屁股坐在她床上，把床上哆啦A夢的玩偶拿起來，「愛吃魚，妳這貓是不是買到盜版了，怎麼會這麼醜。」

「不是滿可愛的嗎？我天天都抱著它睡覺。」

陳逾征把玩偶丟開：「這麼醜的貓，別抱了，我怕妳做噩夢。」

「……」她有些無奈：「你在這坐一下，我去洗個臉。」

她花了幾分鐘把自己打理好，重新回到房間。陳逾征還坐在她床上。

余諾走到梳妝鏡前，把桌上的化妝水拿起來，「你好點了嗎？有沒有不舒服？」

陳逾征漫不經心地「嗯」了一聲。

她回頭，他低著眼，伸手正要去拿床頭櫃上的照片。

余諾瞳孔一縮，立馬上去，想攔住他，「欸，這個，你不能看！」

可惜還是晚了一步，陳逾征把手一抬，余諾撲了個空。

他順便開了句玩笑：「挑戰職業選手的反應速度？」

兩人一個坐一個站，余諾比他行動稍微自由點。她又調轉方向，按著他的肩膀，繼續搶。

陳逾征根本沒使力氣，她一推他，他就順著往床上倒，余諾撲在他身上。

她走投無路，選擇把他眼睛蒙上，一急就有些結巴：「你、你不許看，這是我的隱私。」

陳逾征得逞後，另一隻手立刻固定住余諾的腰，「急什麼，我剛剛早就看完了。」

余諾動作僵住，反應過來，他剛剛裝模作樣的就是為了逗她。

「怎麼回事愛吃魚。」陳逾征嘴一勾，「妳的隱私好像侵犯到我的肖像權了啊。」

「……」

那次在海邊，她偷怕他抽菸的照片。沒想到還有一天，會被正主抓到。

余諾窘迫地把照片搶了回來：「我沒侵犯你肖像權，我就是覺得，日出很美，你只是偶然入鏡，別自戀了。」

「怎麼還急了呢。」陳逾征喉嚨裡傳來悶笑，他低聲道：「妳侵犯唄，我願意被姐姐侵犯，傷害我都行，來吧。」

「你一大早的……能不能……別這麼……」她欲言又止，一時語塞，想不出什麼詞形容他。

余諾想起身，腰被摟住。他仍不肯鬆手，她也不掙扎了，就壓在他身上。換了個話題，問他：「你昨天喝了多少？」

「不記得了。」

余諾叮囑：「下次別喝這麼多了，傷身體。」

「也不虧，」陳逾征不怎麼在意，風輕雲淡道：「能讓妳哥心軟，我再喝十瓶都沒問題。」

他昨晚明明那麼難受，吐了好幾次，還把自己身上摔得都是傷。

余諾眼神微微一閃，抿了抿唇，反手抱住他，聲音低的快聽不見，「陳逾征，謝謝你。」

「怎麼這麼見外？」陳逾征將她一隻手拉到自己唇邊，「我呢，就是不喜歡聽別人說謝謝，尤其是妳，下次直接親我就行了。別總是動嘴皮子功夫，不如來點實際行動。」

「……」剛剛累積的感動情緒，又被他幾句話給弄散，余諾嘆了口氣。

在房間磨蹭了一下，余諾把陳逾征送到樓下，「你這麼早就走嗎？」

陳逾征很有自知之明：「不然妳哥一覺睡醒，看到我，火又來了，我昨天的努力就白費了。」

余諾：「好吧，那你回基地後傳個訊息給我。」

他的車就停在社區附近，余諾送他過去。

拉開車門前，陳逾征突然回頭：「對了，改天把妳床上的哆啦A夢丟了。」

余諾呆了一下，不解：「為什麼？」

「妳那個貓，沒我溫暖，也沒我英俊，」陳逾征俯身，親了親她，「以後妳就抱著我睡覺。」

陳逾征心情頗好地哼著歌，開車回到TG基地。

最近休假期，一群人天天當貓頭鷹，熬了個通宵，在客廳圍著吃肯德基早餐。

看那邊那麼熱鬧，陳逾征腳步頓了頓，換了個方向，甩著車鑰匙，朝他們走過去。

他站在沙發邊，跟他們打了個招呼：「大家，早安啊。」

奧特曼瞥了他一眼，「你的手臂和腿都是怎麼了？受傷了？」

「這不叫傷。」陳逾征氣定神閒：「這是我榮譽的勳章，懂？」

Killer一頭霧水：「什麼榮譽，什麼勳章？」

「你猜。」陳逾征在他們中間坐下，翹著二郎腿，朝Killer不正經地吹了個口哨。

Killer表情一言難盡：「你要說話就好好說，別發騷行不行。」

陳逾征勾了勾唇，譏諷道：「我跟你這個單身狗，有什麼好說的？」

Killer：「……」

他慢悠悠伸手，攬上Van的肩，「來，我們聊。」

Van渾身一機靈，打了個哆嗦，不自在地往旁邊坐了坐，「Conquer，真的，你別這樣，我害怕。」

陳逾征一臉慈祥，關心地問：「你跟你女朋友談了兩年了吧，見過她家裡人嗎？」

Van莫名其妙：「沒有啊，談戀愛倒也不必急著見家長吧。」

陳逾征同情地看著他，「那你們感情還是不夠真摯。」

Van：「……」

陳逾征有些失望，嘆息一聲，將搭在 Van 肩上的收回，「我跟你也沒共同語言了。」

Van：「……」

也沒人問他，陳逾征就自顧自地往下說，「畢竟我呢，談了一段戀愛，也沒花多久，就見到女朋友家裡人了，還在她家裡過了一夜，我們之間就比較正式了。」

一番話說完，就連湯瑪斯也表情凝滯，口裡嚼的培根漢堡差點掉出來。

陳逾征掃了一圈，不解：「你們都盯著我看什麼？有這麼羨慕嗎？」

湯瑪斯認真地說：「我在思考，上海有哪家精神病院比較適合你。」

「好了，湯瑪斯，你嫉妒到扭曲的嘴臉早就被我看透了。」陳逾征毫不在意地笑，「你跟Killer，哦，還有奧特曼。」

被點名的三個人神情忍耐地盯著他，看陳逾征狗嘴裡究竟還能吐出什麼汙言穢語。

陳逾征憐憫地說：「一群嫉妒我的可憐小丑罷了。」

「嫉妒你？」見不慣他囂張的模樣，奧特曼嘔了，「你見余諾的誰了啊？Fish 搞定了嗎？就在這吹牛，我都不好意思說你。」

Killer 冷嘲熱諷：「搞定 Fish？做什麼夢呢？搞定銀河系都比搞定他簡單。」

陳逾征神色自如，「我跟 Fish 的關係已經變質了。」

Killer 就好奇了：「是嗎？那你說來聽聽，你們的關係怎麼變質了？」

陳逾征：「以後我跟他就是兄弟了。」

在場所有人彷彿聽到了一個天大的笑話。

「我呢，明人不說暗話，也不怕告訴你們。」陳逾征慢悠悠地道：「昨天過後，我和 Fish，鐵哥們。」

怕在場的人聽不清，陳逾征放慢了語速，一個字一個字地說：「我們，那是一起洗過澡的交情。」

第二天，陳逾征被齊亞男揪著去訓練室，「全隊就你直播欠得最多。下個月就要集訓了，你這兩天趕緊把直播時長給我補補，站魚那邊的工作人員都聯繫我了。」

奧特曼一覺睡到深夜才醒，去食堂遊蕩一圈，吃了幾個包子填肚子。到了二樓的訓練室，發現陳逾征一個人關在裡面打 Rank。

奧特曼打了個哈欠，推開門進去，他神情睏頓，把自己電腦打開，窩在椅子上也懶得動，拿著手機滑著社群。房間裡只有陳逾征打遊戲和敲鍵盤的聲音。奧特曼小號關注了一些雜七雜八的電競社群帳號。

最近沒有比賽，他們也沒新的素材，只是搬運職業選手的直播片段，以及大家喜聞樂見的選手之間的各種互動。

奧特曼往下滑了幾則，標題都是熟悉的「Conquer VS Fish」，其中一個當事人就在自己旁邊打著遊戲。

因為眾所周知的種種舊事，陳逾征和余戈從技術風格再到長相，經常被拉出來一較高下。加上目前兩位的粉絲戰鬥在LPL獨一檔，自然而然的，他們就經常被行銷號放在一起來吸流量。

奧特曼都已經習慣了，一大堆的照片，他連點進去的欲望都沒有。本來只是隨便掃掃，但連著幾則都是這個，奧特曼來了點好奇心，隨便點開一張照片，翻了翻內容後，他簡直要看呆了。

是陳逾征前幾天和余戈在燒烤店裡被偷拍喝酒的照片。

他們一個是LPL明星選手，另一個則是競圈最新崛起的大熱人氣王。別的不說，就這兩人加起來上過的熱門話題次數，甚至能吊打某些三線明星。他們每次遇上的比賽，基本上都是LPL收視率最高的。

總而言之，征余不和已經成為大家的共識。

加上夏季總決賽，陳逾征對著余戈再次的亮標行為，又激怒了不少余戈的粉絲。新仇加舊恨，讓原本兩家有所緩和的關係又重新降至冰點。

距離有些遠，但依舊能看出就是他們。照片一共有七、八張，有的清晰，有的模糊。余戈雙手抱臂，姿勢都沒怎麼變過，坐在他對面的陳逾征不停仰頭喝酒。

陳逾征盯著杯子，而余戈看著陳逾征。

留言裡，有強行按頭的路人：『你品，你給我細品，細細地品！品出來了嗎？Fish看Conquer的眼神是多麼溫柔，都快掐出水來了！如此之纏綿，讓我不暈也難。』

有寫矯情文學的詩人：『說來可笑，全世界都以為他是我的仇人，可誰知道，我對他的愛埋在不見日光的深淵裡，永遠也無法說出口。』

還有狂野奔放的腦補人：『你們看第五張，陳逾征拉住余戈的手臂，滿臉都是急切。滿臉的欲說還休，一切盡在不言中。姐妹們，我擦擦鼻血，已想像出了一百字黃文……車速給我開起來！』

身為一個鋼鐵直男，奧特曼又反覆看了兩遍，終於確定了這些粉絲在說什麼。

這些人是認真的嗎？

奧特曼懷疑人生：「陳逾征，這個世界太魔幻了，居然有人嗑你和 Fish 的 CP，我覺得我不會再好了。」

陳逾征的臉微微一側，「什麼？」

「就你前兩天跟 Fish 吃飯的照片被路人拍下來放到網路上了。」奧特曼還處於震驚之中，「有人嗑你和他的 CP，Fish 的清白都被你毀乾淨了，他看到這些同人文大概會想殺了你。」

奧特曼：「我被這些人說的，簡直都快信了你和 Fish 之間相愛相殺的絕美愛情，你跟我說說，你是不是真的暗戀 Fish？」

陳逾征隨口道：「愛情就不必了，兄弟情還是有說法的。」

「有說法？」奧特曼嘲諷地笑了一聲，「你還想跟 Fish 當兄弟？放什麼屁呢。」他語氣斬釘截鐵：「你們之間就算產生愛情都不會產生兄弟情。」

陳逾征晃一下滑鼠，提醒：「我開著直播呢，你說話注意點。」

奧特曼瞬間收音。

直播間幾排幾排的問號刷出來，讓某些潛伏已久的 CP 粉也忍不住跳出來：『曼曼真相了，Conquer 和 Fish 是真的！我嗑到了！』

事情發展到這樣，路人八卦一下就算了。結果奧特曼在陳逾征直播間公然帶了一波節奏。

余戈某知名大粉發了個文章，渾身上下都透露著抗拒：『麻煩某人不要再蹭熱度了，從出道起就開始捆綁吸血，真是沒完沒完，能自己獨立行走嗎？人那麼狂，成績倒是拿不出來一個，只會搞飯圈那套行銷？現在這點知名度都是靠跟Fish蹭出來的吧？』

留言區有人質疑：『但是他們私下吃飯，關係應該不錯吧？粉絲也沒必要一直掐。』

大粉陰陽怪氣回覆：『某人就是誰紅跟誰玩啊，之前去Fish直播間刷火箭，不就是趕著抱大腿，這還不明顯？』

這則拐彎抹角抹黑陳逾征的文章被分享了幾百次。

陳逾征粉絲也被挑起怒火，熱門話題小主持帶頭出來衝鋒陷陣：『二〇二一年聽到最可笑的一句話，Conquer火是因為跟Fish捆綁行銷。』

戰火越燒越烈，余戈的熱門話題裡突然空降了一堆頂著「陳逾征老婆XXX」、「Conuqer寶貝xxx」、「征的很不錯」、「ConquerOVO」的ID開始罵街。

與此同時，陳逾征的熱門話題裡也被頂著和余戈有關ID的粉絲所攻陷，兩家粉絲互相洗版著對方熱門話題，吵得不可開交。

奧特曼和Killer兩個人在八卦衝浪第一線，也圍觀了這場盛況。

關掉手機後，奧特曼無比憂心：「到時候要是被他們知道了，Conquer和Fish成了親家，社群會不會爆炸？」

Killer倒是很期待那一天的到來：「一家親有什麼不好？兩家粉絲合併，LPL無人能敵。」

今年全球總決賽的地點就定在這裡，分別在杭州、廣州、上海、和北京四個城市舉行。在自己國家拿下冠軍是LPL多年觀眾的夙願，甚至都成了執念。

半個月的休假期過去，幾支隊伍都進入了緊張的備戰期。

一個月之後，杭州舉行了世界賽的入圍賽，一共六天。

WR作為LPL三號種子隊，全程炸魚，吊打來自周邊賽區的隊伍。沒什麼懸念就順利突破入圍賽，和其他兩支隊伍會和。

入圍賽之後，舉行十六強的抽籤儀式。來自世界各地，每個賽區最強的十六個隊伍分成四組，同賽區規避原則，在八強前不會碰面。

TG有點倒楣，被分進了官方認證的死亡之組，跟韓國一號種子隊PPE一起。WR則是和韓國二號種子隊YU分到同一組，三個隊裡，OG分組最好，對手都不太行，分別是北美賽區的一號種子隊以及LCK的四號種子隊和一個外卡隊伍。

抽籤結束，一星期之後，在廣州舉行小組賽。

小組賽依然採用組內雙循環賽制，車輪戰，分成第一輪和第二輪。

第一輪的賽程比較輕鬆，一共有六天，每支隊伍隔兩天打一場BO1。第二輪賽程相對緊張，每個組只有一天的時間，組裡四個隊伍都要打三場BO1，最後按照積分，決出八強。

OG和WR先打完，分別以小組第一和小組第二出線。

最後一個比賽日是C組。

除去洲際賽，這是他們第一次，真正意義上的登上了世界賽的舞臺。

第一輪結束，TG的戰績是二比一，出線形式比較明朗。來自LMS的省隊不負年年十六強的稱號，在小組賽第二輪預料之中的垮下，被TG送回老家。打到最後一局，PPE狀態火熱，拿出終極打團陣容，直接二比零了TG。

TG以小組第二出線，雖然過程曲折，好在結果還算樂觀。TG也殺出死亡之組，挺進八強。

小組賽的比賽全部結束，由LPL派出的兩個退役選手上臺為八強抽籤。這個環節是最讓人緊張的，大概十幾分鐘，一切塵埃落定。

最後的分組結果出來。OG和WR分在同一個半區，TG在另一個半區。這也就意味著，最好的情況就是WR和OG都是四強，但也總有一個隊伍會止步四強，而TG在決賽前都不會遇上LPL的隊伍。

三家粉絲，有人歡喜有人愁。

恐韓是LPL大多數隊伍的常態，TG雖然最近狀態比較好，但畢竟是新隊伍，沒有大賽經驗，結果第一場B05就要直面LCK。而OG對上的是歐美的一號種子隊，介於過往交手的戰績，進個四強問題不大。

WR就比較不幸了，在八強就遇上了奪冠熱門PPE。

抽完簽之後，TG幾個人回到後臺休息室。等一下官方的拍攝小組要拍攝素材，WR和OG的人都在一起。

奧特曼和 Killer 都被叫去採訪。過了一陣子，有工作人員特地來喊陳逾征。

陳逾征雙手插進褲子口袋裡，左右瞄了瞄：「就我一個人啊？」

工作人員在前面帶路：「還有一個。」

他點了點頭，沒太放在心上。

走到採訪的地方，看到早早坐下的人，陳逾征一愣，余戈剛好抬頭，也看到了他。

——兩人被官方安排的明明白白。

陳逾征頓了頓，在余戈旁邊的椅子坐下，懶洋洋往椅背上一靠：「這是幹什麼？」

「你們都是LPL的人氣選手，就順便一起採訪了。」編導小姐發了兩份採訪稿給他們，「來，你們先看看問題。」

余諾坐在沙發上，正在滑社群軟體。TG贏下比賽後，五個人的社群都自動更新一則二〇二一年S賽八強的認證。

她用小號幫他們點了讚，手臂突然被人扯了扯。

向佳佳急不可耐：「走走走，跟我一起去看熱鬧。」

余諾被她拉的站起來：「看什麼熱鬧？」

向佳佳一臉八卦的興奮，壓低聲音說：「妳哥和妳男朋友被拉去一起採訪了！」

「他們？一起採訪？」余諾有點迷惑，「又不是同一隊的，怎麼會一起採訪。」

向佳佳跟她解釋：「最近 Fish 和 Conquer 的粉絲不是又互相開罵了嗎，多有話題度啊！把他們拉到一起採訪，明顯就是在製造話題。」

採訪的地方就在公共休息室的一個角落，架著攝影機，隨便豎了一塊背景板。

事實上除了向佳佳，在場想看余戈和陳逾征熱鬧的人還不少。她們到的時候，裡裡外外已經圍了一圈人，向佳佳拉著余諾往裡鑽。

採訪剛剛開始。

陳逾征和余戈都看到了余諾，兩人同時看著她。

採訪剛開始還比較正經，問的都是些關於比賽的問題。雖然坐在一起，但不管編導如何引導，兩人全程拒絕和對方用眼神交流。

「你們都進入了八強，對接下來的賽程有什麼期待嗎？」

余戈像雕像一樣，保持高冷少言的冷漠風格，回答很得體保守：「打好每一場，不留遺憾就行了。」

陳逾征一如既往地口出狂言：「拿冠軍。」

「這麼有自信？」採訪小姐笑了：「Conquer 選手的 ＩＤ 就跟人一樣，希望有一天，你真的能征服所有人。」

到後來，話題越跑越偏：「你們可以評價一下對方嗎？」

陳逾征很配合：「Fish 不用我評價了吧，人帥操作強。」

採訪的人又問余戈。

余戈拿起麥克風，勉強道：「他也是。」

陳逾征接了一句：「謝謝。」

大家心照不宣地笑起來。

「今天怎麼回事啊？」陳逾征開了句玩笑，「大家看我和 Fish 的眼神都怪怪的，我們兩個臉上有東西嗎？」

採訪小姐一臉好奇：「嗯……因為大家都以為你們不太熟，結果你們好像私下一起吃過飯？」

余戈臭著臉，直接把這個問題略過了。

陳逾征：「是啊，所以有時候事情不能只看表象。」

本來編導還想問點別的，做做節目效果。但陳逾征和余戈兩人都是出了名的難搞。稍微曖昧一點的話題，都被兩人巧妙地帶過。

採訪進入尾聲：「最後，兩位有什麼想對粉絲說的嗎？」

余戈：「謝謝他們為我加油。」

「Conquer 呢？」

陳逾征想了想，生無可戀看向鏡頭：「想跟最近在我社群瘋狂傳私訊喊我老公的那幾個男粉絲說一句，你們沒機會，也別騷擾我了。」

「我不搞基，直男。」他特地瞥了余諾一眼，從容道：「我有喜歡的人了，她就在旁邊看我呢。」

陳逾征的話出來，所有人，包括採訪小姐、編導、攝影大哥以及旁邊八卦群眾的目光，情不自禁地，刷刷刷，全部落在了余戈身上。

余戈：「……」

陳逾征：「……」

大家表情精彩紛呈。尤其是編導小姐，愣了一下，微妙地看向余戈，眼裡只有四個大字，妙不可言。

採訪已經結束，懶得理別人是什麼反應，余戈上身前傾，準備從椅子上起來。

編導連忙跟準備離開的余戈說：「那個，Fish先別走，你和Conquer再拍一張合照，我們到時候需要。」

余戈動作一滯，陳逾征也跟著從位子上站起來。

兩人站好後，余戈表情僵硬，嘴唇動了動，用只有兩個人能聽見的聲音，耳語一般，「你以後採訪能別這麼瘋癲嗎？」

陳逾征也很無辜，「現在的人想像力太豐富了，怎麼能怪我呢。」

攝影大哥探出頭，伸了手示意，「你們兩個站近一點。」

余戈充耳不聞，站在原地不動，陳逾征大喇喇的，往旁邊靠了靠，把手直接搭上了余戈的肩。

余戈的表情變幻，忍耐了一下，渾身上下都寫滿了抗拒。

兩人一個穿著TG的黑色隊服，另一個穿著OG的紅白隊服。連身高都差不多，一個張揚不羈，另一個沉默高冷。兩人如出一轍的英俊，竟然……意外的般配。

向佳佳言自語：「這……簡直就是拍結婚照現場啊……」

拍完照後，惡向膽邊生，編導朝著他誠懇地說了一句，「祝你們幸福。」

不結婚真的很難收場。

余戈：「……」

陳逾征本來只是配合做做素材效果，此刻臉上有些掛不住，把手從余戈肩上挪開，「你們是不是誤會了啊？」

採訪的人把旁邊打光的柔光燈關掉，嘆了口氣，「我們都懂。」

陳逾征：「……」

在場幾個男性工作人員都是一臉茫然，不知道幾個女孩子為什麼突然變得這麼興奮。在他們眼裡，把余戈和陳逾征拉到一起採訪，也只是製造話題。

向佳佳激動地抓緊了余諾的手，「嗚嗚嗚嗚，嗑到了。」

「……」她從大學時期就接觸中文廣播劇的圈子，認識不少策劃，幾乎都是腐女。雖然她不看耽美小說，但對這方面也略知一二。配音圈很多男性配音員都會組ＣＰ，但是陳逾征和余戈他們，就像月球和火星，永遠也不會產生交集的兩個人。

余諾完全無法想像，無比遲疑：「妳是說，我哥和陳逾征嗎？」

向佳佳嬌羞地捂著臉，又覺得嗑這種ＣＰ有些對不起好朋友，羞愧地點了一下頭。

余諾默了默，開始懷疑人生了。

當天的比賽結束，ＴＧ眾人回到飯店，吃完外送後，教練跟他們隨口分析一下目前的形式。

湯瑪斯：「我怎麼感覺今年LPL奪冠還是挺樂觀的？其實PPE也沒傳說中那麼強，洲際賽不是沒打過我們嗎？」

教練：「韓國隊的BO1和BO5是兩個概念，WR硬實力和PPE有一定差距，如果OG狀態不行，PPE在左半區是有可能一穿二的。」

Killer 惆悵：「LCS的我倒是有信心，但是 LCK的二號種子隊好像也挺猛的。」

「哀兵必敗啊殺哥，你怕什麼呢。」Van 踹他一腳，「就不能有點信心？先斬韓國隊，再幹歐洲人，到時候就在決賽等著，WR和 OG 隨便來一個兄弟都行。」

十月十九日，四分之一決賽在上海的體育館舉行。

八進四，一共有四場，四天時間。

左半區先打，兩天之後，WR不敵PPE，頑強抵抗了幾局後，還是止步八強。而OG三比一擊敗歐洲隊，成為LPL第一個拿到四強門票的隊伍。

第四天，TG正面迎戰韓國隊的二號種子隊BACK。

圓弧形的體育館數千個座位呈階梯狀排列，中央的三個巨幅螢幕播放著TG和BACK一路以來的各種比賽集錦。一幕幕片段閃過，有陳逾征戴著耳機指揮，有Killer贏下準決賽後激動握拳的高吼，也有湯瑪斯在決賽舞臺上二次輸給OG後的掩面擦淚。欣喜、沮喪、甚至絕望，TG一路過來的榮耀和落敗都濃縮在幾分鐘的短片裡，在場的粉絲看得心潮起伏。

當TG五個人走上臺的時候，觀眾席瘋狂的尖叫立刻響起，聲音大的幾乎把主持人的聲音淹沒。連解說都忍不住說：「這就是主場優勢嗎？粉絲太熱情了。」

第一局，雙方節奏都很慢。甚至到二十分鐘都沒爆發出人頭，時間越往後拖，只要哪一方出現一點失誤，可能就會葬送整場比賽。

解說擔憂：「Killer本來拿的是一手游走英雄，結果被對面看住了，待在中路走不動。原本制定戰術體系的效果完全沒打出來。」

「還是那句話，這不是TG習慣的打法，他們在無意識地迎合BACK的節奏，一直被牽著鼻子走，就跟夏季決賽上被OG帶偏了一樣。」

「沒辦法，這種韓式運營就像牛皮糖一樣，你退我進，你攻我就守。對面沒十足把握就不開團，基本零失誤。」

TG前期打得疲軟，悄無聲息地就被BACK蠶食了。到了中期，BACK五個人回家，買了十個真眼。TG這邊的視野淪落了大半。

第一局比賽在四十分鐘的時候結束，TG輸給BACK。

解說席上，小梨稍微複盤了一下，略有些惋惜：「雖然只是LCK的二號種子隊，但BACK是去年的世界冠軍，TG和他們相比，還是稍微稚嫩了一點。」

中場休息的時間過去，TG幾個人又回到臺上。

底下粉絲的熱情完全沒有被剛剛的一場失利所消磨，反而更加熱情地揮舞著LED燈牌，掌聲響了十幾秒，幾個在前排的男粉怒吼著讓他們加油，「ＴＧ給我衝！幹就完事了！」

連 Killer 都被驚了一下，喃喃道：「這大哥嗓門也太洪亮了。」

雖然第一局輸了，但其實ＴＧ幾個人的心情都還好，沒有太過壓抑。第二局開始Ｂ／Ｐ的時候，每個人還和教練有說有笑的。

正式進入比賽介面，奧特曼調整了一下呼吸，側頭，問了一句：「征哥，你怕嗎？」

「怕什麼？」

「對面是韓國人。」

陳逾征盯著電腦螢幕，冷哼一聲，「螻蟻罷了。」

奧特曼滿臉感嘆，為他鼓了個掌，吐出兩個字，「霸氣。」

不知道是被男粉絲的怒吼鼓舞到了，還是陳逾征的一番霸氣話激勵到隊友。從第二局開始，ＴＧ全員突然找到了狀態，不再跟 BACK 纏綿，Killer 和奧特曼開始輪流配合 Van 一起遊走。

BACK 有個致命的弱點，他們的ＡＤ一直不太行。而ＴＧ剛好又是下路強勢。十一分鐘，對面中單沒能看住 Killer，被他跑到下路。

ＴＧ直接上演了一場經典的四包二，讓 BACK 下路雙人組雙宿雙飛。

隨著現場氣氛越來越熱烈，ＴＧ的手感也來了，在 BACK 先下一城的情況下，奮起直追，硬生生連贏了兩局，率先拿到賽點。

第四局。

Ｂ／Ｐ開始前，教練幫湯瑪斯捏了捏肩，「放鬆心態，你們都平常心打，別失誤，不留遺憾就行了。」

Killer碎碎念：「阿彌陀佛，希望這是最後一局了。」

奧特曼給他洗腦：「殺哥，你從現在開始就是世界第一中單，我信你能Carry。」

Killer：「……」

開局，BACK從下路開野。

七分鐘，下路又開始皇城ＰＫ，Killer的瑞茲直接開車下來，對面ＡＤ走位失誤被控住，ＴＧ拿下一血。

Van趕過來，順勢收下土龍。整局比賽，Van一直專注幫下路，把陳逾征的盧錫安養的巨肥無比。

中期，BACK在中路抓到落單的陳逾征。

解說大喊：「Conquer小心！快跑！」

誰知話音剛落，陳逾征反手就揍了上去。對面來了兩個人，他絲毫不虛，一個滑步位移，突到對方臉上輸出。

一個脆皮ＡＤ憑什麼這麼囂張？

BACK的野輔也呆滯了一下，交出技能衝上去。就在這時，Killer和奧特曼、Van三個人突然從沒視野的草叢裡跳出來。

解說反應過來，大喊：「BACK上當了！要慘了！」

輔助陣亡的情況下，BACK的ＡＤ匆匆趕到戰場，只可惜前排倒下，他還沒按出技能，被Van

酒桶一個R直接炸到天上。

落地後，陳逾征接了一套輸出。

解說喊著：「Kee在送頭，他在送頭，他不要命了！Conquer秒了他！」

大螢幕上，盧錫安一個金黃的聖槍洗禮出來，直接把對面AD和打野掃成殘渣。

TG打出一波完美團戰，直接拿下大龍。

解說按捺不住激動：「為所欲為！三件套到手，Conquer對著BACK的人為所欲為！」

「講道理，我就是喜歡看Conquer狂。初生之犢不畏虎，這麼緊張的比賽下，不管對手多麼強大，他也好像不知道畏懼兩個字怎麼寫。」

TG拿下大龍Buff，直接集中，拆掉BACK的中路高地。

BACK復活後，本想拚死一搏。上單TP繞後，在中路想留住TG的人，肯南的一個大招下來。雖然效果還行，但和其他隊友脫節，傷害一時間沒跟上。經濟和裝備落後太多，BACK其餘幾人趕到，纏鬥一番，還是被TG反包圍，打出團滅。

當TG眾人重新聚集在高地那一刻，現場氣氛嗨翻了。無數人從座位上站起來喊著TG的隊名。

解說嘶吼：「結束了嗎？結束了嗎？」

紅色方的水晶一點一點掉血，BACK已經無力回天。

「三比一！我上我也行！TG三比一了BACK！就是今天！送韓國隊回家！」

看著TG五個人摘掉耳機，幾個少年抱成一團，互推著走到舞臺另一側和對方握手。

解說臺上，小梨笑了出來。

就在幾個月前，她剛剛見證了TG在夏季總決賽上的失利，而此時此刻，全場都在為TG的人歡呼。

她忍不住道：「他們的努力沒有白費，流下的汗和淚，走過的路，踩出的每一個腳印，都深深烙印在了每一個觀眾的心裡。千言萬語化作一句話，恭喜TG殺入四強！」

因為之前韓國在世界賽上的統治太強大，斷送了無數LPL的隊伍，讓老選手淚灑決賽舞臺。以至於歷來國人觀眾最期待也是最緊張的就是中韓大戰，前兩天PPE擊敗WR，國內輿論一片沮喪。

『回來了。』

『回來了，全都回來了，還是熟悉的配方，熟悉的味道，熟悉的比賽，韓國隊——LPL永遠的大爹。』

四分之一決賽的最後一天。在一片不看好的情況下，TG贏得乾淨俐落，完美收官。

讓LCK的隊伍連著幾局吃癟，TG猛漲了一波LPL的士氣。讓看直播的無數人狠狠出了口惡氣，聊天室的666連著刷了好半天都沒停歇。

OG和TG都拿到四強名額。

社群上的網友表示：

『求求了，兩個隊爭點氣，把S11變成LPL秋季總決賽好不好？』

『Fish、Conquer：沒想到吧，又是我們！』

『北京鳥巢等你們，今年冠軍留在這裡我看沒問題！』

飯店的臨時休息室裡，余諾坐在沙發上給手機充電，跟向佳佳聊著天。

向佳佳：『不瞞妳說，上次採訪過後，我就嗑起了妳哥和 Conquer 的 CP，還挺邪門的。』

余諾：『……』

向佳佳：『很喜歡的一句話：你我別後，頂峰相遇！』

向佳佳：『TG 和 OG 都進四強了！希望 Fish 和 Conquer 最後能頂峰相遇，想看他們在臺上再擁抱一次，求求老天爺滿足我這個願望吧！』

看著向佳佳幾句話，余諾突然覺得自己的存在……有些多餘。

向佳佳劈哩啪啦連傳了幾張同人圖給她，尺度實在太大，太沒節操，以至於余諾都不忍細看。

想到上次付以冬推給她的征余熱門話題，余諾打開社群，搜尋了一下，又進去看了看。

不看不知道，一看嚇一跳。上次熱門話題才幾百人，現在活躍度居然在排行榜的前一百名。裡面各種各樣的圖和小說、段子，比向佳佳傳給她的更沒下限。

看完一圈後，余諾臉都不自覺看紅了。稍微代入一下真人，腦子裡居然控制不住地浮現一些畫面。

她緩了緩，覺得自己暫時沒辦法直視陳逾征和余戈了。

聊天軟體上。

向佳佳：『高嶺之花 Fish× 浪蕩不羈嘴賤 Conquer，這對 CP 太太太太太香了！』

向佳佳：『其實也不一定要是愛情，就他們這個相愛相殺一生宿敵的，就很好嗑，妳懂嗎！』

余諾正在打字，耳邊突然有股熱氣吹了一下，她猛地抬頭。

當事人腦袋就湊在她旁邊，躬著身，不知道在她後面偷看了多久。

他歪頭朝她笑了一下：「跟誰聊天呢？」

余諾心虛地把手機關掉，「跟佳佳。」

她馬上轉移話題，誇獎他：「陳逾征，你今天好厲害。」

「什麼厲害？」

「你第一次進世界賽，就能打這麼好。今天我在後臺，都能聽見好多人喊你的名字。」

「嗯，確實。」陳逾征享受著余諾崇拜的目光，在她旁邊坐下，問：「所以，妳剛剛在聊什麼？」

怎麼話題又回來了。

「就……」不知道他剛剛看見了多少，余諾硬著頭皮：「聊一點私事。」

「噢。」陳逾征若有所思地盯著她，一字一句地複述：「妳們的私事是，高嶺之花 Fish 與浪蕩不羈嘴賤 Conquer？」

余諾：「……」

陳逾征：「……」

余諾訕笑了一下：「那是佳佳開玩笑的。」

「好笑嗎？」

余諾將頭扭到一邊，控制了一下表情：「嗯……不是很好笑。」

看著他的表情，她沉默一下，忽然起了點逗他的心思，「怎麼辦，我可能被洗腦了，覺得你和我哥似乎……」

「等一下，妳別似乎了。」陳逾征表情一言難盡，打斷她。本來，他根本沒把這件事情放在心上，他向來就不在乎外面怎麼罵他，誇他，甚至意淫他。

但看余諾都變成這樣，陳逾征突然覺得事態有點嚴重了起來，「愛吃魚，我現在要跟妳嚴正申明一遍。」

余諾：「嗯？」

「我，陳逾征，就算地球毀滅，也不會喜歡男的，而且！」他眼梢微微上揚：「不論怎麼樣，我也不會是下面那個，知道嗎？」

余諾連忙讓他消消氣：「知道了，知道了，其實大家都是鬧著玩的，你別放心上。」

「我能不放心上？這是我身為男人的底線和尊嚴！」陳逾征十分不滿，指責她，「別人就算了，妳是我女朋友，怎麼對我都沒有一點占有欲？妳對我的愛也太淺薄了。」

「不是。」一臉呆滯地被人訓了一頓，余諾哭笑不得：「那不是我哥嗎，還是個男的。」

「那他就不是人了？」陳逾征報復性地掐了掐她的腰。

「嗯，我哥也不行。」余諾乖乖順著他，「不管男的女的，你只能喜歡我一個人。」

陳逾征冷哼一聲，才勉強道，「好吧，既然妳這麼小氣，我也只能答應妳了。」

剛剛贏下比賽，TG幾個人狀態無比放鬆，在飯店吃完飯，窩在外面的沙發上聊天。

「向佳佳。」

聽到有人喊她，向佳佳視線從手機螢幕上移開，「啊？什麼事？」

Killer本來在跟奧特曼說著話，見陳逾征走到向佳佳那，眼睛也瞄向他們。

「聽說妳在嗑我的……」陳逾征頓住，回憶了一下那個詞，「CP？」

向佳佳心虛地沉吟著，眼神游離一下，沒有立刻回答。

陳逾征皮笑肉不笑的，朝向佳佳丟了一顆粉藍包裝的糖。

向佳佳莫名，低頭，把腿旁邊的東西拿起來，「幹什麼？」

他吩咐：「吃。」

也不知為何，向佳佳覺得陳逾征這個樣子有些嚇人，她吞了口口水，撕開包裝袋，在他逼迫的注視下，放進嘴裡。

陳逾征扯唇：「甜嗎？」

向佳佳艱難地點了一下頭。

「呵呵。」

向佳佳：「……」

陳逾征好整以暇：「知道這是什麼嗎？」

「不知道。」向佳佳配合地問：「這是什麼？」

陳逾征：「這是，我跟我女朋友的，定情信物。」

他特地在「女」上咬字特別清晰。

向佳佳坐立難安，不知道該說什麼，隨便誇獎了一句：「是嗎，這糖，還挺甜的……」

陳逾征眼皮一撩，慢吞吞反問：「甜得過我和余諾嗎？」

向佳佳：「……」

四分之一決賽比完，兩支隊伍只有一週時間休整，就要馬不停蹄地進行準決賽。

準決賽只有兩天。

第一天，TG和LCS一號種子TPS對壘。

比起其他賽區的中規中矩，歐洲和北美賽區的隊伍最喜歡在世界賽上玩一些出人意料的騷套路，有時候還真的能出奇制勝。

TPS第一把就掏出雙輔助陣容，把LPL的解說看的一愣一愣的。鏡頭切到TPS的選手席，AD正和輔助歡聲笑語不知道說著什麼。

現場也異常歡樂。

解說A感嘆：「不得不說，表演這塊還是得看LCS。」

解說B：「歐美大兄弟老正統搞笑藝人了。」

雖然從實際理論來說TPS比BACK好處理得多，但世界賽上最忌諱的就是輕敵，TG之前就在洲際賽上吃了虧。教練在對面神B／P的情況下，還是選了一個符合版本的強勢打團陣容。

於是，在TPS的下路雙人組笑嘻嘻進入比賽後，十五分鐘，下路對線天崩地裂，被對面一個名為「TG.Conquer」的皮城女警先手反手教做人。

TPS的組合一點效果也沒起到，七分鐘就被拔掉了下路一塔，補刀落後一百多點。鏡頭又切到選手席。被無情爆打一番後，TPS輔助和AD雙雙面露苦色。

TG輕鬆贏下第一局。

第二局B／P，TG下路也開始表演，陳逾征直接掏出一手中單小法，跟TPS對著騷。

上個星期剛剛贏下韓國二號種子隊，同時也是去年世界冠軍BACK，TG處理起歐美大兄弟更加俐落殘暴。

比預期之中的還要順利，在一片歡聲笑語中，TG直接三比零光速送TPS放了個假。

如果說贏下BACK，還有路人覺得TG比較走運，但他們在準決賽的表現簡直就是硬實力的碾壓TPS。作為歐美傳統豪門戰隊，TPS統治力不可小覷，也在自己賽區當了多年的霸主，結果遇上TG居然這麼不堪一擊，一碰就碎。

比賽結束後，TPS直接被打自閉，連採訪都拒絕了。

在此之前基本查無此人的一個隊，TG毫無意外成了本年度橫空出世的最強黑馬。敢打敢拚，先斬BACK，後虐TPS，幾戰成名，拿到總決賽門票。一時間，全世界鋪天蓋地都是關於他們的報導。

連英文臺的解說都在無力地嘆息：「OMG，What a crazy team this is！」

繼TG挺進決賽後，第二天，OG和PPE之間的對決也掀起了高潮。

當天現場的票價甚至已經被黃牛炒到了五、六千。單單開場，各個直播平臺的收視率就已經突破了一千萬。

OG和PPE之前就在洲際賽上交手過一次，對彼此的風格和底細都摸的差不多。

和昨天TG那場不同，OG和PPE的水準在同一個檔次，完全體的兩支隊伍，基本都沒有短板。以至於比賽打得也十分焦灼曲折，精彩的四局過後，兩個隊伍奇招盡出，山窮水盡，比分還是二比二持平。

整場比賽歷時五個小時，OG終於還是隕落在四強。

——PPE三比二擊敗了OG。

無數粉絲等待在後場等待著OG。

余戈走在最前面，後面還跟著阿文、Will他們，每個人臉上神情都很落寞。

粉絲也不像以往那樣蜂擁而至，大部分人都站在原地，保持著最合適的距離，靜靜目送著他們上車前。

人群中，有個男粉絲紅著眼睛吼：「Fish加油，千萬別退役，大不了明年再來一年！」

TG的人今天沒去比賽現場。余諾和他們在飯店裡看了準決賽的直播。

最後一場，Killer和奧特曼一群人圍在電視機前，當OG被PPE推完基地時，大家都失望地叫出來。

Van 甚至還捶了一下大腿，「最後一波，Fish 就差個閃現沒好，不然 OG 能翻的。」

教練不禁有些惋惜：「其實打得還是挺精彩的，OG還差了點運氣。不過這就是大賽的魅力，OG和PPE也稱得上王者對決。」

Killer：「其實我還滿希望 OG 贏的，在總決賽舞臺上找他們光明正大地報一次仇。」

湯瑪斯：「我們現在雖然找他們報了不了仇，但是能替他們報仇。」

準決賽的最後一天，WR和OG雙雙倒在PPE的鐵騎之下。社群、各個論壇，不管是OG粉絲還是路人，都無比沮喪，一片怨聲載道。

PPE在左半區先後打敗LPL的一號種子隊和三號種子隊，宛如猛虎下山。

雖然LPL還剩下TG一隻火苗，但在大眾印象裡，TG這個隊伍一直都有些神經病般的超強發揮，有時閃光表現，有時又狀態全無，情況一直起起伏伏。

而且他們身上像是有一個魔咒：「一到決賽就輸」，不論常規賽、準決賽發揮的有多麼出色，每每到決賽總是差一點，連續兩次淪落為OG的背景板。

尤其是總決賽，講究的就是穩定發揮，PPE如今已經是不可抵擋之勢。

不論是解說還是各方預測，都覺得PPE這塊硬骨頭TG難以啃下來，今年LPL奪冠的形式實在是不太樂觀。

看完OG的比賽，TG幾個人玩一下手機，又紛紛回到臨時搭建的訓練室裡開始緊張地訓練。

一直到晚上十點多，領隊進來喊他們：「先停停，我們出去吃頓飯放鬆放鬆。」

奧特曼歡呼一聲：「去吃什麼？」

「隨便找個家常菜館吧，下週就要決賽了，也吃不了什麼太刺激的。」領隊翻著手機，「這是決賽前最後一次聚餐，你們等一下吃完了就回來早點睡，也不用訓練了。等明天下午飛北京，我們到了地方再專心備戰。」

雖然替OG的落敗感到惋惜，但他們畢竟殺進了總決賽，奧特曼幾個人的心情還是挺好的。吃飯的時候歡聲笑語。一頓飯到中途，Killer分蛋糕的時候才發現余諾沒來，問坐在旁邊的陳逾征：「你女朋友人呢？」

奧特曼看了陳逾征的表情一眼，咳了一聲：「殺哥，你別哪壺不開提哪壺。」

陳逾征：「去找她哥了。」

Killer稍微有些同情，「心疼我們Conquer，快樂也無人分享。」

Van看不慣這幾個人煽風點火：「你們夠了啊，不是OG輸了嗎，余諾去安慰安慰她哥，本來就挺正常的事。」

Killer瞪了他一眼：「你凶什麼凶？我也沒說什麼啊。」

奧特曼吃一塊蛋糕，嘴裡含糊道：「你別說，余諾還挺為難的，冠軍只有一個，不管是我們拿還是OG拿，她心裡大概都很糾結。」

「那確實，家人還是比較重要的。」Killer表示理解：「征，你別酸了，血緣關係擺在那，沒辦法。」

陳逾征無所謂的一副樣子：「我有什麼好酸的。」

吃完飯，幾個人沿著馬路往回走。

Killer 虔誠地合掌，「求求佛祖，我願意用奧特曼單身一輩子換個冠軍。」

奧特曼揍他一下：「你能不能滾？」

幾個人嬉嬉鬧鬧，陳逾征雙手插口袋，沉默地跟在一旁。

凌晨兩點，余諾回到飯店房間。床頭櫃留了一盞燈，向佳佳已經睡了。

她走到行李箱前拿出睡衣，輕手輕腳地去浴室，準備洗個澡。

刷牙的時候，放在洗手檯上的手機震動一下，余諾拿起來看。

Conquer：『睡了沒？』

余諾：『還沒。』

Conquer：『出來。』

余諾盯著他傳來的訊息，胡亂地刷了幾下牙，漱口。拿起旁邊的毛巾擦了擦臉。

把房卡拿上，推門出去。

這個時間基本上沒有人，余諾沿著安靜的走廊一直往前走，陳逾征就在盡頭處。

他一隻手拿著手機，另一隻手夾著菸，就靠在牆壁上等著她。

余諾小跑兩步過去，小聲道：「怎麼這麼晚還不睡？」

陳逾征掐了菸，「想見見妳。」

一句話讓余諾心瞬間軟了，「我看到群組裡的訊息了，你們去吃飯了？」

「嗯。」

察覺到陳逾征情緒有點不對勁，余諾又不知道發生了什麼。她走近兩步，仔細瞧著他的神情：「怎麼了嗎？」

「妳跟OG的人幹什麼去了？」

余諾：「陪我哥待了一下，然後跟他們出去吃了個宵夜。」

陳逾征「哦」了一聲，告訴她：「今天是 Killer 生日。」

余諾：「我改天補個生日禮物給他。」

他歪過頭：「有點悶，下去走走嗎？」

余諾答應：「好啊。」

飯店附近有個小花園。

也許是最近訓練密集，每個人精神都繃的很緊，放鬆下來後，陳逾征也不怎麼想說話。

余諾主動跟他找了幾個話題，「下週就要打決賽了，你緊張嗎？」

他淡淡道：「還好，不緊張。」

「真的不緊張嗎？」余諾笑了：「肯定在騙我。」

陳逾征看著她笑，突然問了一句：「如果我贏了，妳會高興嗎？」

余諾不解，傻愣愣看著他：「當然會高興。」

「但是妳哥今天輸了。」陳逾征換成肯定的語氣：「妳不開心。」

「……」她有點無奈，跟他開了句玩笑，「你怎麼突然這樣，跟我哥有什麼好吃醋的？」

「不是吃他醋。」陳逾征站定在原地，「其實之前慶功宴那次，妳跟Fish走了，我等了半天都等不到妳回來。」

他停了一下，「雖然知道跟妳這麼說，顯得我很小氣，但這種感覺還挺難受的。」

余諾隱約明白了他不開心的理由，她嘆了口氣，伸出手，抱住眼前的人，「我那時候有點亂，因為我騙了我哥，我覺得挺不應該的。所以很愧疚，那時候我沒考慮到你，對不起。你和我哥，你們對我來說是不一樣的。他對我來說很重要，但你也很重要，只是意義不同。」

說完，余諾跟他保證，「我以後不會丟下你的。」

這裡一點人聲都沒有，夜晚安靜，彷彿全世界只剩下他們兩個人。

過了一陣子，陳逾征出聲，「其實我這個人挺陰暗的，說出來妳應該也接受不了。」

余諾摟著他的腰，頭貼在他的肩頸處。聽到這話，她抿了下唇，略微抬起頭，「什麼？」

「要聽嗎？」

「要。」

陳逾征移開視線，望向別處：「那天晚上，我對流星許了個願。」

余諾遲疑：「你不是說過？」

「還有一個。」

「是什麼？」

陳逾征沒說。

余諾等了一陣子，然後，她聽到他開口。

「妳不是向佳佳的朋友，不是 Fish 妹妹，不是付以冬閨密，妳只是 Conquer 的女朋友。」

一瞬間，余諾被他的氣息環繞。耳邊的聲音低下去。

——「我想要余諾變成陳逾征一個人的。」

第十七章　我永遠喜歡你

十月三十號，ＴＧ從廣州飛往北京，準備最後的決賽。

比賽開始的前一天晚上，廣州的獵德大橋，上海外灘，以及武漢的黃鶴樓全部變成ＴＧ隊標的顏色。場面壯觀，吸引了無數路人駐足圍觀，堪稱史上排場最震撼的一場官方應援。

十一月四日，北京體育場，鳥巢。各地趕來的粉絲在場館門口排起長隊，等著安檢，驗票。

下午一點，比賽進行最後的熱場。觀眾席全場爆滿，座無虛席。放眼望去，全是和ＴＧ有關的應援物閃爍著，甚至還有粉絲專門訂製的十幾公尺長的的燈牌，寫著 Thron Game。

開幕式的表演完，隨著一道激昂的音樂響起，又戛然而止，正中央的ＬＥＤ螢幕出現一個被石頭砸碎的特效。

拳頭的標誌出現，同時響起一道低沉的男音。

Legends Never Die.

傳奇永不熄。

When the world is calling you.

當世人皆喚你名。

（引自英雄聯盟 Ｓ7總決賽歌曲《Legends Never Die》）

在一瞬間，所有人都尖叫了起來。

隨著倒數十秒後，歷年來登上全球總決賽隊伍們比賽的畫面片段出現，眼花繚亂的交鋒，夾雜著中、韓、英三國解說聲嘶力竭的吼叫。短短十幾秒內，電競的熱血和殘酷被展現的淋漓盡致。

短片播放完，燈光忽然暗了下來，場內一片漆黑。

觀眾席上止不住騷動，紛紛交頭接耳。

螢幕上的場景轉換，在一個空曠的房間裡，ＰＰＥ和ＴＧ十個選手都坐在椅子上，接受採訪。

每人一個長鏡頭，中韓十個選手交叉著播放。

鏡頭前，奧特曼還有點羞澀，跟編導絮絮叨叨著：「幾年前我還在網咖吃泡麵，現在居然能打總決賽，感覺像在做夢一樣，很不真實。」

Killer 摸了摸鼻子：「我知道很多人不看好我們，所以很想拿個冠軍證明自己。」

湯瑪斯：「當職業選手之前，最遺憾的一場決賽就是Ｓ7（英雄聯盟二〇一七年世界大賽）吧，鳥巢沒有ＬＰＬ的隊，那時候我就想，我有一天也要去當職業選手，然後在本土贏個冠軍回來。」

陳逾征想了半天：「直接過吧。」

在旁邊的編導小聲問：「都進決賽了，你沒有什麼想說的嗎？」

陳逾征笑：「有啊，不過這句話，等我後天贏了再說吧。」

十個人的採訪結束，螢幕上開始播放ＰＰＥ這些年來的比賽集錦。

播放完，燈光給到舞臺右側，ＰＰＥ的五個隊員包括替補、教練。雖然不是本土隊伍，但現場觀眾依舊給足了他們熱情和歡呼。

接下來是ＴＧ的紀錄片，每個隊員出現在鏡頭裡，有互相對視的歡欣，也有獨自掩面的沮喪。幾十秒一閃而過，停留在ＴＧ春季賽戰勝ＷＲ的舞臺上。

略顯青澀的五個大男孩站在一起，面對採訪時還有些拘束。

隨著鏡頭掃過全場，觀眾席上空了一大半。明明他們是勝利者，而臺下的人卻在陸續離開。所有人都在為了ＷＲ惋惜，沒有人願意多看一眼正在崛起的新軍。

片子雖然短，卻把一路以來，ＴＧ贏過、輸過、遭遇過的無數嘲諷、所有冷眼相待，一次又一次地成為背景板，全部記錄了下來。

最後一幕定格在解說席上。周蕩淡淡道：「直到有一天，當你終於能登上那個萬眾矚目的舞臺，然後……」

所有畫面消失，伴隨著周蕩的聲音，大螢幕只剩下一行字：「——在聚光燈下那一刻，你會被所有人記住。」

就在黑底白字消散的一瞬間，全場的燈光驟然亮起，Thron Game 的旗幟緩緩升起。

聚光燈的五個光柱對準ＴＧ五人。

沉寂兩秒，全場沸騰。

開幕式的流程走完，十個隊員走到各自比賽的位子上，開始調整設備。

主持人走到舞臺中央，「各位觀眾以及螢幕前的召喚師們，大家好，歡迎來到英雄聯盟Ｓ11總決賽現場。」

受到決賽氣氛的感染，現場觀眾的反響格外熱烈。
主持人停了兩秒：「我宣布，英雄聯盟全球總決賽，現在開始！」
第一局的B／P很快開始。
大螢幕一左一右，給到兩支戰隊的比賽名單：

TG
TOP：Thomas
JUG：Van
MID：Killer
AD：Conquer
SUP：Ultraman

PPE
TOP：Kulia
JUG：Satate
MID：Moon
AD：Kore
SUP：Last

比賽進入遊戲畫面，解說：「希望TG全力以赴，打出血性，打出自己的精彩！加油！」

第一局正式開始。PPE藍色方，TG紅色方。

PPE五個人抱團，在一級時入侵TG野區，陳逾征被逼出閃現加治療。

因為開局把陳逾征打成小劣勢，PPE在下路接二連三地開，但PPE不知道的是，不管優勢還是劣勢，陳逾征這個人，打起架來根本不講任何道理。

似乎是看不慣對面一直拿下路開刀，陳逾征第二次被Kore逼到塔下補兵時，看似要退敗的瞬間，一個轉身開始反攻。奧特曼從旁邊竄出來，一個機器人的鉤子上去，陳逾征立馬接上輸出，一套操作行雲流水，把Kore擊斃。

解說席上響起喝彩：「對面的Kore應該被Conquer震驚住了，這個人憑什麼跟我這麼凶？」

因為冒進而殞命，剩下來的時間，Kore不敢再跟陳逾征線上糾纏，而PPE採取了韓國傳統的營運節奏，PPE的打野Satate開始光顧上路，湯瑪斯被抓爆幾次後，PPE慢慢打開了局面。

不知不覺，TG這邊的經濟就落後到了三千。

拉開差距後的PPE果斷選擇開大龍。

陳逾征正好在中路收兵線，第一個察覺PPE在動大龍。Van剛剛從家裡出來，此時大龍的血量已經過半。

其實TG這邊是沒視野的，也看不到大龍血量，卡莎在上面左右徘徊著。

均昊疑惑：「Conquer在幹什麼？」

小梨擔憂：「這個時間點給PPE偷到了大龍，TG太傷了，下一波的推進大概有些難防了。」

話音剛落，卡莎一個W技能丟進龍坑。

隨即，大螢幕出現紅色方擊殺大龍的提示。

均昊大驚：「什麼？我沒眼花吧？Conquer 搶到大龍了！」

這個神奇的操作讓所有賽區的解說都愣了一下，七嘴八舌地議論起來：「天啊，剛剛發生了什麼？龍居然被TG的AD盲搶了，太不可思議了！」

與此同時，底下觀眾席的反響都炸了。

隊內語音，Van目瞪口呆：「我靠，厲害啊征哥，怎麼做到的？？」

後面被幾個PPE幾個人追殺，陳逾征倒是很淡定，「不知道，隨便丟了個技能。」

陳逾征搶到大龍後，TG直接起飛。

PPE不知道是不是被搶龍影響了心態，後續的節奏開始崩盤，第一局比賽很快被TG拿下。

一切都比預想中的順利。出乎LPL所有觀眾的意料，在面對PPE時，TG狀態稱得上勇猛無敵。前面三局結束，TG二比一了PPE，率先拿到賽點。

勝利就在眼前。

第四局，TG天胡開局，以巨大優勢領先。

他們已經贏了兩場，只要再贏下這一場關鍵局，就能結束掉總決賽。

三十分鐘，PPE一度告破了兩路高地。

兩邊隊伍的經濟差距越擴越大。

解說緊張又激動，一臉夢幻：「這一局TG的優勢太大了，我都想不到怎麼輸，難道要結束了嗎？」

誰也沒想到，這一口「想不到怎麼輸」的毒奶，直接毒死了TG。

陳逾征和 Killer 卡了個時間差，去對面野區刷藍 Buff，結果被 PPE 四人包抄。

兩人沉不住氣，一時激動，強行和對面三個人打架。

湯瑪斯和奧特曼晚來了一步，TG的雙C齊齊殞命在 PPE 的手裡。

這成了第四局比賽的一個轉捩點，PPE吹響了反攻的號角。

依靠著頑強的耐力，PPE硬是靠著幾波小團戰的優勢，把前期的劣勢慢慢打了回來。

最後一波中路交火，對方抓住陳逾征走位的微小失誤，直接把他從人堆裡拖出來，瞬間秒殺掉，陳逾征臨死前勉強換掉對方一個輔助。

形式急轉直下。

解說大叫：「完了，這一波 TG 完全脫節了，Conquer 不該上去打的。」

這局TG是四保一陣容。在這種關鍵的時候，陳逾征一倒下，對TG而言無疑是個噩耗。陳逾征一死，剩下人的輸出根本不夠。

選手席上，陳逾征盯著黑掉的螢幕發呆。

上一秒還是天堂，下一秒就變成了地獄。

打完這波團戰，PPE的人立刻衝上高地，TG剩下的人實在打不動對面出肉裝的打野和上單，只能眼睜睜地看他們把家拆掉。

PPE在巨大劣勢的情況硬是打了回來，把比分扳平。TG又一次把自己送上了絕路。

休息室裡。

迅速複盤了剛剛幾個失誤的地方，Killer 無比懊惱地抓著頭髮，頹然道：「剛剛如果我和 Conquer 不被抓死，現在已經結束了。」

領隊吸了口菸：「還有一場，我們還有機會。」

陳逾征從椅子上起身，出去洗了把臉，水珠順著臉龐留下來，他盯著鏡子裡的自己。

推開門出去，余諾就站在門口。

她欲言又止地看著他：「你還好吧？」

他「嗯」了一聲，垂下眼睫：「沒事。」

兩人相對無言。知道陳逾征在自責，余諾拉起他的手，「陳逾征，你看著我。」

他聽話地看向她。

「不管等下是輸、是贏，我都不失望。」余諾聲音堅定，「我永遠不會對 Conquer 失望。」

陳逾征反倒是笑了笑。

前場的戰歌已經響起。

上場前，湯瑪斯連著深呼吸一下，余諾擁抱住陳逾征，小聲說：「加油。」

奧特曼和 Killer 的腳步都停住，回過頭，在前面等著陳逾征。

陳逾征看著她：「妳相信我嗎？」

余諾抬眼：「嗯。」

「我不會讓妳失望的。」

她點頭，鬆開他，「好。」

陳逾征手裡拿著一杯水，和奧特曼他們會合。

余諾停在原地，就這麼看著他的背影。背後上的 Conquer 被金色的光勾勒出邊緣。

遠遠地，他一步一步走向舞臺，最後，終於消失在通道盡頭。

震耳欲聾的歡呼聲響起。

余諾忽然有種恍如隔世的感覺。半年前，她就站在OG休息室的門口，聽著歌，第一次去社群上搜尋陳逾征。

那幾張照片裡，鮮花和掌聲都不屬於他。陳逾征獨自拎著滑鼠鍵盤，在廊道盡頭背影寥落，根本沒人把他放在眼裡。

而這一次，他在所有人的注視下，站上了職業巔峰的舞臺，終於成為萬眾矚目的焦點。

廝殺完前面艱苦的四局，BO5最後一局，往往是最關鍵，也是最考驗選手韌性的一局。

尤其對TG來說，決賽的BO5就像是一個詛咒。他們每到最後，總是差一點，總是與冠軍獎盃失之交臂。

看著兩隊的十個選手重新回到電腦前坐下，現場所有的觀眾，每一個人的心都提了起來。

全場響起為TG加油的聲音，一聲高過一聲。

解說臺上。

均皓嘆了口氣：「說真的，我現在緊張到手都開始抖了。」

「你抖沒關係，等一下TG的人別手抖就行了。」小梨：「剛剛第四局實在太可惜了，也希望沒有影響到TG的隊員們的心情，最後一局，就當成一個常規的BO1去打就行了，千萬別留下遺憾。」

決勝局。

PPE依靠換線戰術，在前期稍微取得了一點優勢，但TG不斷蹲點遊走，在中期尋找開團機會，迅速扭轉了局面。

幾十分鐘下來，兩個隊伍幾乎是零失誤，來回交鋒，打出了無數極限操作。

兩個隊伍的陣容都適合打大後期。四十分鐘過後，還是站在同樣的起跑線。

這場比賽品質高到甚至被載入了英雄聯盟的史冊。隨著時間流逝，第五場的時間已經突破六十分鐘，成了無比焦灼的延長賽。

只要哪一方稍微不慎，前面所有的努力都會功虧一簣。

臨近比賽結束的最後幾分鐘，兩個隊伍在大龍坑處爆發了最後一波團戰。

解說叫的很淒慘：「Conquer 小心！後面來人了，快跑啊！」

可還是晚了一步，陳逾征沒接住奧特曼丟出的燈籠，陣亡在PPE打野手裡。

對面陣亡掉一個C位，PPE迅速開始打大龍。

TG每個人心裡都清楚，在這種時候，如果這條大龍沒了，他們翻盤的機會約等於零。

Killer 冷靜幾秒後，指揮：「等我CD，最後跟他們拚一把。」

Van 的酒桶炸散PPE眾人的隊形，奧特曼一個大招扔下去。

PPE也陣亡了上單。

當機立斷，TG接手這條大龍。

兩邊都缺人，Kore去旁邊點果子恢復血量，等陣型集中後，繼續跟TG接團。

這個圍繞著大龍的團戰持續了三、四分鐘，TG和PPE輪流陣亡，再輪流復活。一個接一個的傳送，全場氣氛被推上最巔峰。

龍被開了三、四次。

剛剛復活的陳逾征立刻從泉水衝了出去，他點著小地圖的信號，「湯瑪斯，等等把他們留下。」

「我快沒藍了，能上嗎？」

陳逾征目不轉睛地盯著電腦螢幕：「信我，十秒，我能殺。」

雙方糾纏，亂成一團。

陳逾征清理完兵線，走到河道附近，悄悄進場，不斷走位尋找著時機：「注意對面中單和打野的位置。」

湯瑪斯調整一下呼吸，握緊滑鼠。

隊內語音裡，等著陳逾征一聲令下。船長最後一絲殘血朝著PPE的人堆裡丟出大招，天雷地火一下來，PPE眾人瞬間被炸成殘血。

「奧特曼！」陳逾征大喊。

奧特曼瞬間了然，幫他套上盾，陳逾征義無反顧地往前衝。

Killer急得喊了一聲：「你要幹嘛！」

陳逾征：「送他們上路。」

一時間戰火紛飛，陳逾征的卡莎飛進去，開始大殺四方。解說席上每個人都看得眼花繚亂，語速極快地解說著這場終極團戰，「Kore從正面進場，直接被Conquer收掉！對面打野被暈住，Conquer來一個殺一個，來兩個殺一雙！」

隨著螢幕一道一道的擊殺聲響起，現場也跟著燃了起來，尖叫聲此起彼伏。

均昊說到最後沒氣，差點沒把自己送走。

Kulia見形勢不對，立馬TP回家守家。奈何還是晚了一步，陳逾征和Killer配合，收下對面中單和打野。

湯瑪斯的TP也亮起，三人在中路集合，抱團拆掉高地門牙塔，配合著小兵狂點水晶。每一個傷害，都A進了無數人心裡。

底下的觀眾已經開始興奮，集體數著PPE的水晶血量，最後一百滴，最後五十滴。賽場之上，成王敗寇就在一瞬間。

PPE已經無力挽回局面，對著螢幕發呆。

結束了，終於結束了。

解說顫抖著，已經迫不及待地宣布：「還有五秒！四秒！TG贏了！他們打敗了來自韓國的一號種子隊！我們是冠軍！」

均昊用盡全身力氣大喊出來：「千磨萬擊還堅勁，任爾東西南北風！恭喜TG新王登基！」

當最後勝利的音樂響起來的時候。

現場觀眾全部從位子上起身，舉起手臂，排山倒海一般地呼喚著TG的隊名。

Killer似乎還沒回過神，覺得眼前的一切很不真實。

一切都像做夢一樣，直到奧特曼撲過來大吼著，「我們贏了！殺哥！我們是冠軍！」

Killer猛然回神，直接從座位上跳了起來，和他擁抱在一起。

女解說一度哽咽，而男解說聲音裡也帶著哭音，激昂道：「終於等到了這一天，會場即將升起國旗！TG做到了！LPL奪冠了！」

全場的燈光閃耀，禮花的碎屑洋洋灑灑地飄下來，鳥巢體育館裡下起了金色的雨。教練和領隊衝了上來和TG的五個人擁抱在一起。

數百個鏡頭掃過TG的每一個人，有人在笑，有人在哭，他們一起把獎盃舉過頭頂。

這支年輕莽撞的隊伍，終於在此時此刻，震撼了全世界。

此時，各個直播間和社群都爆炸了。

『哭！都他媽給我哭！』

『TG厲害啊！TG 6666666666！』

『恭喜TG新王登基！』

比賽結束，萬人高喊TG。

頒獎儀式上，拳頭官方的工作人員上臺發獎牌給每一個人。

最後的FMVP發給陳逾征。

主持人還沒念出他的名字時，臺下的粉絲揮舞著螢光棒，齊齊呼喚著「Conquer」，場面一時間十分壯觀。

拳頭副總裁微笑著，把獎牌掛到年輕男孩的脖子上。

主持人在旁邊笑著問：「比賽前你在宣傳片裡說，有些話要等贏了決賽才說，所以現在能說了嗎？」

在無數人的注視下，陳逾征接過麥克風。

現場漸漸安靜下來。

全場鏡頭都對準臺上，陳逾征忽然笑了笑。接著，他低低的聲音傳到鳥巢的每一個角落，同時，也被轉播到世界各地的每一個觀眾前：

「有個人說過，她希望，有一天，Conquer 能被所有人記住。」

「所以今天，我來實現她的願望了。」

在本土拿個總冠軍是國家英雄聯盟玩家的多年夙願，如今TG終於做到，在總決賽的舞臺上擊敗韓國隊，揚眉吐氣，替今年的賽事畫上一個濃墨重彩的句號，澈底圓夢LPL。

有人放出現場最後TG拆家的影片，最後的十幾秒，隨著PPE基地澈底爆炸，全世界的解說一起喊出 Thron Game。體育館裡連同解說包括觀眾，成千上萬的人揮舞著TG的應援牌狂歡。場面有激動到漲紅了脖子的年輕男孩捏緊拳頭，扯著喉嚨嘶吼，也有忍不住落淚的女孩抱在一起。場面一時間瘋狂失控到都無法用震撼來形容。

當天晚上八點，TG奪冠的消息，直接登頂關鍵字排行榜。而對TG的五個人來說，這個夜晚註定永生難忘。

頒獎儀式完了之後，奧特曼和 Killer 搬著獎盃回到後臺。

像迎接凱旋的英雄一般，所有的人都為他們鼓起掌聲，就連剛下臺的主持人也上前去找他們合照。

奧特曼興奮地用牙齒咬了咬自己的獎牌，對著 Van 說：「好硬！」

Killer 被他的傻樣逗笑了：「土包子。」

應付完別人，陳逾征走向余諾。

再也不用顧忌別人的眼光，他在她前面兩步的地方停住，微微張開雙手，歪頭，懶散地笑了笑，「過來。」

周圍人聲嘈雜，而他神情專注，眼裡似乎只剩下她一個人。

余諾眼眶泛紅，跑過去，撞進他懷裡。

他在她耳邊低聲問：「我厲害嗎？」

余諾用力地點頭。

來往的工作人員都愣住，忍不住側目。

有無數的攝影機正在記錄下TG奪冠後的時刻，眾目睽睽之下，陳逾征居然把一個女孩子摟在懷裡？

見狀，周圍人紛紛起鬨。

美女主持跟旁邊的人低語：「那個是……Conquer 的女朋友？」

向佳佳嘿嘿一笑：「是的。」

雖然已經猜到，但聽到向佳佳的答案，美女主持還是滿臉失望：「好可惜啊……」

「可惜什麼？」向佳佳笑。

「其實我一直挺喜歡Conquer的。」美女主持嘆了一聲，「現在看來，還是來晚了一步。」

向佳佳懷疑：「妳不是說絕對不會跟年紀比妳小的男人談戀愛？」

美女主持朝她拋了個媚眼：「如果是Conquer，我願意。」

有人扛著攝影機在拍，Killer簡直被閃瞎了狗眼，湯瑪斯無奈，隔空對他喊了一句：「Conquer，公眾場合就別秀恩愛了啊，顧忌一下在場單身狗的感受。」

余諾這才回過神，發覺周邊的人都在看著他們，她有點不好意思，連忙鬆開了手。

而陳逾征依舊一副若無其事的樣子：「你可以選擇不看。」

賽後採訪結束，TG眾人從體育館出去。

粉絲遲遲未散，擁堵在周圍，一路過去全是震耳欲聾的歡呼聲。

TG幾個人矜持地繃著臉，跟熱情的粉絲揮了揮手示意。

上了巴士後，幾個人的臉瞬間垮掉。奧特曼張開雙臂，深深吸了一口氣：「誰說北京空氣品質差？簡直是造謠，我從沒呼吸過如此甜美的空氣。」

Killer：「……」

他們找了一家燒烤店吃宵夜。

Killer和Van敲著酒瓶唱著歌，奧特曼也喝多了，抱著陳逾征痛哭，一邊哭一邊嘮叨：「征哥，我終於出息了……我們真的拿冠軍了……還是總決賽……我會不會在做夢……」

陳逾征一臉煩躁嫌棄，想把他推開。

余諾坐在一旁，覺得這個場景莫名溫馨，心裡也暖暖的，含笑看著他們。

一頓飯吃到淩晨，領隊去結帳的時候，燒烤店老闆揮了揮手：「不用錢，我請你們。」

領隊愣了一下：「啊，這怎麼好意思。」

老闆笑著說了一句：「別跟我客氣，你們今大也算是為國爭光了。」

領隊喊來TG的幾個人，幫燒烤店老闆簽名順便合照了一張。

回到飯店，陳逾征和余諾兩人落在人群後面。

Killer和奧特曼勾肩搭背，搖搖晃晃地往前走，也不讓別人扶。

陳逾征突然拉一下余諾的手腕。

她停步，側頭：「嗯？」

他摘下胸前的獎牌，掛在她的脖子上。

余諾低頭看了看，遲疑道：「這是……幹什麼？」

陳逾征：「帶回去給妳哥。」

「啊？」

盯著她，陳逾征漫不經心地說：「告訴他，Conquer是個正經人，也拿到FMVP了，所以現在，他的妹妹歸我了。」

TG奪冠當晚，拳頭的官方帳號發文，祝賀陳逾征成為今年總決賽的FMVP：

『One from LPL Incredible ADCarry，corss pressure an era，he conquer difficulties, he conquer PPE, he conquer everyone, and tonight，he conquer the audience of hero League all over the world—!—! His name is Conquer, but no one can conquer him.』

（一位來自LPL的人不可思議的ADC，橫壓一個時代，他戰勝了困難，他戰勝了PPE，戰勝了所有人，而就在今晚，他征服了全世界英雄聯盟觀眾！他的名字叫Conquer，無人能征服他。）

同時英雄聯盟也發文：『恭喜TG獲得二〇二一年LOL全球總決賽冠軍！謝謝你們的努力，讓全世界聽到了LPL的聲音。』

『爺的青春圓滿了』

『我們的故事，絕不止於此。』

『恭喜TG痛失亞軍，含淚奪冠！』

『Conquer：「如果在這裡，只有冠軍能被記住——我會贏下所有人」。陳逾征，你真的做到了，LPL的新王誕生了。』

余諾洗完澡，躺在床上，精神高度緊張了一天，這時感到有點疲倦。她打開聊天軟體動態，平時萬年不發文的人都浮上水面，連發了六、七則祝賀TG奪冠，滑下去十幾則全是TG最強。

之前大學讀研究所的室友傳了個小影片給她：『（捂臉）剛剛從圖書館出來，經過男生宿舍，聽到他們都在吼TG，感覺都要把宿舍屋頂掀了，太嚇人了……』

余諾也上社群，滑了一下。和TG有關的各種詞句還高高掛在前面。刷新首頁，最新一則彈出來，某玩電競剛剛發布的動態，截圖一張自己半年前的發文：『那時我猜，這個叫 Conqeur 的選手一定會有個光明的未來，而現在，屬於他的時代已經來臨了。』

看到這篇文，余諾放在螢幕上的手指頓了頓。

回憶湧上來，她忽然有些感慨，在相簿翻了翻，找出當初偷偷存下的照片——春季決賽剛剛結束，TG落敗。陳逾征手裡拿著外接設備準備下臺，他斂著眼簾，只有一張側臉。隊服的肩膀處，名為「Conquer」的ID閃耀著。

光線和角度都正好，背景被虛幻處理，陳逾征和舞臺上的獎盃一左一右，只差幾公分，看起來近在咫尺，實際卻遙不可及。

準決賽結束的那個夜晚，陳逾征問他如果奪冠了，她會不會高興。思及此，余諾切了社群大號，專門發了一則祝賀TG奪冠的文。發完後，想了想，又單獨發了一則，把陳逾征這張照片附上，直接引用了拳頭的一句話——

@愛吃飯的魚：『His name is Conquer, but no one can conquer him.』

發出去之後，十分鐘，余諾的手機又震動了一下，收到陳逾征的訊息。

Conquer：『當時偷偷存我照片，妳還不承認？姐姐就是喜歡口是心非。』

余諾知道他在說什麼，臉一紅，打字：『你不是喝醉了嗎？』

Conquer：『醉不至此。』

余諾：『……』

Conquer：『怎麼樣，我帥嗎？』

余諾：『嗯……』

他不依不饒。

Conquer：『怎麼這麼勉強？』

余諾：『帥。』

Conquer：『等了半年，終於等到了這句遲來的讚美。』

和他聊了一下，余諾睏意漸漸上湧。眼皮禁不住開始打架，她剛想把手機放下睡覺，突然叮叮咚咚連續不斷的提示音開始響起。

余諾嚇了一跳，還以為手機故障了，坐起身，打開社群，結果在一瞬間卡死。

就在這時，躺在她旁邊的向佳佳忽然大叫一聲：「我靠，陳逾征他瘋了！」

余諾：「怎麼了？」

向佳佳撲過來，把手機遞給她：「妳看妳看！」

余諾接過來，看了幾秒後，明白了自己手機剛剛卡死的緣故。

陳逾征居然用大號分享了自己祝她奪冠的文章……

@TG-Conquer：『i was conquered，please kill me // @愛吃飯的魚：His name is Conquer，but no one can conquer him.』

余諾捧著手機，大腦還在當機。

向佳佳使勁晃著她的肩膀，「啊啊啊啊啊啊，我要昏厥了！陳逾征太會了！他也太會了！」

TG奪冠，奧特曼、Van幾個人發的都是拿到冠軍的感言，而陳逾征什麼都沒發。粉絲一直等著，催著，千辛萬苦熬夜不睡覺，終於等到了他發文。

但是，等來的這是什麼東西？

在滑到這則動態的一瞬間，螢幕前的所有粉絲都錯愕了幾秒，甚至懷疑陳逾征是不是被盜號了。

接著，留言開始爆炸。

『問號 ×104。』

『……你是真的厲害。』

『小問號，你是否有很多朋友？』

『你在幹什麼？你這句話是什麼意思？你官宣了還是鬧著玩呢？我要窒息了！』

『急需眼藥水滴眼睛。』

『還好我又聾又瞎又不認識英文（掐人中）。』

『給樓上不懂英文的翻譯一下：原 po 說，「無人能征服他」，陳逾征說，「我被妳征服了」。』

『呵呵，Kill me？你不如 Kill 粉絲！』

順著陳逾征的分享，數萬粉絲跑去了余諾的帳號。

花了大概十分鐘，接受現實後，當初那批從陳逾征直播間過來，一直潛伏在余諾帳號底下的老粉，也在留言區激動表示：

『愛吃魚，果然是妳！果然是妳！我就知道！』

『妳在嗎？你現在就去給我殺了 Conquer，粉絲也不想活了 TvT 我們和 Conuqer 一起同歸於盡！』

『今夜，快樂都是妳的，粉絲什麼都沒有！』

『妳是 Conquer 女朋友？』

綜上所述，大家全部瘋了。

陳逾征所有老婆粉還沒能開心幾個小時，齊齊躺進ＩＣＵ，路人聞訊趕來圍觀，驚掉了下巴。

還有比這個更浪漫的事嗎？

拿到總決賽冠軍的當天，妳說我征服了全世界，而我丟棄盔甲，心甘情願被妳征服。

當然，最絕的還是陳逾征在總決賽頒獎說的那一句：「我來實現她的願望了。」

——「有一天，Conquer 會被所有人記住」。

被他刺在手臂上的這句話至今還置頂在熱門話題裡。

一切真相大白——陳逾征真的戀愛了。

這個夜晚註定無眠，ＬＰＬ各家戰隊的粉絲都紛紛衝過來過來八卦。

順著當事人以前的發文一翻，沒想到更勁爆的還在後頭

網路也是有記憶的，有人越看越眼熟：等一下……事情好像有點不對勁……

抱著疑慮，大家又順著余諾帳號的關注列表一看，確認了幾遍之後，路人被驚呆了：好傢伙，真的和余戈是互關狀態。

這下，繼ＴＧ粉絲後，所有人都炸了：什麼情況？是我白內障了嗎？這個人不是 Fish 的妹妹嗎？陳逾征和 Fish 妹妹官宣？

所有人八卦到瘋魔了，這場八卦的地震甚至波及到了其他圈，吸引不少不明真相的路人來圍觀。

有ＬＰＬ的粉絲出來跟八卦的路人解釋，Conquer 和 Fish 妹妹在一起，大概等於——曹操和劉

備成了親家，這麼離譜至極的事。

本來Conquer官宣戀情這件事就已經夠驚人了，誰知道更魔幻的還在後頭——陳逾征官宣對象居然是圈內死對頭Fish的妹妹。

最關鍵的是，這兩人都是目前圈裡大熱的明星選手，一直王不見王。

今夜簡直能列入LPL年度大爆炸事件。

八卦群眾：網路真的是太精彩了。

火眼金睛的網友翻出以往的蛛絲馬跡，包括之前為什麼TG所有人都分享支持余戈，為何獨獨只有陳逾征騷了一把，排隊要領號碼牌。

當時大家都以為他不過是又調皮了，當個笑話看了也就算了，誰知道這其中暗藏玄機。

網友們腦子緩緩飄出一大排問號：這合理嗎？

於是，半個小時後，陳逾征發文底下二次爆炸。不僅如此，余戈的帳號也全方位淪陷。

大家瘋狂地@余戈。

『在嗎？你還好嗎？還忙著打比賽呢？後院起火了知道嗎？你妹妹沒了！』

『什麼情況？TG和OG世紀大合解？（石化）。』

『你……把Fish的妹妹搞到手了？』

『還合解，你沒眼睛嗎？這是直接聯姻了！』

『Conquer：聽說Fish你喜歡偷家？看我把你老巢都端了，驚喜不驚喜？』

余戈粉絲愛八卦結果八卦到自己身上，紛紛表示：這像話嗎？

之前在余戈發文底下排隊認大舅哥的人激憤地敲著手裡的鍵盤：『殺陳狗，搶妹妹！』

心碎的TG粉絲：『原來是Fish妹妹？那沒事了，終究是我們逆子高攀了。』

只有陳逾征粉絲最為卑微：『要罵就罵Conquer，正主行為，和粉絲無關。』

留言區，各位TG的人也紛紛留言：

『一樓，TG-Killer：Respect bro。』

『二樓，TG-Ultraman：Conquer殺瘋了——』

『在樓中樓，Van接奧特曼的話：@OG-Fish。』

『三樓，TG-Thomas：這是Conquer個人實施的偷家行動，和他的隊友無關，OG粉絲要罵就罵他。』

除了社群軟體，就連各處論壇都被攪地天翻地覆。

淩晨四五點，陳逾征又發了一篇文章。

@TG-Conquer：『感謝大家關心，目前一切安好，愛的號碼牌已經領到了。』

第二天中午，某個電競帳號發了一張排位的連勝截圖：告誡一下艾歐尼亞的王者，最近沒事不要打排位——Fish昨天下凡在一區屠殺了一個晚上。

懂的都懂。

因為陳逾征突然丟出的一顆重磅炸彈，給了無數人極強的心理衝擊，甚至可以說炸翻了LPL整個圈子。社群和論壇上熱鬧了好幾天，所有人都在八卦這件事，一時間沸沸揚揚，都快把TG奪冠的風頭給蓋了下去。

還有某個圈內人調侃：Conquer這手偷家很離譜，建議和余戈互相操上家底，最後一波直接決勝紫禁之巔，誰輸誰入土。

『Fish已經入土。』

『表面：以後就是一家人了，何必鬧得這麼下不來臺？實則：打起來打起來快點給我打起來！（興奮）。』

『表演這塊還是要看Conquer。』

『Conquer：對不起，哥。』

『上面的，你一句話把爺逗笑了。』

『Fish還在平A，結果Conquer反手一個R下來，Fish整個人直接自閉。唉，說到底，Conquer你是不是輸不起？偷別人妹妹算什麼？』

任別人如何議論，余戈依舊保持了一貫的風格。外界掀起了一片的腥風血雨，他依然絲毫不為所動。

總決賽過後，今年所有的比賽宣告結束，所有戰隊都放了長假，開始進入休賽期。

十一月底，LPL全明星開啟投票視窗，選出人氣最高的十位明星選手參加今年的表演賽。

其他戰隊的粉絲看熱鬧不嫌事大，把OG和TG的隊標拚在一起，背景是一個又紅又大的囍。

原本水火不容的兩個戰隊已然是變成了親家隊，讓人禁不住感嘆，世界之大，無奇不有。

這次全明星的十位明星選手裡，每個戰隊的名額上限是三個。

OG作為近兩年最有底蘊的豪門戰隊，粉絲和路人盤遙遙領先，基本穩拿三個名額。

而TG雖然上個月拿下總決賽冠軍，但粉絲黏著度一時間還沒積累起來，加上WR前幾年太過輝煌，就算老將退役，這些年來還有周蕩的死忠粉撐著，支持率一直都保持在LPL戰隊前幾，至少能投出一到兩個選手，TG只能保二爭三。

AD位基本是最沒懸念的，兩個名額必然被余戈和陳逾征鎖定。但因為眾所周知的一些原因，雖然TG和OG的隊粉在一片祝福聲中，已經隱隱有化干戈為玉帛的趨勢，但陳逾征和余戈的粉絲因為過往種種糾葛，非要爭個高下。

余戈的粉絲至今還是覺得離譜至極，一時間接受不了陳逾征成為她們的妹夫，甚至懷疑他有蹭余戈熱度的嫌疑。

而陳逾征粉絲雖然也覺得是自家兒子高攀了有些理虧，但一碼歸一碼，說什麼「蹭熱度」也是不必了，Conquer 現在粉絲也不比 Fish 的少。

於是兩家都憋著火，卯足了勁投票，誰也不想被壓一頭。

這場沒有硝煙的戰爭持續了一週，最後結果出來，余戈第一，陳逾征的票數緊追其後，位列第二。

兩個人的票數只有幾百之差，甩了其他的人一大截，別人只是他們的零頭。

OG毫無懸念地拿了三個位置的名額，分別是阿文、Will、余戈。

WR兩個，其他兩個戰隊一隊一個。

TG本來大部分的粉絲都在和余戈粉絲battle，衝票陳逾征，其餘精力也只夠稍微保住一個Killer。

誰知道投票通道關閉的最後兩天，在自家名額已經穩了的情況下，OG的隊粉突然幫忙抬了一手，在熱門話題裡幫奧特曼拉了一下票，壓過WR的輔助，把他硬生生地送進了全明星。

TG最後也拿到三個名額。

這簡直是史詩級的聯誼。TG粉絲感動得眼淚汪汪，OG粉絲高冷地表示只是舉手之勞。

TG熱門話題裡。

『兄弟們，把淚目打在公共頻道上。Conquer這個大舅哥找的真是太對了，哥，太對了，哥太對。』

『原來這就是抱大腿的感覺嗎？算了，抱就抱吧，TVT我太爽了……』

『#論有個強大的親家隊是個什麼感受#』

TG基地裡。

奧特曼十分動情對著Killer說：「下個賽季，我打算轉會去OG了，我覺得我現在就是OG的人。」

Killer嗑著瓜子。

奧特曼捧著手機，又檢查了一遍官方發的名單，自己就卡在最後一個。他開心地欣賞完，發覺自己跟陳逾征的票數差了十萬八千里，又忍不住憤憤道：「算了，我不轉會了，下賽季我要轉AD，輔助這個位置真是吸不到粉！」

Killer白了他一眼：「AD不AD的，也不重要，主要是Fish和Conquer帥啊，你如果還是這張臉，肯定是沒戲。想吸粉，建議先去整形。」

奧特曼丟下手機，過去掐他脖子：「不會說話就別說。」

陳逾征翹著二郎腿，心情頗好地跟余諾傳訊息，還不忘跟著開嘲諷：「殺哥不過是說了句實話，你怎麼還著急了呢？」

「……」奧特曼哽了兩秒，開始和他對峙：「話說，你這次投票又輸給人家Fish了？」他裝模作樣地惆悵了一番：「唉，你到底是怎麼回事啊？拿了冠軍都沒用，還是比不過別人，心疼疼。」

陳逾征長長地啊了一聲，微笑，「都是一家人了，還用得著計較這些？」

奧特曼：「……」

十二月十八號，LOL全明星賽。

選出來的十個選手，要進行五對五的表演賽，隨機排列。奧特曼和Killer都和余戈分到藍色方，而陳逾征和OG的打野上單分到紅色方。

整場遊戲下來十分歡樂，下路交火一如既往地激烈。

對彼此都太過瞭解，陳逾征每動一下，奧特曼都知道他下個走位要去哪。他預判幾次，瘋狂對著陳逾征甩鉤，痛擊隊友毫不留情，余戈的艾希精準狙擊。機器人一聲嗩吶吹響，直接把陳逾征快樂送走，拿到一血。

就這麼接二連三地來了幾次，阿文看情況，趕來下路支援。

「這一幕怎麼這麼喜感？」解說笑出聲：「你說這個表演賽打完，TG下路會不會決裂？」

女解說：「不得不說，奧特曼這個輔助當得太敬業了，不論是TG還是OG的AD，他都不會區別對待。」

比賽結束，藍色方獲得勝利，MVP給到奧特曼。

賽後，十個人全部上臺接受採訪。

主持人問奧特曼：「你和Fish配合得這麼默契，在下路打得這麼歡樂，有沒有考慮過Conquer的感受？」

奧特曼思考兩秒，一本正經地說：「Conquer是誰？別問了，不熟。」

在場所有人哈哈大笑，連主持人也忍俊不禁。

陳逾征神色自若，隔著人群瞄了他一眼。

輪到Killer，他也神情認真：「和余神打比賽的感覺確實滿好的，我和奧特曼剛剛商量了一下，有考慮下個賽季轉會OG。」

陳逾征：「……」

「什麼情況？TG兩員大將紛紛倒戈OG。」主持人笑著問余戈，「Fish你怎麼看？」

余戈淡淡道：「歡迎他們。」

賽後採訪的節目效果直接拉滿。

阿文咳嗽了一聲，接過麥克風：「我滿喜歡 Conquer 這種狂野的風格，和年輕人一起戰鬥，能激發打比賽的熱情。」

主持人故意問：「那你要不要考慮下賽季轉會TG？」

阿文很配合，笑了笑，「也不是不行。」

陳逾征順著接話：「歡迎你。」

直播間留言全是哈哈哈哈。

『不愧是親家隊！』

『有生之年還能看到OG和TG的選手這麼互動？我的青春結束了。』

『Conquer 隊友的手臂都快往外彎到骨折了吧！』

『哈哈哈哈哈哈 TG的人太搞笑了，Killer 和奧特曼也是絕了，嘲諷技能滿點了。』

『TG中輔和AD魚死網破，今晚就走！』

『OG和TG鎖死了。』

『我居然嗑起了兩個隊的CP，快告訴我，我不是一個人！』

全明星的表演賽打完後，下一個環節是 Solo King，十個選手分成五組，兩人一對一 battle。一血或者一百刀，誰先拿到誰獲勝。

前幾場打完，輪到最後一場的時候，男解說難掩興奮：「重頭戲來了。」

女解說：「什麼重頭戲？」

男解說：「恩怨局，懂的都懂。」

正在進行賽前準備，冷不防地，導播把鏡頭切給余戈。

他已經把耳機戴好，旁邊工作人員彎腰跟他溝通著什麼。余戈點了點頭。

解說：「Fish這個表情好嚴肅。」

另一個人意味深長：「是因為什麼心情不好？」

「也不是吧，他一直都這個表情。」男解說調侃，「入行以來，就沒怎麼見過余神笑。」

不管解說怎麼cue，余戈都不抬眼，氣場冰冷，保持著一貫的冰山臉，表情匱乏，盯著面前的電腦螢幕。

於是鏡頭又切給正對面的人。

比賽都快開始了，他還癱在椅子上，見鏡頭掃過來，懶懶地勾了勾唇，抬起手對觀眾打了個招呼。

觀眾席上的粉絲開始尖叫。

解說：「Conquer選手看上去很放鬆，勢在必得啊。」

比賽畫面進入嚎哭深淵。

兩人走到交戰的區域，余戈待在草叢裡，陳逾征點著地板，在塔下來回走動，操作太快，導致人物都在抽搐。

解說感慨：「Conquer太調皮了。」

他們的SOLO環節，讓整個全明星賽事的收視率唰唰往上漲。

『官方太會搞了！』

『我有預感，Fish要教Conquer做人了！』

開始還沒兩分鐘，兩人就打得難捨難分。

「兩邊開始A對方的遠端兵，Fish的Q技能沒有死角。」

「Fish的女警選擇往前壓，Conquer則是往後靠了一點。不得不說，余神對線的壓制力是實打實啊，現在好像Conquer這邊稍微處於一點下風？」

解說講著講著，陳逾征就在塔下漏了一個兵。

小梨：「左邊這個女警有點過分，Conquer今天脾氣怎麼這麼好？縮在塔下，不像他的風格啊。」

直播間留言熱議。

『賽場不是法外之地，面對大舅哥的暴打，該認輸還是得認輸！』

『這就是愛情的力量嗎？Conquer你變了，你變得好陌生！』

『要不是對面的人是Fish，按照Conquer槍抵後腦勺，該騷還是要騷的臭德行，硬是要搞幾手絕活，可惜現在也是騷不動了。』

五分鐘。

男解說突然拔高了聲音：「Fish想硬來了，直接Rush B，他衝上去了，打算硬剛Conquer。Conquer反身甩了一個QE，Fish被掃下半血，他還有一口治療！繼續往前追，掛點燃燙到

Conquer！天哪，Fish 靠一波爆發直接帶走了 Conquer！」

「啊，這局比賽結束得太快了！這就是高手過招嗎，招招致命！」

忽然，臺下的觀眾都叫起來。

就在遊戲螢幕出現 Game Over 的一瞬間，女警一個收搶動作，對著死在泉水的陳逾征，噗嗤一下，亮出了兩極無儀的圖示。

這下，連同觀眾席加解說，紛紛笑了。直播間留言也瘋了。

『傷害不高，侮辱性極強！』

『哈哈哈哈哈哈哈我笑到想死，SOS。』

『余神居然也對 Conquer 亮標了！我感受到了，回來了，一切都回來了！』

『所以，SOLO 是哥哥贏了，妹妹怎麼說？』

『你們都以為自己在第五層，其實 Conquer 在太空層，輸一場 SOLO 怎麼了？能哄哄大舅哥，血賺不虧。』

最後一場 SOLO 賽結束，陳逾征和余戈兩人站在臺上接受採訪。

主持人含笑：「Conquer 今天輸給余神了，有什麼感想？」

陳逾征坦然自若：「心服口服。」

主持人樂不可支：「除了這個，就沒別的了嗎？」

陳逾征陷入短暫沉默，似乎想了兩秒，他說：「哥，之前是我錯了，我們以後都別亮標了。」

余戈：「……」

他這個吐字清晰的「哥」一喊出來，在場的人倒吸一口涼氣。

空氣有了幾秒的凝滯。緊著著，臺下響起口哨和起鬨的聲音，反響很熱烈，就連職業選手也開始鼓掌。

TG和OG的幾個人都笑到不行。

鏡頭專門給站在旁邊的余戈。他就像在上演一齣靜默的默劇，表情接連變幻。所有人都看出來，余戈竭力控制著面部肌肉，才讓自己的表情看起來沒那麼扭曲。

快樂都是短暫的，一片歡聲笑語中，全明星告了一個段落。

後來，當初調侃他們的圈內人又出來爆料：全明星賽事結束後，有人看到Fish和Conqeur一起去吃飯了……

跨年那天，TG幾個人組隊，全部跑去陳逾征的公寓一起過節，Van還專門把女朋友也帶了過去。

晚上，大家一起圍在餐桌前吃火鍋。

紅白的鴛鴦湯咕嚕嚕跑著泡泡，青菜、湯圓、牛肉在滾湯裡漂浮著，燈光暈黃溫暖，騰騰熱氣散開。

女生胃口比較小，谷宜和余諾吃一點就飽了，放下筷子。幾個男的還在喝酒，奧特曼喝多了又開始四處找人划拳。

她們就坐在旁邊小聲聊著天。

聊了一下，谷宜去上廁所。余諾起身去廚房，切了一點水果端出來。

她把果盤放桌上，習慣性地拿了一顆草莓準備餵給陳逾征，手伸出去一半，忽然發現不妥，正打算把手縮回。

陳逾征握著她的手，直接把草莓叼過來，眼睛斜上去看她，「幹嘛，調戲我？」

余諾：「……」

陳逾征慢悠悠道：「不可以哦。」

他挑著眼尾，看向余諾的時候，眼角眉梢都含著情，平添了幾分不可言喻的旖旎。

坐在對面的 Killer：「……」

表情空白了兩秒，Killer 抖了抖，起了一身的雞皮疙瘩。

陳逾征問 Killer：「我和我女朋友調情，你看這麼認真幹什麼？」

Killer 感到一陣反胃，問余諾：「妳有沒有感覺？陳逾征他現在真的越來越娘了，肯定是瞞著我們偷偷跑去泰國做了變性手術。」

「殺哥，你也早點找個女朋友吧。」

陳逾征鬆開余諾的手，細嚼慢嚥，把草莓吞下去，舔了舔唇角，「不然總是這麼無能狂怒，也不是辦法啊。」

「……」

「你、她……」Killer說不過陳逾征，轉頭又對著余諾喊，「妳說，余諾，妳說說！妳來評評理，陳逾征才十九歲就這麼賤，這合理嗎？」

余諾笑。

陳逾征輕嗤：「你看，他又破防了，單身狗的心理防線就是這麼脆弱。」

Killer漲紅了臉，罵了句髒話，擼起兩邊袖子：「老子今天非撕爛你的嘴不可。」

奧特曼和湯瑪斯在旁邊大聲吆喝著划拳。

余諾嘴角含笑，單手托著下巴，就這麼專心地看著陳逾征和Killer吵鬧。

過了一下，放在桌上的手機亮了亮，有幾則訊息提示。

余諾拿起來看。

Conquer：『這麼多人在呢。』

余諾：『？』

Conquer：『姐姐再這麼看下去，我怕我忍不住親上去。』

余諾抬頭，陳逾征一邊跟Killer講著話，一邊風輕雲淡地收起手機。

房間開了暖氣，昨晚睡得太晚，余諾吃飽了有些犯睏。她跟陳逾征說了一聲，到沙發上，蓋著毯子小睡了一下。

不知道睡了多久，余諾睜開眼。

客廳裡已經恢復安靜，陳逾征修長的雙腿微微交疊，戴著耳機靠在沙發上正打著遊戲。

她坐起來一點，揉了揉眼睛：「奧特曼他們人呢？」

陳逾征：「回去了。」

余諾「哦」了一聲，「他們不跟我們一起跨年了嗎？」

「跟他們跨年有什麼意思。」

余諾剛睡醒，有點口乾，端起茶几的水喝了一口，「幾點了？」

「十一點半。」陳逾征把遊戲關掉，盯著她。

余諾放下水杯，嘴唇濕潤，摸了摸自己的臉：「幹什麼，我臉上有睡痕嗎？」

陳逾征挑眉：「姐姐穿紅毛衣真好看。」

余諾：「……」

鐘錶滴滴答答，一圈一圈地走，還有最後幾分鐘就到了十二點。他們坐在臥室的落地窗旁，看著窗外的夜景。

陳逾征幽幽道：「今年馬上就過去了。」

余諾感慨：「時間過得好快。」

玻璃上映著萬家燈火，以及兩人模糊的倒影。

他轉過頭，看著她，突然冒出一句話：「流星雨果然沒聽見我的願望。」

余諾：「……」

「這東西就是不可靠。」

余諾不自在地動了動，她一動，陳逾征立馬翻身把她壓住。

一隻手不安分地鑽進她的毛衣裡，順著腰往上滑，越來越過分。他聲音沙啞，咬著余諾的耳朵，「姐姐……」

余諾手腕被人牢牢按在地上，想掙扎都動彈不得。她艱難地「嗯」了一聲。

陳逾征俯身在她上方，瞳孔顏色濃的像深潭水，居高臨下地看著她：「知道我想幹什麼嗎？」

她臉紅到都快燒起來了。

見余諾不說話，陳逾征繼續偏過頭，自言自語：「我想通了，求老天爺有什麼用呢。」

天邊一彎冷淡的月亮，樓下的商場聚集著一起跨年的年輕人，伴隨著煙火升空綻放，和濃重的夜色交融，五彩的暗影交錯。

其餘聲音在耳旁通通消逝。

柔軟濕潤舌尖滑過她的耳垂，他氣息微重：「求人不如求己，凡事還得靠自己。」

「姐姐，妳說呢？」陳逾征垂著頭，貌似耐心地等著她的答案。手指卻很惡劣，貼在她的皮膚上曖昧地摩挲，一圈一圈地打轉。

余諾側了側頭，把自己的手往外抽出來。

他的動作一頓。她撐著上半身，挪了一下，稍微坐起來一點。余諾耳垂發紅，忍著羞澀，尷尬地等了幾十秒，他卻不動了。

余諾以為陳逾征在等她主動，可她一點經驗都沒有……

陳逾征嘆了口氣，「不可以嗎？」

不知為何，她甚至聽出一點委屈的意味。余諾呆呆看著陳逾征，點了點頭，「可以的……」

「嗯？可以什麼？」

猶豫中，余諾伸手，把旁邊的落地燈關掉，房間陷入一片漆黑。只剩模糊的月光，和大樓外的霓虹燈。

從很遠的地方，人群興奮的倒計時開始傳來。

十、九、八、七……三、二——

一切都變得不真切。

她咬了一下唇，小聲道：「就是……流星雨沒幫你完成的願望……」

余諾頓了頓，把話說完，「我幫你。」

陳逾征笑，「好。」

余諾骨架小，又很瘦，腰窄的盈盈一握，他隨手一撈就能抱個滿懷。

陳逾征單手把她撈起，放在床上，隨即欺身壓上去。

明明使力將她一直按著，卻還要裝模作樣地溫柔：「地上硬，怕姐姐疼。」

不知道是不是暖氣開得太足，余諾覺得熱，甚至呼吸困難。

她無所適從，被按著的手微微蜷縮。細白的手指襯著一點光，瑩潤的像是夜間綻放的曇花。他跟她接著吻，又深入又澈底，舌尖沿著她的上顎舔了一圈，吞咽著，手指插進她柔軟烏黑的長髮裡。

男人在這方面似乎無師自通，從生疏到熟練只需要幾個鐘頭。

「啊……姐姐好軟。」陳逾征背脊微弓，喉結微動，呢喃著，「怎麼辦，好喜歡姐姐。」

露骨的話伴隨著性感的喘息，不知廉恥地一句一句從嘴裡跳出來，傳進她的耳朵裡。

像走火入魔一般，停都停不下來。余諾咬緊牙關，簡直想把耳朵捂起來。

他掐著她的腰，裝作無意地問：「姐姐呢？」

她的大腦已經無法思考，「我……什麼？」

「妳喜歡嗎？」

余諾反應遲了一拍，「喜歡。」

他喘著氣，逼問她，「喜歡什麼？」

「喜歡你。」

他不正經地笑：「我是誰？」

她被問到快哭了，無力地說：「陳逾征……」

「再叫一遍。」

她眼神渙散，像小貓咪一樣嗚咽著，虛弱地叫了一遍：「陳逾征。」

卻不知道怎麼刺激到了他。余諾半閉著眼睛，忽然控制不住地從鼻腔裡悶哼一聲。她整個人都像從水裡撈起來的一樣，身上黏膩，分不清是汗還是別的。

他動作停了一下，汗從下巴滴落，問：「姐姐喜歡這樣？」

余諾無法回答，剛剛的痛感過去，取而代之的是另一種奇怪的感覺。說不出來的奇怪，讓她心悸，不知道該沉淪還是掙扎。

她不回答，他就使勁折騰她，欺負她，什麼齷齪手段都要。

直到余諾不受控制地仰頭，開口朝他求饒。

「這樣可以嗎？」

「會痛嗎？」

「不舒服？」

她勉強地一句一句地應了，但他問的問題卻越來越髒。

她雙眼起了霧，窘迫地想，陳逾征怎麼在床上話這麼多……

她憋著不肯出聲，把臉扭過去。

被折騰太久，余諾後來已經意識模糊了，不知道什麼時候才結束。她累得一點都不想動彈，也不想說話，迷糊中，陳逾征把她抱去浴室洗了個澡，又輕柔地抱回床上。

過了一陣子，身後窸窸窣窣響起一陣動靜。余諾被吵醒，她閉著眼，虛弱道：「你……在幹什麼？」

話音剛落，被人翻了個身，熟悉的感覺再度傳來，余諾一下子悶哼出聲。

陳逾征兩手撐在她的身側，不緊不慢地低下頭，回答她：「姐姐，我在愛妳。」

一覺睡到第二天下午才醒。

余諾眼睫微顫了一下，睜開眼。

臥室的窗簾拉得很緊，只有一絲絲光透進來，投在木地板上。

她蜷縮著，雙手交疊放在枕邊。意識回攏後，昨夜的各種畫面也隨之而來。

余諾翻了個身，手腳發軟，連著小腹到大腿的痠痛感傳來。

陳逾征：「醒了？」

兩人四目相對，余諾表情一僵——他居然沒穿衣服。

昨晚夜裡，彼此看不清倒還好，但現在白天……余諾有點尷尬，「嗯……。」

她低頭看了看自己身上松垮的衣服，陌生的藍色T恤。

「妳的睡衣……那個什麼……」罕見的，陳逾征表情有些不自然，咳嗽了一聲，「不能穿了，我就幫妳換了一件。」

余諾瞬間領悟其意，「知道了，我、我去刷個牙。」

她費力地撐起身子，掀開被子下床，雙腿打了個顫。

余諾推開浴室的門，用水洗了一把臉，刷完牙，她抬起頭，看著鏡子裡的自己。

T恤的領口很大，余諾稍微扯下來一點，頸邊、肩膀處，甚至胸前……全是紅色的淤痕。

出神幾秒，余諾臉又熱了。

後面突然傳來一陣低笑。

余諾抬眼，鏡子倒映出身後的人。

陳逾征隨意套了件褲子，抱臂靠在浴室門口，神情慵懶：「姐姐。」

余諾趕緊把衣服拉好。

「別拉了，該看的我都看了。」

余諾感到一陣難為情，忍不住反駁了一句：「昨天，都沒燈，你怎麼看……」

「幫妳洗澡的時候啊……」陳逾征沒臉沒皮，「浴室的燈，可亮了。」

余諾漲紅著臉，不敢跟他對視一眼，急急忙忙出了浴室。

陳逾征跟在後頭。

余諾開始給自己找事情做。她轉了一圈，走進廚房，找了兩袋麥片，又從冰箱裡拿出鮮牛奶，倒進玻璃杯中，放進微波爐裡加熱。

她泡著麥片，陳逾征從背後摟住她，余諾拿著熱水壺的手一抖。

他下巴擱在她肩上，「姐姐，以後我就是妳的人了，妳要對我負責了。」

余諾心不在焉地應了一聲：「嗯。」

「嗯是什麼意思？」

「知道了。」余諾把熱水壺放在桌上，輕輕推了他一下，「你先出去。」

陳逾征咬一下她的耳垂，「愛吃魚，我太受傷了，妳怎麼能上完床就翻臉不認人呢？」

「我……」余諾耳朵發燙，結巴，急道：「我哪裡、哪裡翻臉不認人。」

「妳一起來就對我這麼冷淡，我的心簡直比哈爾濱的雪還冷。」

余諾臉上紅暈未消，「不是冷淡……」

她哪說得出口，昨天晚上之後，她還沒做好心理準備，根本不好意思面對他……

「我好憂鬱。」陳逾征哼哼兩聲，「早知道姐姐會這麼快厭倦我，我就不應該讓姐姐這麼早得到我年輕美好的肉體。」

余諾：「……」

「你別胡說了。」余諾歪著頭，「我沒有厭倦，只是……」

話戛然而止。

「只是什麼？」

她在內心嘆了口氣，突然發覺，Killer他們說的沒錯，陳逾征有時候臉皮真是厚得出奇。

余諾囁嚅：「我只是，有點不好意思。」

「這樣嗎？」

余諾點了點頭。

陳逾征無聲地笑了：「那多來幾次，姐姐就習慣了。」

一邊說，手又鑽進她T恤的下擺，悄無聲息往上摸。偏偏臉上神情還正經認真，問著她：「習慣了，就不會害羞了，對不對？」

放在床頭櫃上的手機響了幾次。

奧特曼被瘋狂震動的手機鈴聲吵醒，艱難地摸索了一下，終於摸到手機，舉到眼前，看清來電顯示後，奧特曼接通，迷糊地：「喂？」

陳逾征：『還在睡呢？』

他虛弱地應了一聲。

『別睡了，出大事了。』

奧特曼唰地一下把眼睛睜開：「什麼，出什麼事了？嚴重嗎？」

『看網路上。』

說完，那邊直接把電話掛斷。

奧特曼打開聊天軟體，一大清早就傳了一則訊息給他。

Conquer：『兄弟，醒了嗎？』

這人是不是有病？

奧特曼：『出什麼大事了？趕緊說。』

Conquer：『這個事呢，要從昨晚說起。』

奧特曼：『？』

等了一陣子，那邊慢吞吞的傳過來一則又臭又長，猶如奶奶裹腳布一樣的訊息。

Conquer：『昨晚你從我家離開以後，我打了幾盤遊戲，吃了點水果，喝了一杯水，洗了個澡，又看了夜景，順便思考一下人生……』

逐字逐句地看完，奧特曼覺得自己被人耍了。

他突然就火大起來了，傳了語音過去：『陳逾征，有什麼屁就快放，別逼我揍你。』

Conquer：『其實，我就是來通知你一聲。』

奧特曼：『？』

陳逾徵傳了三則語音過來。

奧特曼耐著性子，一則一則點開。

『你以後，可能要，孤獨地當一個……』

『處，男，了。』

『我恐怕是，無法奉陪了。』

奧特曼：『？』

Conquer：『好了，我說完了，沒事了，你繼續睡吧。』

呆滯幾秒，奧特曼被這個畜生氣到瞬間清醒，把手機砸到地上。

跨年第一天，陳逾征發了一篇文章，@TG-Conquer：『新年快樂。』

同時曬了三張照片。

第一張是自己的刺青。

第二張是在大慈寺，長髮及腰的女孩墊著腳，把祈願牌的紅繩綁在樹梢。

第三張是一個護身符，上面寫著：「希望有一天，他們能被所有人看到。」

『你上傳的圖片和新年快樂有什麼關係？』

『回樓上，Conquer 單純是想秀個恩愛罷了。』

『@愛吃飯的魚，進來看我老公。』

『「所以今天，我來實現她的願望了」你把她的願望刺在身上了……』

『此時螢幕前一位余姓男子表情逐漸扭曲。』

和其他職業選手相比，陳逾征的帳號畫風簡直能稱得上迥異。晚上六點，他又發了一篇文章。

一份蓮藕排骨湯，一個魚香豆腐，還有一個紅燒肉。

留言區：『看起來好好吃！』

陳逾征回覆：『確實。』

『啊啊啊啊這個餐廳在哪，我也想吃（流口水）。』

陳逾征回覆：『我女朋友做的。』

留言中一排排問號打出來。

『你還真不把我們當外人哈。』

『行了……求求你住手吧，全世界都知道你和Fish妹妹的絕美愛情了，不用再秀了……』

『……我懷疑我關注了一個戀愛帳號，陳逾征你開帳號以來發的都是什麼東西？』

『萬沒想到Conquer居然是個戀愛腦，這反差也太大了，在賽場日天日地，結果私底下……算了，累了，毀滅吧。』

不管別人怎麼說，陳逾征依舊把社群帳號當成私人園地，盡職盡責地往戀愛部落格日常的方向走。

和他互關的TG幾人眼不見心不煩，紛紛把他靜音。

一月九號，LPL春季賽開幕式的那天，上海下起了初雪。

TG和YLD打開幕式。

付以冬和余諾來了現場。

比賽還未開始，主持人還在熱場。

場館內的暖氣開得很足，大家都把外套脫了。付以冬看清余諾穿的什麼後，笑了笑。

她揮著TG的應援棒，感嘆了一下，「唉，時間過的好快啊。」

余諾轉頭看她：「怎麼了？」

「去年我跟妳來看TG的比賽，現場全是OG的粉絲。」付以冬往周圍掃了一圈，全是興奮的年輕女孩交頭接耳，還有的臉上貼著TG戰隊的標誌。她有些憂傷：「現在我的主隊終於被人發現了，一時間不知道該喜還是憂。」

兩人正說著，旁邊的人全部像瘋了一般地叫了起來。

付以冬和余諾停止談話。

從左到右，湯瑪斯、奧特曼、陳逾征幾個人剛剛走到舞臺中間。

「啊啊啊啊，Conquer！我愛你！」

「啊啊啊啊啊TG！」

幾個選手全部落座，付以冬的吼聲完全淹沒在人群裡。

比賽結束，TG二比零擊敗YLD。賽後採訪完，到了送禮物的環節。

連著兩個上來的都是男粉絲，長得人高馬大，用粗礪的嗓子在臺上表白。

Killer和湯瑪斯站在他們旁邊居然有點小鳥依人，兩人表情皆是欲哭無淚。

奧特曼和旁邊的人小聲吐槽：「能不能來個女粉絲啊？」

主持人說：「接下來這個粉絲……咦？」

原本TG幾個人互相說著話，陳逾征停了一下，轉眼看過去。

臺階的盡頭，有個人慢慢從黑暗走到光下。

熟悉的白色毛衣，深藍色牛仔褲，黑色板鞋。余諾長髮微捲，抱著一個禮物袋子，一步一步朝他們走來。

主持人立刻認出是誰，有點驚訝，特地看了陳逾征一眼，還是笑著問：「小姐妳好，妳的禮物想送給誰呢？」

余諾走到舞台中間，接過工作人員遞來的話筒：「想送給 Conuqer。」

主持人長長地哦了一聲，假裝才知道：「原來是 Conquer 的女粉絲啊，有什麼話想對他說嗎？」

「希望 Conquer 能越打越好，注意休息，身體健康，春季賽加油，我……」

在場所有人的目光都落在她身上，余諾的胸腔裡撲通撲通，心跳比以往都快。她盡力平靜地說出最後一句話：「我永遠喜歡你。」

底下的人全在起鬨，粉絲的尖叫聲此起彼伏。

奧特曼和 Killer 會心一笑，也不顧及是不是還有攝影機在拍，輪流推著陳逾征。

主持人：「妳可以去跟喜歡的選手合照了。」

陳逾征專注地看著余諾，看著她朝他走過來，走到他面前。

陳逾征勾唇，挑了挑眉，對她說，「妳好。」

一句話，讓余諾眼眶立刻濕潤，她笑了出來，「你好。」

第一次見他，也是在這裡。她認錯了人，侷促地站在他身邊。

陳逾征一隻手插在口袋裡，懶洋洋地沒站直，燈光在地板上拉出一道長長的影子。他眼皮半開不開的，有點不耐煩。看向余諾的一瞬間，明明嘴角帶著笑，卻讓人覺得很遙遠。

那時候，余諾不知道自己會愛上他。

而這次，陳逾征在全場的尖叫聲中，把手臂搭在她的肩上。

兩人看向鏡頭，這一幕被相機永遠定格。

余諾微微仰頭，認真地看向他的側臉。

她曾幻想過一個和他有關的故事。

這個故事很長，她就這麼安靜地看著他，從幕後到臺前，一步一步往前走，走到所有人面前，然後把她幻想的故事一點一點，親手寫出來。

他說，他會讓所有人記住，後來，他做到了。

但她知道，這不是故事的結局。

它才剛剛開始。

陳逾征也看向她，「怎麼了？」

余諾彎著眼，無聲地做了一個口型：「陳逾征，我很榮幸。」

——余諾終於成了你故事的一部分。

——《是心跳說謊》正文完——

番外

番外一　LPL三大人氣王首聚

周蕩受邀參加了全明星活動。

晚宴上，主辦方為了噱頭，特地把陳逾征、周蕩、余戈湊在一桌。

這三人作為圈內人氣最高的AD，彼此之間都有些淵源。

在周蕩退役前，光芒太盛，無論是成績還是粉絲，處處都穩穩壓著余戈一頭，稱為余戈的「一生之敵」也不為過。

後來余戈熬到周蕩退役，又迎頭趕上一個浪蕩不羈的陳逾征，甚至隱隱有當年周蕩的勢頭。最重要的是陳逾征作風一點也不知收斂，又跩又狂，出道就大膽對余戈嘲諷，導致兩家經常吵架，戰火紛爭，誰知後來居然橫空殺了個回馬槍，把余戈妹妹追到手，外人看他們又多了幾分耐人尋味。

奧特曼撥弄著碗筷，時不時抬頭。一下子看看偶像，一下子又去看坐在他旁邊的女人。

她有一張很標準，很柔和的鵝蛋臉，穿著灰色的羊毛裙，黑色的長髮半綁著，幾縷碎髮勾在耳側，笑的時候也很婉約。

吵鬧的環境裡，兩人交談很小聲，保持著距離，也沒有太過親密的舉止，但奧特曼莫名就覺得傳聞果真可靠，周蕩和他老婆不愧是電競圈模範神仙眷侶。

他年少時期就是周蕩死忠粉，可惜進圈晚，WR幾乎全員退役，江湖只剩下他們的傳說。得知全明星能見到周蕩本人，奧特曼激動到一個晚上都沒睡好。

他還在胡思亂想，書佳忽然拉住路過的服務生，溫柔地笑了一下：「不好意思，請問有牛奶嗎？」

服務生點點頭：「有的。」

書佳：「好的，能麻煩拿一瓶嗎？謝謝。」

她說完，瞥到對面有個男孩直愣愣地看著自己，書佳和他對上目光，隔空問：「你也要嗎？」

奧特曼突然被點名，手足無措地「啊」了一聲，直起背，甚至有想起立的衝動。

「牛奶。」

見書佳跟他說話，周蕩也看過來。

奧特曼結巴了一下，臉紅的跟猴子屁股一樣：「可、可以啊。」

書佳轉頭又對服務生說：「拿兩瓶。」

很快，服務生拿著兩瓶牛奶回來。

書佳遞給奧特曼一瓶，打開另一瓶，倒進玻璃杯子裡，遞給旁邊的男人。

Aaron 覺得好笑，嘖了一聲：「阿蕩你怎麼回事？這麼大歲數了，在外面還喝奶。」

桌上有其他熟人也出聲調侃。

書佳在桌底下拉住周蕩的手，安撫了一下他的小脾氣，笑著跟他們解釋：「他胃不好，喝不了酒。」

某個人突然說：「對了書佳，我記得妳挺能喝的吧？」

「嗯？」書佳點點頭，「還算可以。」

Aaron：「好了，妳就別謙虛了，我沒見過酒量比妳好的女生，能把我都喝趴下。」

那人好奇：「是嗎？書佳酒量這麼好？」

「這你就不知道了吧。」Aaron 回憶著往事，「當初我們才剛認識呢，周蕩玩什麼遊戲輸了，結果書佳一個女孩居然幫他擋酒。誰能想到，這一喝，就喝出了一段情！」

偷聽八卦的奧特曼忍不住瞪大雙眼，又去看了書佳一眼。這麼溫柔的女生，居然還會喝酒，這反差也太大了……

陳逾征解著袖口的釦子，慢條斯理道：「奧特曼，擦擦口水。」

奧特曼反射性地抬手，幾秒後，意識到自己被耍了，惱火道：「你有病？」

陳逾征：「盯著別人老婆看這麼久，你色不色啊？」

「你說話能不能別這麼難聽？我這是善意的好奇，不抱任何雜念好嗎，單純欣賞！」奧特曼強調一遍欣賞，又說：「再說了，你不色嗎，全隊最沒下限的就是你，你裝什麼裝。」

「我色啊。」陳逾征認的很坦誠，「但是呢，我發情，我沒下限，也是分場合，分對象，懂？」

「什麼場合。」

「這你也問？」陳逾征看了他一眼，「你還挺變態。」

「自己想想算了，這種事我怎麼說得出口。」

奧特曼：「……」

陳逾征忽然「噢」了一聲，「不過你應該也想不出來。」

他語氣略帶同情：「你只需要知道，我很幸福就行了。」

「……」奧特曼轉頭找 Killer：「殺哥，我現在真的很無助，你說，這世上還有誰能制得住陳逾征這個賤人？」

Killer：「陳逾征右手邊，順著數第四個，看到沒？」

奧特曼一個一個數過去，目光落在某個男人身上。

余戈正好抬眼。

奧特曼：「……」

晚宴結束後是頒獎典禮，年度最佳新人的獎由周蕩頒發。

有好幾個提名的，但大家都心知肚明會是誰獲獎。

輪流播放他們的比賽片段後，最後大螢幕把其中一個小格單獨切出來，主持人裝模作樣的驚訝了一下：「恭喜Conquer。」

鏡頭轉到在臺下的陳逾征，他正把西裝外套慢悠悠穿上。

身邊的人都在鼓掌。

電競選手平時很少穿正裝，大部分選手年紀小，穿正裝氣質會有些違和，但意外的是陳逾征穿西裝竟意外合適，一身規矩的白襯衫西裝褲，整個人顯得高挑又英俊。

走上頒獎臺紅毯的時候，給人一種他是哪個劇組落跑的男明星的感覺。

閃光燈啪啪啪，鏡頭全方位地拍著他。

大螢幕上，陳逾征側臉很帥，正臉很帥，笑的時候很帥，全方位無死角的帥。

現場除了掌聲又響起別的議論聲。

就連奧特曼都放下偏見：「Conquer 不愧是高中校草。」

周蕩把獎盃遞給他，陳逾征接過。兩個人並肩站在臺上極其養眼。

女主持人提醒陳逾征說得獎感言。

陳逾征拉過麥克風，微微低了身子，語氣輕飄飄的：「拿到這個獎很感動，感謝主辦方，感謝我的隊友。」

主持人淺笑：「我好像聽說 Wan 神是你偶像，今天他親自頒獎給你，有被激勵到嗎？」

「有啊，我一直把他當成目標。」

主持人好奇：「是嗎？你的目標是什麼？」

就當別人以為他會說出三年拿十個冠軍之類的豪言壯語，臺下ＴＧ幾個人的臉上都難以言喻。

果然。

陳逾征：「等我二十二歲，就跟女朋友求婚。」

這句話被麥克風傳遞到會場的每個角落——這是周蕩和書佳在電競圈廣為人知的梗。

語出驚人，臺下一片譁然，連周蕩都愣了一下。

有些無聊得正在玩手機的人也被震得抬頭，一下看向臺上的人。大家反應過來，紛紛鼓掌起鬨，還有人吹口哨。Killer 覺得丟人，無力地捂著臉。湯瑪斯和 Van 則是一副懶得聽他放屁的表情。

鏡頭特地給觀眾席的余戈。他嘴角抽了抽，極力克制著自己。

「Salute（致敬）。」陳逾征勾唇：「爭取向偶像看齊。」

周蕩：「……」

番外二　最守男德的男人

春季賽前半段告一個段落，各個戰隊開始放假。TG幾個人出去團聚。這次是家屬局，沒有領隊和教練。

吃完飯，一行人去了KTV。

奧特曼霸占著麥克風，連吼帶唱地糟蹋了幾首歌，直到Killer受不了他破鑼一樣的嗓子，把人趕下來。

等Killer唱完，下一首的前奏響起，卻沒人唱。

Killer站在點歌台旁邊：「〈祝你愛我到天荒地老〉？這什麼歌啊？沒人唱我切了。」

「切什麼切。」陳逾征起身，把他麥克風拿過來，又分給余諾一個，「我們的。」

他們唱了沒兩句，奧特曼嚷嚷：「陳逾征，不然你別唱了，你有一句歌詞是在調上的嗎？讓余諾自己唱。」

陳逾征也發現自己唱歌確實難聽，摸了摸鼻樑，放下麥克風。

他癱坐在沙發上，轉過頭，眼也不眨地看著余諾。

她專心地看著螢幕，「祝我專屬擁有你的胸口，祝我一不小心掉進你溫柔……」

聽到這幾句歌詞，陳逾征嘴邊含著笑，喜滋滋的癡漢臉讓人無法直視。

谷宜悄悄問Van：「Conquer平時也這樣嗎？」

Van：「什麼？」

「我總覺得，他跟他女朋友待在一起，就像變了個人似的。」

還記得當初剛認識，她去TG基地找Van，後來他們一起出去吃飯，那是她第一次見到陳逾征。他坐在她正對面，話很少，一直低頭看手機。直到上菜了，被奧特曼提醒，陳逾征才摘了耳機，抬起臉。

谷宜呼吸都停了一下，偷偷瞧了他幾眼之後，壓低聲音問Van，「對面那個穿白色短袖的，也是你隊友？」

Van不以為意：「是啊，我們隊的AD。」

谷宜有點震驚，不敢相信這麼帥的人居然來當職業選手。

「你這個隊友有沒有女朋友？」

Van有點吃醋了：「妳要幹什麼？」

谷宜連忙道：「沒什麼，就想問問，介紹給我閨密啊。」

Van想了想：「應該沒有吧。」

谷宜拿出手機，偷偷拍一張陳逾征的照片傳給自己閨蜜：『怎麼樣，單身，上不上？』

閨密：『……你是不是太看得起我了？這種男的妳覺得我能搞定？』

那時候谷宜怎麼也沒想到，有生之年親眼看到陳逾征談起戀愛，居然是這個樣子的……

Van知道她在想什麼，「習慣就好，知人知面不知心。」

余諾唱完，其餘人很給面子地鼓掌，「好聽！真好聽！」

她略有些不好意思，把麥克風放在在桌上。

坐回沙發上後，旁邊的人立刻湊上來。

余諾轉頭：「幹嘛？」

「唱歌真好聽。」

余諾抿著笑：「謝謝。」

他指尖涼涼的，捏了捏她的腰，「姐姐好軟。」說完，又去聞她的頭髮，無恥道：「身上也好香。」

余諾一滯，臉爆紅。

他絕對是故意的，這些話……她記得他在床上也說過……

見別人都看過來，余諾連忙捂陳逾征的嘴。

前面半句聲音小，後面半句湯瑪斯倒是聽清了，忍無可忍扔了一件外套，刷一下丟在陳逾征腦袋上，把他整個人罩住，警告：「陳逾征，我求你，別發情了。」

誰知道陳逾征手動了動，把余諾往自己這邊扯，她一個不防，直接歪倒在他懷裡。

隨即，外套把她也蓋住。

Killer 唱著情歌，聽到起鬨，轉眼，注意到陳逾征那邊的動靜，「你都如何回憶我……」

歌聲斷了一下，沒忍住，一句「回憶我、我、我靠」響起。

兩個人被籠罩在外套裡，澈底隔絕一切外界視線。

余諾眼前突然一片黑暗，臉頰被人用手指捏住。她瞪大眼睛，還沒反應過來，嘟起的雙唇被人一咬，再一舔。

陳逾征低低的笑了兩聲，退開。

KTV裡人多，陳逾征沒做什麼過分的事情，親完就鬆開她，把外套掀開。

其餘人自覺地移開目光。

幸好KTV的燈光調的很暗，剛剛那一遭後，余諾坐立難安了一下，時不時喝水，吃點爆米花，就是不敢和別人對視。

手機忽然亮了亮。

Conquer：『要一起先走嗎？』

余諾看了他一眼，他正低著頭打字。

很快，余諾手機又震了一下。

Conquer：『說實話，剛剛沒親夠，我現在很鬱卒。』

余諾遲疑：『……這麼多人，先走不太好吧？』

Conquer：『有什麼不好的，Van和他女朋友都走了，反正這麼多人，也不缺我們。』

余諾：『不然……你吃點東西，或者唱幾首歌，轉移一下注意力？』

Conquer：『我現在什麼都不想做，就是想跟妳聊聊天。』

余諾：『那我陪你聊，你想聊什麼？』

Conquer：『妳覺得這個場地適合聊天嗎？』

余諾：『？』

Conquer：『我認床，回到家看見床，才有傾訴欲。』

陳逾征傳完訊息，起身，和他們打了個招呼：「我和余諾先走了啊，你們玩。」

Killer 欸欸了兩聲，阻止他們：「走什麼走，等等還有下半場呢。」

陳逾征攬著余諾的肩：「我們還有事。」

Killer：「走了就不是兄弟。」

陳逾征拉開門，頭也不回地說了一句：「真的有事。」

去停車場的路上，陳逾征收到奧特曼的訊息：『你有什麼事？』

Coqnuer：『希望你給我一點私人空間。』

奧特曼分享過來幾個「戒色吧」、「男人縱欲過度的危害有哪些」、「年少縱欲過度到底有多傷身體——容易陽痿」的網址：『建議你看看。』

Conquer：『？』

奧特曼：『說真的，小心腎虛。』

陳逾征把車門解鎖，拉開車門，傳了一則語音過去：『處男，給老子滾遠一點。』

奧特曼：『我好心提醒你，你還這麼羞辱我？還人身攻擊？』

陳逾征不解：『我只是實話實說，怎麼能算羞辱、算人身攻擊呢？那你不也是嗎？你有女朋友嗎？你沒有，你有性生活嗎？你沒有，你有過性生活嗎？你也沒有。』

說完就不再管，把手機丟到中控臺上。

車開到路上，手機接連震動，電話和聊天軟體輪流響。

余諾提醒他：「有人傳訊息給你。」

陳逾征把手機拿起來，丟給余諾，「他說什麼？」

余諾知道他手機密碼，直接解鎖，點開。

有好幾則幾十秒的語音，她看了陳逾征一眼，用揚聲器直接播放。

『陳逾征，你這個畜生，有女朋友了不起？范齊也有女朋友，怎麼就沒像你一樣驕傲呢？』

『也不知道有什麼可驕傲的，就你天天上躥下跳，只差拿個喇叭上街喊「我陳逾征有女朋友了」，生怕全世界還有誰不知道你脫單了一樣。』

『你就是個戀愛腦，我單身怎麼了？我妨礙你了？我等著余諾甩你的那天，到時候你千萬別來找爹哭——』

耐著性子聽到這，陳逾征一邊握著方向盤，把手機拿過來，強行中斷了語音。

醞釀一下之後，他看著前方路況，回了一則過去：『奧特曼，什麼時候你的屁話，能像你做的愛一樣少？』

對面秒回。

『呵呵，謝謝你的關心，我會一直當個驕傲的處男，為了我將來老婆守身的。』

『至於你，陳逾征，像你這種十九歲就丟了貞操，不守男德的男人，在古代就應該被浸豬籠。』

坐在旁邊的余諾聽得一清二楚。

安靜的車廂裡，突然響起輕微的噗哧聲。余諾終於忍不住了，越笑越止不住。

陳逾征看她：「妳笑什麼？」

「聽你們這麼鬥嘴，覺得還挺好笑的。」

陳逾征贊同：「奧特曼確實挺可笑。」

余諾：「你也是。」

「我哪裡好笑？」

余諾搖搖頭，不肯再說。

開車回到家，兩人從地下車庫直接坐電梯。

等電梯的時候，余諾側頭，忽然問：「你是不是很有經驗？」

他沒反應過來：「我什麼有經驗？」

「就是……你跟奧特曼鬥嘴的時候，聽上去就一副很有經驗的樣子……」余諾終於問出了好奇很久的問題：「陳逾征，你到底交過幾個女朋友啊？」

陳逾征表情變了變，一下子說不出話來，沉默了。

余諾：「很多嗎？」

陳逾征：「……」

看他一副拉不下臉的樣子，她飛快道：「那個，沒事，我不是怪你，只是好奇問問，你不想說就算了。」

電梯叮的一聲，門向兩邊滑開。

回到家，陳逾征忽然道：「我只是裝一下，我沒談過戀愛，妳是我的初戀。」

余諾驚訝：「初戀？」

陳逾征若無其事地說：「看不出來吧，我長了一張這麼帥氣的渣男臉，其實比誰都純情。」

純情……

余諾默然，實在沒法把這個詞跟陳逾征本人聯繫起來。

他有點不服氣，淡淡道：「我從小到大沒跟人告白過。妳是第一個，也是最後一個。」

「怎麼，妳不信？」

余諾回過神，心像泡在蜂蜜水裡，彎著眼睛：「信。」

陳逾征抱臂，斜倚在牆上，問她：「那妳還在等什麼？」

「什麼？」

他下巴抬了抬，「過來，親我。」

余諾聽話地走過去，踮起腳，在他下巴上親了親。

親完之後，剛想退開，雙手被人反握，陳逾征把她推到牆上，按住，對準她的唇吻了上去。

在撩開她衣服之前，陳逾征氣息紊亂，聲音低到無法分辨：「姐姐，妳以後就知道了，陳逾征就是天底下最守男德的人。」

番外三　移除群組

春節前夕，在虞亦雲的再三催促下，陳逾征終於向余諾提起跟他家裡人一起吃頓飯的事情。

星期天下午，下了點小雨，陳逾征開車來接余諾。

她本來就長得乖，又化了一個很清淡柔和的妝，穿著淺灰的羊絨大衣，米白色毛衣，暖色系的暗格長裙，整個人看上去溫婉大方。

收了傘，上車。

余諾鼻尖凍得通紅，車裡開了暖氣，她聳了聳鼻子，把買的禮物放在車後座。繫好安全帶，坐定，拍了拍大衣上的水珠，拉開副駕駛座的遮陽版，看著上面的鏡子用手指梳頭髮。

陳逾征一邊倒車，一邊看她。

弄完頭髮後，余諾從包裡翻出唇釉，補了補。看了一下後，覺得顏色太濃，又找出紙巾，擦淡了一點。

這個時間路上有些塞車，余諾全神貫注地翻著手機，在網路上查見對方家長的各項事宜和細節，越看眉頭皺地越緊。陳逾征跟她說話，余諾就「嗯」兩聲。

被人敷衍得太過明顯，他開口喊：「愛吃魚。」

余諾又「嗯」了一聲。

「愛吃魚。」

余諾視線終於從手機上移開，轉頭，「怎麼了？」

「妳現在對我怎麼這麼敷衍？」

余諾：「我在看東西。」

「看什麼？」

余諾心情沉重：「你不要管我。」

陳逾征：「……」

他氣笑了：「愛吃魚，妳行啊，把我追到手就這個態度？」

「……」

「妳這個愛情騙子。」

「……」

「我覺得我上當了。」

「……」

「上海的天，再冷又如何能冷過我的心？」

「……」

「好，沒人理我，就這樣吧，就讓我一個人在冰天雪地裡獨自心碎。」

「……」

見旁邊的人依舊沒有任何回應，陳逾征幽幽地唱起來：「愛得多的人總先掉眼淚，愛得少的人總先變虛偽……」

「我錯了，別唱了。」余諾終於被他逗笑。

「良心受到譴責了吧？」陳逾征哼了一聲：「跟妳說，道歉沒用，晚了。我就要唱，我要唱到妳羞愧。」

余諾關了手機，「我不羞愧。」

「那妳為什麼不許我唱？」

「因為有點難聽。」余諾忍著笑，覺得偶爾欺負欺負他挺好玩，「我的良心還好，但我的耳朵確實受到了『譴責』。」

陳逾征：「……」

跟他插科打諢地笑鬧幾句，余諾的心情放鬆了一點。

吃飯的地方坐落於寸土寸金的繁華商業區，算是地標式的飯店。一進門就有服務生引導，余諾拿過陳逾征手上的禮盒，「我自己來拿。」

坐電梯的時候，余諾又焦慮地開始整理頭髮，一下子撥到胸前，一下子撥到肩後，低頭反覆查看自己身上還有沒有不妥的地方。

「妳怎麼這麼緊張啊？」陳逾征看她這個樣子有點好笑，攬著她的肩，「放心，我爸媽不吃人。」

余諾把他的手從肩上拉下來，往旁邊站了一點，跟他保持距離。

陳逾征不滿：「幹嘛？」

余諾心事重重，小臉凝重：「等一下要見你爸媽……這樣不好。」

「什麼不好？」陳逾征納悶。

「會顯得，有點不穩重。」

陳逾征笑出聲：「看不出來，妳還挺傳統。」

余諾無心跟他玩笑。

電梯叮的一聲，到達吃飯的樓層。跟著服務生往前走，隔著老遠，就有個女人在門口對他們揮手，「這裡這裡！」，她旁邊還站著一個穿西裝的男人。

余諾暗暗調整著呼吸，跟陳逾征走過去。

靠在門邊的女人頭髮微棕，捲成大波浪，穿著奶白色香奈兒外套，高領毛衣，含著嬌俏的笑，由內而外散發出優雅的感覺。

余諾有點愣神，問的很遲疑：「這是……」

陳逾征：「我爸媽。」

余諾反應過來，把手中的禮物遞出去，連忙問好：「叔叔……阿、阿姨好。」

陳柏長接過禮物，禮貌地說了一句謝謝，招呼她：「進去坐吧。」

余諾應了一聲好，偷偷地看向虞亦雲。

女人保養得很好，皮膚細膩白淨，一點歲月的痕跡都沒留下。看上去連三十歲都不到，她剛剛還以為他們是陳逾征哪個表姐親戚，沒想到居然是陳逾征的父母……

虞亦雲很熱情地上來，把陳逾征硬生生擠到一邊，執起余諾的手，「走，我們進去，外面好冷呢。」

陳逾征一個人被留在原地，對她們的背影喊了一句：「媽，妳搶我女朋友幹什麼？」

虞亦雲完全沒聽到他的抱怨，一門心思都放在了余諾身上，「之前總是聽童童說妳，多可愛多乖，今天終於見到了。」

余諾也顧不上落單的陳逾征，跟著虞亦雲往裡走，離得近，虞亦雲身上有種很香很甜的味道傳來。

虞亦雲皺了皺眉，捏了捏她的指尖：「寶貝妳的手怎麼這麼涼？今天上海下雨了，妳該多穿點呀。」

熱情地絮絮叨叨一陣子，看面前女孩還是直愣愣地盯著她，虞亦雲停了一下，問：「怎麼啦？我臉上有什麼東西嗎？」

「不是的。」余諾老老實實地說：「阿姨，您看上去太年輕了，我還以為是陳逾征的表姐……現在都有點回不過神。」

她語氣裡還帶著點內疚，一點也不像是奉承，反而給人一種特別真誠的感覺。虞亦雲被說得瞬間心花怒放，眉開眼笑，「之前出去逛街，也有人說我跟征征像姐弟呢。」

陳逾征雙手放在桌上，玩著手裡的車鑰匙，聞言嗤笑一聲：「那人只是為了騙妳買衣服，故意逗妳開心。」

聞言，虞亦雲氣呼呼地瞪他一眼：「征征，你現在越來越不討喜了。你這個樣子，女孩子怎麼能受得了你？」

陳逾征：「……」

說完，虞亦雲對著余諾道：「他以後要是惹妳生氣了，妳該打就打，別手軟。」

陳逾征吊兒郎當：「還有這樣的？婚都沒結呢，就先教我老婆家暴我？」

虞亦雲：「下次我帶著小諾去逛街，不要你陪了。」

陳逾征：「那誰幫你們刷卡？」

虞亦雲覺得好笑：「我有你爸的卡，還輪得到你？」

「不行。」陳逾征把手搭上余諾椅子上，一副占有欲很強的姿態：「妳可以用我爸的卡，但是我老婆的單要我親自來買。」

余諾在底下扯了扯陳逾征的衣服，示意他別亂說話。

陳柏長坐在旁邊，想插嘴也插不上，彷彿局外人一樣。余諾注意到了，倒了杯水給他，站起來遞過去：「叔叔，您喝點水。」

陳柏長頷首：「謝謝。」

她觀察一下發現，陳逾征大部分外貌都是源自他的爸爸，陳柏長不像同齡中年男人那般臃腫和粗獷，面龐因為歲月打磨而顯得堅毅儒雅，眉眼依舊有年輕時候的英俊。只是話比較少，人看起來也嚴肅。

但是總體來說，見家長這件事，比余諾想像中輕鬆愉快。

幾個服務生安靜地上菜。

虞亦雲是蘇州人，說起話來軟軟的，也不管陳逾征和余諾在場，直接跟陳柏長撒嬌。

她像個小孩一樣，努了努嘴，「哎呀，我不愛吃這個，你別夾給我。」

「我要吃那個。」

「啊，老公，這個菜好辣，把水給我。」

陳柏長一張不苟言笑的臉，卻對虞亦雲言聽計從，把溫水遞給她後，還拍了拍她的背，「小心點，別嗆到了。」

他們的相處模式讓余諾覺得新奇，陳逾征則一副習以為常的樣子。

原生家庭的經歷，讓余諾從小對「親人」有些莫名的恐懼，童年和家人有關的片段全是分離、吵架、喋喋不休的紛爭、恐懼的尖叫。陳逾征父母彷彿替她打開了新世界的大門，也重新定義了「親人」這個詞。

原來也可以這麼溫暖。

她湊過去跟陳逾征咬耳朵：「叔叔對阿姨好好。」

「我們全家都這樣，但我爸這人沒我會哄人，也沒我懂情趣。」陳逾征低低地笑了，「青出於藍而勝於藍，以後我對妳更好。」

自從上次和陳逾征父母吃過飯後，虞亦雲就和余諾加上了好友。

陳逾征父母給余諾留下的印象太好，從隻言片語和動作裡，余諾也能拚湊出一個完整的、有溫度的，幸福的家庭。她從小就渴望親情，以至於後來幾天，余諾總是纏著陳逾征，要他多跟她講講家裡的事。

過了幾天，虞亦雲找余諾陪她出去逛街，余諾很高興的答應了。

和虞亦雲相處的時候，余諾整個人都很放鬆，一點壓力都沒有。虞亦雲給她的感覺和徐依童很像，雖然都是嬌生慣養的富家小姐，吃穿用度皆是名牌，但是為人一點都不勢力，也沒距離感，反而對人十分真誠。偶爾有些嬌氣的小毛病也只會讓人更想寵著她們。

逛完街，虞亦雲帶她去了一家泰式餐廳。

虞亦雲在社群上發完文，想到一件事，對著余諾說：「小諾，妳讓征征換個大頭貼。」

余諾：「嗯？換掉現在那個？」

虞亦雲皺了皺鼻子：「對，他那個大頭貼黑漆漆的，我說了幾次他都不理我，明明那麼醜。大過年的，格外晦氣。」

余諾忍著笑傳了訊息給陳逾征。

余諾：『你想不想換個大頭貼？』

Conquer：『我媽要妳來的？』

虞亦雲用余諾的手機，分享一首歌過去：〈聽媽媽的話〉。

Conquer：『你已經開始跟我媽一起排擠我了？我這個大頭貼從高中用到現在，有感情了，捨不得換。』

余諾：『……』

過了一陣子。

Conquer：『也不是不能換。』

下午時分，TG幾個人私下拉的群組突然響了響。

Conquer：『有人在嗎？』

無人回應。

Conquer：『沒人？』

無人回應。

Conquer：『想聽八卦嗎？』

群組提示：『「Conquer」修改群名為「陳逾征全球粉絲後援會」。』

群組裡依舊一片死寂。

陳逾徵發了幾個紅包。

不到三秒就被搶光。

Conquer：『？』

奧特曼：『？』

Killer：『？』

Conquer：『你們真的挺不像樣的。』

Van：『這是什麼破群名，你幹什麼？』

Conquer：『我來通知你們一件事。』

奧特曼：『有屁速放。』

Conquer：『稍安勿躁，不知你們有沒有發現，今天上海的天氣，好像格外冷。』

奧特曼：『……』

湯瑪斯：『你又發什麼病？』

Conquer：『湯瑪斯，多穿點衣服，我擔心你感冒。』

Van：『?』

湯瑪斯：『……你有什麼事。』

Conquer：『@奧特曼，你這個大頭貼，該換換了，有點老土。』

奧特曼：『?』

Conquer：『@Killer，來，殺哥，你來看看我這個大頭貼，仔細看。』

Killer：『沒品出來，就很普通。』

Conquer：『你的眼光確實一般。』

Conquer：『@Van，來，齊哥，你來看看我這個大頭貼。仔細看。』

終於，Van傳了一則訊息：『咦，你這個頭貼，跟余諾配對的？』

Conquer：『這裡有個有心人。』

奧特曼：『我有點語塞……』

Killer：『大家散了吧。』

湯瑪斯：『陳逾征，真有你的，出走半生，歸來仍是弱智。』

Conquer：『好了，一群檸檬精，別酸了。』

Conquer：『「嫉妒，是心靈上的腫瘤」——艾青（現代詩人）。』

陳逾征剛發完雞湯，群組提示：『Conquer已被移出群聊。』

番外四　最後的最後

【①關於可愛】

自從OG放起長假，余諾就被余戈扣在家裡，晚上十點前必須回家。在陳逾征各種強烈央求下，余諾硬著頭皮打電話跟余戈商量，表達出想在外面過夜的願望，話還沒說完，余戈便問：「他人呢。」

余諾「嗯」了一聲，偷看旁邊的男人，躊躇兩秒，「在我旁邊。」

『電話給他。』

余諾「哦」了一聲，默默把電話遞過去。

陳逾征摸摸鼻子，接過來，清了清嗓子，「喂」了一聲，「哥。」

幾分鐘後，電話掛斷。陳逾征看了余諾一眼，把手機拋給她，嘆息一聲：「我這職業打不打，也就那個樣子。」

她抬頭：「又怎麼了？」

「TG好不容易放假，誰想到OG也跟著放？」陳逾征望天，又「唉」了兩聲，「一直跟妳哥當同行，這日子我真的是過不下去。」

越想越難以接受，陳逾征掏出自己的手機，念叨著：「打個電話給我爸。」

余諾一驚，下意識阻止他：「你要找叔叔幹什麼？」

陳逾征一臉厭世，語氣抑鬱：「問問他，幫我聯繫複讀班了沒。」

余諾：「……」

夜幕降臨，分別之際，陳逾征要起無賴，蹲在路邊，手上有一搭沒一搭轉著車鑰匙，就是不肯把余諾送回家。

余諾無奈，耐心地哄了陳逾征幾句，看他像小孩一樣，又覺得可愛，索性一起蹲在路邊陪他。

路過的行人接連看他們。沒過多久，有個年輕女孩走上前，試探地問了一句：「欸，你是Conquer嗎？」

陳逾征想了幾秒：「Conquer是誰啊？」

「欸？」女孩訝異，「你不是嗎？」

陳逾征依舊一副誠懇的模樣：「不認識。」

「哦哦，對不起啊。」年輕女孩馬上道歉，「看你長得滿像的，應該是我認錯了。」

女孩道完歉後很快就走了，陳逾征又側頭問余諾：「妳呢，妳認識Conquer嗎？」

余諾忍笑：「認識。」

「跟我長得很像？」

「比你帥一點吧。」

「比我帥？」陳逾征挑眉，「妳喜歡他？」

「喜歡啊。」余諾蹲在他旁邊，雙手托著下巴。

「多喜歡？」

「看到他……就忍不住想親親他揉揉他的那種喜歡。」

陳逾征：「……」

余諾：「嗯？」

陳逾征忍不住評價了一句：「妳跟誰學的？現在還挺會撩。」

余諾無端受到指責，無辜道：「我怎麼了？」

「妳聽聽妳說的都是什麼話。」

余諾疑惑：「還不是跟你學的？」

「算了，不追究了。畢竟我這麼帥，對我有欲望也是人之常情，理解妳。」陳逾征斜看了她一眼，「我都等這麼久了，妳還不行動？」

「行動什麼？」

「妳說呢？」

余諾無辜：「不知道。」

「在調戲我呢？」陳逾征嘖了一聲，「光說不做耍嘴皮子，妳還是個人嗎。」

「這裡人太多了。」余諾忍住笑意，看了看時間，「走吧，回家。」

陳逾征嘆了口氣：「不然，再跟妳哥商量商量吧？」

余諾佯裝思索的模樣：「那我今天不回去了？」

「真的假的，別騙我啊？」

余諾笑吟吟的，「真的真的。」

「妳不怕妳哥生氣？」

「我哥為什麼要生氣？」余諾疑惑。

「他剛剛不是不准妳在外面過夜？」

余諾：「他剛剛只是逗你玩呢。」

「他……」陳逾征表情很迷茫，指了指自己，「他逗我玩？妳確定？余戈還會逗人玩？」

余諾一本正經：「嗯，誰叫你這麼可愛。」

陳逾征臉色變了一下，咳嗽兩聲，頗不自在地說了句：「好吧，走了。」

兩人上車，陳逾征拿起一瓶水轉開，「以後別大庭廣眾調戲我，剛剛說得我臉都紅了。」

余諾反駁：「那怎麼叫調戲呢？」

「說一個男的可愛，像什麼樣？」

余諾眨了眨眼，湊過去，用指尖戳了戳他的手腕，「那我回家單獨說給你聽，好不好？」

陳逾征手一抖，嗆了一下，水順著下巴流下來，咳得前仰後合。

余諾嚇了一跳，連忙幫他拍背順氣，「你沒事吧？」

陳逾征轉過頭，用手背擦了擦嘴角，又咳了半天才勉強停下來，擺了擺手，「沒事。」

回去路上，陳逾征覺得剛剛丟臉了，抿著唇，一句話都不說。余諾想笑不敢笑，只能默默地轉頭，透過玻璃的反射看開車的某人。

其實在一起這麼久，她早就發現了，有時候陳逾征一邊說著調戲她的話，一邊自己耳朵發紅。到後來，反而是余諾沒了顧忌。偶然她和付以冬說起，聽得付以冬滿連連感嘆。想不到那個在賽場上跩到不行的 Conquer，私底下居然是這個樣子。

【②關於雙排】

自從全明星頒獎典禮後，陳逾征毫無顧忌，借著周蕩又狂撒了一把狗糧，澈底坐實了自己和余諾的戀情。

自此之後，TG和OG被戲稱為圈內真正的親家隊，只要有陳逾征和余戈一起出鏡的地方，收視率必定暴漲。站魚官方也很懂民意，挑了個風和日麗的好日子，讓熱門話題管理員聯絡們兩個，借著兩個戰隊的旗號，讓陳逾征和余戈來一次歷史性的「友好雙排」。

當天晚上七點半，不僅在LOL區，兩人的直播間力超PUBG、CSGO等眾多大型遊戲主播，熱度一騎絕塵。

活久見的一幕——TG和OG的當家AD雙排。正式開始的時候，直播間的留言都瘋了。

『路人A：66666！』

『看熱鬧的群眾：99999！』

『陳逾征粉絲集體倒戈：Fish！余神！哥！舅哥！大舅哥（舔螢幕）Conquer對不起，脫粉一晚。』

『余戈房管：「友情提示：來串門的小可愛注意別刷屏哦，請勿帶節奏，不然一律封IP」。』

『黑粉：這世道真是變了，不是當初Fish粉絲說Conquer蹭熱度的時候了？』

下一秒，該ID被禁言到明年。

兩個直播間留言不停飄過各種沒節操的發言，房管禁言都管不過來，堅持沒多久，余戈向來表情稀少的臉也出現了裂痕，咳嗽兩聲，在險些繃不住之前把鏡頭關了。

而陳逾征的臉皮向來厚，在外人面前格外沒下限，是可以用來研發防彈衣的程度。他倒是無所謂，隨便留言調侃，除了偶爾點菸的時候擋擋鏡頭，其餘時候全程開著。

進入遊戲畫面，開始選英雄前，陳逾征：「欸，余神，你玩什麼啊？」

余戈：「隨意。」

陳逾征主動讓出ＡＤ位：「那你走下吧，我走中？」

余戈：「嗯。」

只要玩過英雄聯盟的都知道，補兵對一個ＡＤ玩家來說是多麼重要。想當初，奧特曼不小心吃到陳逾征一點經濟，被他直接噴到自閉。然而和余戈的這場遊戲中，時常會出現以下場景：

余戈下路清完線，直接去中路遊走，陳逾征忍不住嘖了一聲：「欸，我的法拉利炮車……」

余戈聲音淡淡：「怎麼？」

陳逾征頓了一下，「沒事啊，不就是炮車嗎？余神你好好發育。」

『？？？？？？？？？？？？？』

『這還是 Conquer？嚇得我趕緊看了ＩＤ一眼。』

『奧特曼：終究是我錯付了。』

整局下來，陳逾征一改往日猛吃三路經濟的隊霸風格，吃草擠奶，傷害自己打，人頭給余戈。只要一聲令下，陳逾征直接肉身往上衝，刷滿傷害，剩下人頭給余戈收割，一個世界冠軍ＡＤ活生生變成了陪玩。

陳逾征粉絲表示：沒辦法，誰叫自家逆子看上人家 Fish 的妹妹了，這種小委屈就受著吧。

【③關於「妻管嚴」】

某天，奧特曼和 Killer 他們在看美女主播跳舞。見陳逾征打完一盤 Rank，喊了一句：「征哥，來，一起，跟你爹查房。」

陳逾征不鹹不淡：「查什麼房？」

「顏值區的女主播啊，帶你見見世面。」

陳逾征：「不去。」

「來啊，來嘛。」Killer 撒嬌，「逾征哥哥——來嘛。」

陳逾征沒理會，奧特曼被噁心得一哆嗦。

「快點。」

陳逾征垂下眼睫：「沒興趣。」

Killer：「……」

過了一下子，陳逾征像想到什麼似的：「話說回來，真是羨慕你，殺哥。」

Killer 啊了一聲，反應慢了半拍：「你還羨慕我？羨慕我什麼？」

「當然是羨慕你都一大把年紀了也沒人管著。」

Killer：「……」

作為和陳逾征當了幾年室友的人，他張嘴說第一句話的時候，奧特曼就知道他接下來要吐出什麼汙言穢語。搖了搖頭，對著電腦螢幕前的粉絲們道：「家人們，把#陳逾征晦氣#打在留言上。」

「你說你，閒著吧，只能去看女主播找樂子。」陳逾征戴上耳機，「哪像我呢，現在是個有家室的人，老婆管得太嚴，也是沒什麼辦法。」

陳逾征單手撐著下巴，啪啪點滑鼠，感嘆：「真是讓人羨慕呢。」

Killer被陳逾征陰陽怪氣的幾句話搞得破防，「你不來就不來，別裝，全天下都知道你有女朋友，行了吧？就你有，就你有，就你有。愛怎麼樣就怎麼樣吧。」

陳逾征嘆息：「這人真是沒素質，說兩句還生氣了。」

而陳逾征的粉絲早已經習慣了，自從公布戀情後，陳逾征的風格越走越偏，時不時就拉踩隊友，為自己立一些三貞九烈的人設。

可憐的余諾無形之中也揹了口黑鍋，大家都以為她看起來溫柔如水，實際上強勢的很，把陳逾征管的多嚴多嚴。鑑於她是余戈的妹妹，娘家太強大，粉絲不敢輕易挑起戰端。

以至於余諾社群軟體時不時收到一些陳逾征粉絲的私訊，語氣還小心翼翼的。

『嫂子，看看妳都把Conquer逼成什麼樣了，給彼此一點空間吧。』

『姐妹，聽我一句勸，要適當給男人一點自由，越管他，越束縛他，他說不定越叛逆，尤其是這種長得帥不缺女粉的，他玩夠了自然會收心的。』

余諾每每翻到這些私訊都哭笑不得，大致看完後，又反思一下自己，發覺最近她和陳逾征待在一起的時間確實是太多了。陳逾征平時都在TG集訓，假期來之不易，所以只要放假幾乎都和她黏在一起。

反思完之後，余諾問旁邊看電視的人：「那個，你最近心情怎麼樣？」

陳逾征癱在沙發上，按著遙控器，「我心情很好啊。」

余諾繼續試探：「那，你……有沒有覺得，跟我待在一起的時間太多了？」

陳逾征一下子轉過頭：「什麼意思？」

「沒，就是……要是你覺得，我讓你感覺自己很……」余諾想了想那個詞，「很束縛的話，你就跟我說，我改改。」

陳逾征表面上不動聲色，挑了挑眉：「怎麼，妳嫌我煩了？」

余諾勉強道：「不是不是，就是你的粉絲又來社群找我了，讓我給你一點空間。」

她仔細想了想：「我好像也沒管你這麼嚴吧……」

陳逾征心裡暗暗鬆了口氣，更加得寸進尺：「那妳怎麼不管管我呢？」

余諾：「……」

陳逾征長長哦了一聲，把人抱到懷裡，下巴放在她肩窩，「所以，把我騙到手了，就厭倦了，不想管了。到頭來，原來我才是陷得最深的那個，殺哥說的沒錯，女人都是愛情騙子。」

眼見著他越說越偏，余諾有些無奈，把他推開了一點，「跟你正經說呢，別跟我開玩笑了。」

「誰跟妳開玩笑？多少玩笑隱藏在真心話裡。」陳逾征指了指自己，「看，妳仔細看。」

余諾迷茫：「看什麼？」

「我眼裡的心碎，看見了嗎？」

余諾本來有點想笑，但看他表情似乎真的摻雜著幾分受傷，便改了口，「你喜歡被我管著嗎？」

陳逾征：「怎麼會有妳這麼心大的人？有個這麼帥的男朋友，也不定時查查手機？妳知道現在天天多少女粉私訊跟我表白嗎？妳知道每天有多少不明異性想加我好友嗎，妳就沒有一點危機感？」

余諾被他一連串的質問弄得一頭霧水，呆了幾秒後，遲疑道：「嗯……那我、那我以後定時查查你手機？」

陳逾征滿意地點點頭，把沒設密碼的手機甩給她：「既然妳這麼沒安全感，那我勉為其難給妳查查吧。」

後來的某天，Killer 正在直播，後面陳逾征端著水飄過，停在他旁邊看了一下。

「殺哥啊……」某人悠悠地喊了句。

Killer 專心遊戲，懶得理。

陳逾征：「有件事，我要跟你說說。」

Killer 頭也沒抬，不耐道：「有屁就放。」

「正經事。」

「你倒是說啊。」

陳逾征：「你以後社群上別動不動傳黃圖給我。」

「欸欸欸？開著直播呢，亂說什麼！」Killer 趕忙去看留言，「你是不是有病？」

「唉。」陳逾征裝模作樣地嘆了口氣，一臉煞有其事的樣子，語速很慢：「你有所不知，我老婆最近開始定時查我手機了，你傳的那些下流東西，讓她看到了也不好，你說是不是？」

Killer：「……」

「好，我說完了。」陳逾征拍了拍 Killer 的肩膀，「你繼續吧。」

說完端著水杯又飄走了。

又被閃了一臉的 Killer 呆滯在原地，反應幾秒後，怒砸鍵盤。

【④最後的最後】

四月十六是陳逾征的生日。

自從奪冠後，陳逾征的人氣日益高漲，每年生日都有很多粉絲應援，但是他本人一向不太上心，私底下頂多是跟朋友聚聚。

這次不知道為什麼要興師動眾，約了幾乎所有認識的朋友，專門包了個地方來慶生，辦得比十八歲成人禮還誇張。

奧特曼到了後，表情佩服，「瞧瞧這陣仗，這就是富二代嗎？有錢真好。」

徐依童帶了幾個閨密來赴約。

前兩天她得知余戈也會來，興奮得一個晚上都沒睡好覺。挑衣服和包包花了一個下午。閨密們也是從小看著陳逾征長大的，見到他後輪番上前去調戲了幾句。徐依童則是墊著腳四處搜尋余戈的身影，找了半天沒找到，拉過陳逾征問：「Fish 人呢？你不是說他今天會來？」

陳逾征皺眉：「他到了，不知道去哪了。」

徐依童上下打量他一番。

今天陳逾征特地打扮了一番，身高挺拔，肩線順暢，穿著熨帖的襯衫、西裝褲，人模狗樣的，額前的瀏海梳上去，乍看真的有了成年男人的影子。

徐依童拍著他的肩感嘆：「長大了。」

陳逾征聳聳肩膀，揮開她的手，敷衍道：「自己玩吧，我還有點事。」

「等等。」徐依童拉著他，擠眉弄眼：「你搞成這樣，該會不會打算求婚吧？」

陳逾征輕笑：「在這裡求婚？」

徐依童嘴巴張開：「真的假的？」

「我沒那麼浮誇。」

徐依童也懶得管他，鎖定余戈後，平復一下心情，往那邊慢慢靠。

作為不輸給陳逾征和周蕩的LPL大熱選手之一，余戈賽場之外卻不太講究。今天只穿了一件普通寬鬆的白T恤，牛仔褲，柔軟的黑髮，俊秀的眉眼顯得格外年輕。

他靠在一根柱子上，頷首聽別人說話。旁邊圍了幾個年輕男人，不知道是粉絲還是朋友。

徐依童等了半天，終於等來余戈一瞥。她眼睛一亮，又躊躇著不敢上前，只好舉起手揮了揮。

余戈點點頭，算是打了個招呼，便轉開視線。

閨密在旁邊小聲叫喚，「欸欸，很痛，童童妳激動就激動，不要抓我的手。」

徐依童恍然回神，「啊？哦。」

她嘿嘿癡笑一下，「好幸福啊，怎麼會見到一個人就這麼幸福呢。」

閨密一臉無語的表情，奇怪道：「妳長這麼大，是沒見過男人嗎？」

「懶得跟妳說。」

徐依童拿出手機，打開聊天軟體，找到余戈的對話框點進去。

聊天畫面還停留在一個月前，她傳訊息跟他說比賽加油，余戈回了一個謝謝。

徐依童措辭半天，找了個僻靜角落的沙發，在暗處觀察余戈半天，終於傳了一則訊息過去：

『偶像，等一下有空嗎？』

她等回覆等到坐立難安，一、兩分鐘後，終於看到余戈拿起手機。

他低著頭，單手打字。

幾乎是同一時間，徐依童的手機震動了一下。

Fish：『什麼事？』

徐依童：『今天有個我認識的調酒師來了，調的一款酒超級好喝，等等請你一杯，可以嗎？』

消息傳出去後，徐依童屏住呼吸，感覺查升學考成績的時候也沒這麼緊張過。

半分鐘後。

Fish：『可以。』

這次辦生日宴會的地方是一棟靠海的別墅。

年輕人一玩起來就瘋了，陳逾征被灌了不少酒。余諾平時作息規律，堅持到淩晨實在熬不住，趴在沙發上睡了一下。

不知道過了多久，臉被人戳了戳。余諾睜開眼睛。

眼前從朦朧模糊，到慢慢清晰。

陳逾征蹲在沙發旁邊，眼皮薄薄的，睫毛低垂，眼瞳顏色乾淨清澈，就這麼看著她。他應該是剛洗了個澡，額頭光潔，髮梢滴著水，換了身衣服，還有點沐浴乳的清香。

余諾坐起來一點，迷迷糊糊的，四處看了看。這裡開了一盞小燈，原本熱鬧的場地已經恢復安靜，大多數人都上二樓客房睡覺去了。

「你們玩完了？」

他「嗯」了一聲。

「幾點了？」

「四點多了。」

「剛剛是不是喝了不少？」余諾嘆了口氣，「要不要幫你熬點粥。」

「不用，妳睡吧，上樓去？」

「沒事，睡了一下，不睏了。」余諾摸了摸他的手，有點涼。

「那我們出去走走？」陳逾征也站起來，「這裡好悶。」

初夏的晚上氣溫很涼，陳逾征拿了一條毯子給余諾披上。兩人走出別墅區，沿著外面的公路走。

這裡離海近，能隱隱約約聽到海浪聲，在夜晚顯得格外安寧。

陳逾征：「認不認識這個地方？」

余諾笑了笑，「這是我們第一次來看日出的地方。」

「還記得啊？」

怎麼可能不記得？就是在這個海邊，那天耀眼的日出，簌簌的海浪，浪漫微涼的風，還有陳逾征慵懶的笑，所有的一切，通通一起撞進余諾的心裡。

余諾拉了拉他的手：「我想去沙灘上走走。」

她把鞋脫下來，放在一旁，腳踩上細軟的白沙。陳逾征雙手插口袋，跟在她旁邊。

海風把髮絲帶得飛揚，余諾又往前走一步，已經到了海的邊際，腳下的沙子也變得濕潤。她有點膽怯，又嚮往。忍不住往前了一步，冰涼的浪潮沖刷過腳腕，又緩慢褪去。陳逾征握住她的手臂，余諾穩了穩身子，望著眼前隱隱起伏的浪花，不知看了多久，一轉頭，發現陳逾征正專注地盯著她。

余諾有點不好意思：「你看什麼？」

他好笑地看著她：「這裡除了姐姐，還能看什麼。」

余諾：「……」

兩人並排坐在沙灘上，等著日出。余諾有點累了，腦袋靠著陳逾征的肩，和他十指相扣，喃喃道：「時間過得好快啊……感覺還沒認識你多久呢。」

「我怎麼覺得過的這麼慢？」

「啊？」

陳逾征低聲道：「等了好久。」

余諾看了他一會，忽然說：「陳逾征，生日快樂。」

他笑：「我生日已經過了。」

「還要說一遍，要單獨跟你說一遍。」余諾仰起臉，「陳逾征，生日快樂。」

「嗯。」

他們就這麼坐到了天際微亮，朝陽從海際線升起，余諾裹緊了身上的披肩，站起來，拍了拍身上的沙子，「走吧，回去吧。」

陳逾征跟著起身。

余諾走了兩步，腳踩上一個有些棱角的東西，她低頭，隱約看到是個小盒子。她彎腰把東西撿起來，有些疑惑：「這個東西……是不是你掉的？」

陳逾征稍頓一下，「之前是我的。不過現在，是妳的。」

「我的？」

「妳的。」

余諾一點一點，把盒子打開。

在她發愣的目光中，陳逾征單膝跪在地上，「願意嫁給我嗎？」

天邊那些熟悉的，溫柔的，金色和藍色的光，混合著倒映在陳逾征眼裡，幾乎模糊了他的面容，「我等好久了。」

余諾鼻一酸，腦袋一片空白，卻那麼清晰地聽到自己的心跳，用力的，搏動的聲音。在聲音出來之前，眼淚就先掉了下來，她笑著點頭，「好。」

二〇二一年三月剛過，下了一場雨，有人中了樂透，有人分手，也有人剛剛談了一場美好的戀愛。某個體育館結束了一場對大多數人來說無關緊要的常規賽。
陳逾征收拾好外接設備，走到舞臺正中央接受採訪。
場內的粉絲都走得差不多了，隊友們低聲討論著剛剛比賽的細節，燈光把舞臺照得很亮。
陳逾征一隻手插在口袋裡，懶洋洋地沒站直。
連著兩個粉絲上臺後，Killer 忍不住小聲嘀咕，「怎麼回事，今天都是男的。」
就在這時，主持人笑著說：「妳好，請問妳的禮物是想給誰呢？」
旁邊的人拐了拐陳逾征的手臂，他慢悠悠望過去。
女孩溫吞的聲音傳來：「我……是 Conquer 的粉絲。」
那個女孩長捲髮，穿了白色的毛衣，稚嫩得像高中生。
有一束很亮的光斜射下來。
陳逾征無動於衷站在那，看她朝自己慢慢走來。
故事的開端，是一個名為 Conquer 的 ＩＤ。
所有的一切從這裡開始。
在最後的最後，那個叫余諾的女孩，終於替它畫上了句號。

番外五　怕夢太短

很久之前，余諾問過余戈，「你會喜歡童童姐嗎？」

他沉默了許久，給出答案：「Fish 和余戈是兩個人，退役以後，屬於 Fish 職業選手的光環消散，我只是一個普通人。」

大年三十，外面雨夾小雪，余諾和余戈早早起來，把前段時間剪好的紅色窗花貼在玻璃上。一大早，跟余戈拜年的訊息就沒斷過，他大都是看幾眼就放下，偶爾回兩則。兩人中午去幫奶奶掃墓，回到家洗澡，隨便應付著吃了一點。

往年過除夕，只有兄妹兩人在家守歲，今年卻有點不同——陳逾征父母邀請他們一起去家裡吃團圓飯。

距離陳逾征和余諾確定關係也有幾年了，余諾對自己家裡的事情並沒有隱瞞，所以雙方正式見面的時候，只有余戈作為家長去跟陳柏長他們吃飯。不知道是不是陳逾征提前打過招呼，虞亦雲雖然對他們熱情又好奇，但對家裡的事情卻從沒多問過。

去別人家過年，對余戈來說還是頭一次。他的性格向來不太合群，也不喜歡應付熱鬧的場合。原本就打算自己在家看個春節聯歡晚會，奈何虞亦雲接連幾個電話打來，囑咐讓他和余諾一起前往。對懷有善意的長輩，冷淡如余戈也無法拒絕。

車子按照導航抵達陳逾征家，這一片住宅區園林茂盛，枝頭掛了點白雪。隱隱約約往裡看，只能看到個大概，一棟白色的獨棟小樓，風格偏中西合併，門簷已經貼了喜慶的福娃和燈籠搖曳，溫馨又有年味。

兩人剛下車，余戈打開後車箱搬出拜訪用的年貨。車庫外面徘徊了幾個小孩，探頭探腦地盯著陌生的大哥哥和姐姐。余諾在旁邊幫忙接過幾袋水果。

「姐姐。」

余諾應聲回頭，大冷的冬天，陳逾征只穿了個短袖。

余諾：「你怎麼穿這麼少？」

陳逾征打了個哈欠：「家裡有暖氣。」

余諾推他：「那你快進去，外面冷。」

「不冷，哪裡冷？見到妳心都熱了，不信妳摸摸。」說著陳逾征就把余諾的手抓起來往心口放。

余戈瞥過來一眼，余諾趕緊把手抽回來。

陳逾征渾然不知尷尬的模樣，把余諾手裡拿著的東西接過來，對著余戈笑嘻嘻喊了一聲：「哥。」

余戈「嗯」了一聲，不易察覺地皺了皺眉。雖然過了這麼久，他還是不太習慣聽到陳逾征這麼叫他。

走出車庫，幾個小孩見到熟悉的人終於敢圍上來。一個胖乎乎的小男孩扯了扯陳逾征的衣角，眼睛一直往余戈和余諾身上瞧，好奇道：「小叔，這兩個哥哥、姐姐是你朋友嗎？」

「你叫什麼哥哥、姐姐？」陳逾征用空著的手掐了掐小胖子的臉，「這是你小叔的哥哥、姐姐，你該叫什麼？」

旁邊另一個綁著麻花辮的女孩睜著圓圓的大眼睛，對著小胖子嘟囔：「陳子然，你好笨啊，這個姐姐我們都見過好幾次啦，你怎麼還是記不住？這是我們小嬸嬸，小叔的老婆！」

「哦哦……」陳子然委屈地嘀咕，「明明上次見到的不是這個姐姐……」

「你別亂說啊。」陳逾征立馬拍了他後腦勺一下，「我說你年紀輕輕的怎麼視力這麼不好啊？讓你媽趕快去幫你配個眼鏡。」

余諾連忙制止他：「欸你別打小孩。」

幾個人吵吵鬧鬧地往裡面走，余戈始終保持緘默。忽然衣角被人拽了拽，他目視著前方，毫無反應。

一個奶聲奶氣的聲音喊了一下：「大哥哥。」

余戈眼神向下。

徐心宜抿了一下嘴：「大哥哥。」

陳逾征糾正她：「喊大叔叔。」

徐心宜從善如流：「大叔叔。」

余戈沒有跟小孩打交道的經驗，咳了聲，不太自然地說：「怎麼了？」

徐心宜有點不確定：「你就是我姑姑房間裡貼的那個明星嗎？」

「不是。」

「不是嗎？」徐心宜不甘心，仰著頭仔仔細細看他，嘟囔道：「你明明就是啊……簡直一模一樣耶……」

剛剛的小胖子趁機反擊，「徐心宜，妳也是個大笨蛋，妳也認錯人。」

「我才不是笨蛋。」

兩個小孩吵吵鬧鬧地跟著他們進屋。

虞亦雲立馬迎了上來，驚喜地喊了一聲：「小諾、小戈，你們來啦。」

余戈點了點頭：「阿姨，新年快樂。」

旁邊的傭人接過他們手裡的東西。

虞亦雲上前挽著余諾，一邊走一邊說：「好久沒看到小諾了，每次想叫妳出來玩，陳逾征都攔著，說沒時間。」

余諾：「我……我有時間的。」

虞亦雲瞪陳逾征一眼：「你天天騙人。」

「哪裡騙了？是沒時間啊，我沒時間。」陳逾征一隻手搭上余諾的肩，理所當然道：「我每次放假只有那麼幾天，妳還來當電燈泡，存心不讓妳兒子好好談戀愛？」

虞亦雲：「訂婚了就是大人了，還這麼愛耍嘴皮子。」

距離晚飯還有一段時間，虞亦雲帶著他們去客廳休息。

沒過多久，陸陸續續來了不少人。虞亦雲滿臉驕傲地拉著余戈和余諾介紹給來人，親生兒子反倒被冷落在一邊。

上到老下到小的女性，無一例外，對天生對話少又年輕內向的英俊男孩都有種異樣的熱情，七大姑八大姨圍著余戈說了一陣子，知道他沒女朋友後，馬上提出要幫他介紹對象。

余戈：「不用了，我工作比較忙。」

「工作忙歸忙，男人總要有個家的嘛，事業愛情兩手抓。」阿姨們雖然不太瞭解電競這個行業，但知道他和陳逾征是同行，紛紛說：「是啊是啊，你看你長得這麼帥，跟我們征征比也不差，怎麼會沒有女朋友呢，是不是眼光太高了呀？」

大家你一言我一語的，余戈完全應付不過來，但礙於都是長輩，只能硬生生坐在那裡，神情罕見的有些狼狽。

陳逾征有一搭沒一搭地在旁邊湊熱鬧，時不時附和兩句，看著余戈渾身不自在又無法逃離的樣子，默默舉起手機，偷偷拍了一張傳在TG的八卦群組裡。

奧特曼：『這是Fish? 這居然是Fish？這真的是Fish？』

Killer：『余神臉上居然有這種表情，他跑你那闔家歡了？』

陳逾征對著這幾張照片樂了半天，劈哩啪啦打字。

Conquer：『說真的，想發到社群上。』

Van：『夠了吧哥，又要被帶節奏。』

Conquer：『帶什麼節奏？都是一家親。』

奧特曼：『時間過得好快啊，上一次被OG粉絲罵上熱門話題，好像都是上輩子的事了呢，居然有點懷念當初腥風血雨的日子。』

Killer：『是我記錯了？去年Fish拿S冠的FMVP，他和Conquer粉絲不是為了誰才是LPL

第一AD這事又對罵了嗎？纏纏綿綿在熱門話題說了好幾個月，連帶了我們這些無辜的人也被罵TVT』

Conquer：『我和我大舅子感情很要好哦，並不在意網路上的風風雨雨啦！』

奧特曼：『發病了？不好好說話的人妖給老子滾出去。』

湯瑪斯：『人妖加一！』

Killer：『到底是什麼讓陳逾征好好一個的少年變成這樣？是余諾的錯嗎？TG不過是想有一個正常的AD罷了，這很過分嗎？』

湯瑪斯：『認識余諾前還好好的……認識余諾後……』

Van：『余諾，妳欠TG的用什麼還！』

說了一下話，虞亦雲拉著余諾去廚房包餃子。繼陳逾征後，姑姑嬸嬸終於有了新的目標。等圍在身邊的人終於散去，余戈脖子都熱出了汗，還沒來得及擦，身邊又響起奶聲奶氣的呼喊：「姑姑，這裡。」

他聞聲轉頭。

徐依童穿著一件寬鬆的毛衣，被徐心宜拉著下擺，面上表情有些不自然，抬手跟余戈「嗨」了一聲，整個人顯得很侷促。

余戈點頭示意。

「姑姑，妳看啊，他就是妳房間貼的大叔叔對不對，妳床上的娃娃也是——」

從後面伸出了一隻手迅速捂住了徐心宜的嘴。

徐依童朝著余戈訕訕地笑了一下，「那什麼，家裡小孩不懂事……」

徐心宜嗚嗚了兩聲，掙扎著想擺脫自家姑姑的手。

「妳……」余戈剛開口說了一個字，徐依童便急匆匆把小孩拖離現場。

他的視線停留在她的背影上，過了一陣子才挪開。

陳逾征在旁邊看完熱鬧，把手機收起來，慢吞吞開口：「哥。」

余戈：「什麼事？」

「你打算什麼時候找對象啊？」

余戈：「退役之後。」

「為什麼？」

「沒有為什麼。」

陳逾征嘆了口氣，「那你喜歡什麼樣的女孩啊？你看我姐還有機會嗎？」

余戈沉默。

陳逾征：「算了，我不問了，你們的事情自己解決。」

這幾年徐依童對余戈的喜歡大家都看在眼裡。最開始的時候，陳逾征都是看熱鬧，並不打算插手。畢竟徐依童自己就愛玩，交的男朋友沒哪個能超過三個月的，玩完就算。

陳逾征對她的個性再瞭解不過，他和余諾可不是玩玩就算，就算有時候玩笑居多，但余戈確確實實是他認下的哥。如果余戈被她姐耍了，他以後還怎麼有臉面對余諾。往後大家見面也尷尬，所以徐依童找他幫忙，陳逾征都是半推半就。

後來，他偶爾從徐依童的閨密團裡聽到一些事情，比如她自己窩在家玩ＬＯＬ，有時候一玩就是一個通宵，又不會玩，經常被隊友用各種髒話罵。到後來徐依童都委屈地在電腦前面哭了，沒過多久又擦擦眼淚繼續玩。

閨密想起來這些事都唏噓：「升學考之後，就沒看見童童那麼努力過。」

後來不知道發生了什麼，徐依童沒有那麼執著了，行事作風也比從前低調了很多。只是余戈的比賽她場場不缺席，去年S賽，他在韓國奪冠，她連發了十篇文，淚灑釜山。

從來沒吃過苦受過磋磨的大小姐，唯獨在對待余戈這件事上，心性堅韌得讓人大跌眼鏡。

晚飯之後，余戈跟陳柏長聊了一下，跟幾個長輩打完招呼，找到防風外套穿上，去院中抽了根菸。

上海天寒地凍的，隨便哈口氣都是霧。

不遠處，穿著小棉襖戴著耳套的小朋友們圍在一起揮仙女棒，火花一簇一簇，碎碎的，亮晶晶。

余戈把菸滅了，隨便找個地方坐下。盯著某個地方出神，連旁邊來人了都不知道。

直到徐依童拍了拍他的肩膀，「嘿，余戈，你在看什麼？」

不知道什麼時候起，她不再喊他余神，或者圈內人的、粉絲的叫法，而是直接喊他的名字，余戈。

余戈歪了歪頭，用下巴示意了小孩們的方向，徐依童在他旁邊坐下。

安靜了一下子，她開口：「感覺好奇怪啊。」

余戈：「什麼？」

「也不知道為什麼，你總是給我一種心事很多的樣子。」徐依童探究地望了他一眼，「好像沒看你笑過，一點都不快樂。」

余戈：「……」

徐依童：「開心很難嗎？」

「還好。」

徐依童撇了撇嘴。

默了默，余戈加了一句：「可能是有點。」

兩人相顧無言。

徐依童忽然站起來，「你等我一下。」

還沒等余戈應聲，她直接跑向那群小孩。

余戈坐在原地，遠遠的，他聽不清楚她在說什麼。

徐依童比手畫腳了半天，那幾個小孩皺著臉，尤其是中間的小胖子，一副欲哭無淚的表情，偷偷往余戈這邊看了好幾眼。

從小朋友那搜刮了一堆仙女棒，徐依童興奮地跑過來，「有打火機嗎？」

余戈從口袋摸出打火機，遞過去。

徐依童臉縮在圍巾裡，露出的一雙眼睛像剛剛冰過的紫葡萄，忽閃忽閃的，她瞇眼笑著，把點燃的仙女棒分給余戈一半。

他看了看手裡的東西，又看了看徐依童。

她退開兩步，上下揮著仙女棒，「你像我這樣啊，動一動。」

余戈跟她學著揮了兩下。

幾根仙女棒很快燃盡。

徐依童站在原地跺了跺腳，瞇著眼，搓了搓手：「好冷哦。」

「嗯。」

徐依童左顧右盼，「你看早上才下的雪，現在都融化了。今晚的月亮好亮啊，那邊的臘梅也好美，那還是我小時候和陳逾征種的，現在都長這麼大了。花香還滿好聞的，空氣也挺清新的。」

徐依童瞧著他，眼底有亮的光，像剛剛燃燒的煙火碎光。又像是月亮的倒影，或者，眼淚。

她一個人自顧自地說，似乎也不需要他回應什麼。說完，徐依童深深吸了口氣，笑著說：「在外面有點冷，進去吧。」

余戈站起來。

她看著他的背影，忽然說：「我喜歡你。」

余戈腳步頓住。

徐依童笑了笑：「新年快樂啊，余戈。」

「新年快樂。」

ＯＧ拿下世界冠軍的第二年，余戈宣布退役。

在淩晨時分，留下一篇文：『Fish announced retirement.』

沒有煽情的片段，沒有感想，沒有提及任何人，只有最簡單的一句話，乾脆俐落地告別了他曾經光芒萬丈的職業生涯。

因為沒有消息提前透露出，粉絲沒有一點準備，含著淚，把他這篇文看了無數遍。

ＬＰＬ圈內堪稱大地震，論壇一夜之間發瘋。

第二天，後援會上傳了一份粉絲聲明：

『這麼多年，在最黑暗的時候，你都沒說過苦，但我們知道，你真的累了。對粉絲來說，能在這個賽場遇見你，就是最大的幸運。無論什麼時候，我們都支援你做的任何決定。感謝你曾經帶我們看過的頂點風景，Fish，江湖再見。』

兩年後，ＬＰＬ夏季賽揭幕儀式現場。

又是ＯＧ和ＴＧ兩支隊伍的命運對決——這似乎已經成了傳統，粉絲愛打架互罵，官方也樂意做效果，每到重要日子，都派上他們打擂臺。

臺下 Conquer 的燈牌連成一片，自從余戈退役，陳逾征當之無愧躍升為ＬＰＬ的人氣王。

ＴＧ隊員上場的時候，陳逾征的呼聲幾乎壓倒了一片。

導播開始切場下粉絲的鏡頭，掃到某處的時候，忽然停住，場中螢幕出現了幾個人，其中一個戴著鴨舌帽的黑衣男人正在低頭玩手機。

全場慢慢安靜，似乎感覺不對，男人抬起頭。

看清他臉的一瞬間，現場氣氛直接白熱化，甚至比剛剛的尖叫聲還要熱烈。

就連已經戴上耳機的TG眾人都能隱隱約約聽到動靜，Killer嘶了一聲，納悶道：「奇怪了，我怎麼聽見有人喊Fish？是我幻聽了？」

奧特曼：「你怕是當初被Fish殺穿了對OG留下陰影了。」

陳逾征慢悠悠欸了一聲，「你說話嚴肅一點，我和Fish對線沒輸過。」

「你沒輸過？」

陳逾征硬氣回答：「沒輸過。」

「你打得過Fish，還至於偷家？」

陳逾征：「……」

鏡頭硬生生地停在余戈身上一分鐘之久，他只好打個招呼，用手勢示意導播轉開鏡頭。

坐在他旁邊的女孩，立馬舉起燈牌，上面明晃晃的Love Fish一晃而過。

——這是在場唯一關於他的燈牌。

鏡頭識相地切回選手席，又正好停在陳逾征身上。不知道TG眾人說了什麼，他一個人在冷笑。

臺下。

余戈周圍的人都炸了。

自從余戈宣布退役之後，就直接消失在大眾視野裡，誰都沒了他的動向。

誰也沒想到，退役即退圈，說完再見，再也不見。無論什麼頒獎典禮，解說活動，余戈全部婉拒，粉絲簡直心碎成了一片一片。

這次神隱許久的人忽然現身，就算不是粉絲都激動了。

後面有好幾個哥們直接起身，圍上來要簽名。眼見著過來的人越來越多，連現場保全都不得不來維持秩序。

旁邊的女孩戴著同款鴨舌帽，撅著嘴，等人散了之後，她才氣呼呼地說：「都這麼久了，你怎麼還有這麼多粉絲？」

余戈眼底有無奈的溫柔，把她懷裡的燈牌拿過來，正反翻著看了看，「妳帶這個幹什麼？」

「嘿嘿，怕你看到弟弟現在人氣這麼高，落差太大。」徐依童揚著下巴，拍了拍的胸，「但你別怕，我徐依童永遠都堅定地站在 Fish 身後！」

余戈：「……」

徐依童激動地扯了扯他的手，「欸欸，比賽開始了。」

某年某月，余諾問起徐依童：「你以前有多喜歡我哥？」

徐依童笑著，「做夢都想見到的人，妳說多喜歡。」

「那他退役之後，妳感覺有什麼變化嗎？」

「當然有。」

以前總是怕夢太短，現在卻怕夢太長。

偶爾夜裡甦醒，夢醒時見到他，恍惚間，徐依童都懷疑自己出現了幻覺。

看著看著，她就在心裡偷偷許願。佛祖啊，我也不知道眼前是不是真的，但是，就這樣過一輩子吧。

如果是假的，就讓余戈成為徐依童永遠永遠都不會醒來的一場美夢。

——《是心跳說謊》番外完——

高寶書版集團
gobooks.com.tw

YH 087
是心跳說謊（下）
作　　者　唧唧的貓
特約編輯　蔡宜庭
責任編輯　吳培禎
封面設計　鄭婷之
內頁排版　賴姵均
企　　劃　何嘉雯

發 行 人　朱凱蕾
出　　版　英屬維京群島商高寶國際有限公司台灣分公司
　　　　　Global Group Holdings, Ltd.
地　　址　台北市內湖區洲子街88號3樓
網　　址　gobooks.com.tw
電　　話　(02) 27992788
電　　郵　readers@gobooks.com.tw（讀者服務部）
傳　　真　出版部(02) 27990909　行銷部 (02) 27993088
郵政劃撥　19394552
戶　　名　英屬維京群島商高寶國際有限公司台灣分公司
發　　行　英屬維京群島商高寶國際有限公司台灣分公司
初　　版　2022年 5 月

本著作物《是心跳說謊》，作者：唧唧的貓，由北京晉江原創網絡科技有限公司授權出版。

國家圖書館出版品預行編目(CIP)資料

是心跳說謊/唧唧的貓著. -- 初版. -- 臺北市：英屬維京群島商高寶國際有限公司臺灣分公司, 2022.05
冊；　公分. --

ISBN 978-986-506-426-6(上冊：平裝). --
ISBN 978-986-506-427-3(下冊：平裝). --
ISBN 978-986-506-428-0(全套：平裝)

857.7　　111006939